11.75

DE DERDE KAMER

Jan Terlouw

DE DERDE KAMER

Roman

L.J. VEEN-EDE

Omslag: *P.A.H. van der Harst*

ISBN 90 204 03443
3e druk
© 1979 Uitgeverij L.J. Veen B.V., Ede

Noodzakelijk woord vooraf

Dit boek is geschreven in de zomer van 1976. Het was toen nog onbekend of D'66 zou meedoen aan de Tweede Kamerverkiezingen van mei 1977. Er was dus ook nog geen lijst van kandidaten opgesteld. De kandidaatstelling gebeurt bij D'66 via een verkiezing waaraan alle leden van de partij kunnen deelnemen. Het is daarom onmogelijk van tevoren te zeggen hoe de lijst van kamerkandidaten er uit zal zien.

Toch vertoont de huidige Tweede Kamerfractie van D'66 op het eerste gezicht een opvallende gelijkenis met de PSL-fractie die ik in dit boek heb geïntroduceerd. Beide fracties bestaan namelijk uit twee vrouwen en zes mannen.

Ik kan het echt niet helpen, de verkiezingen hebben deze uitslag nu eenmaal opgeleverd. Lezers die gelijkenis zoeken tussen de personen in dit boek en bestaande politici doen dat dan ook uit eigen aandrift. De schrijver heeft geen enkele gelijkenis bedoeld.

Het is evenmin mijn opzet geweest om via een gefingeerde fractie iets te vertellen over de politieke opvattingen van de partij waarvoor ik op het moment dat ik dit schrijf fractievoorzitter ben. Het doet er weinig toe welke bestaande fractie de lezer in gedachten voor de PSL invult. Het gaat om de mensen.

Politiek is opener dan vroeger. Toch is veel van wat politici beweegt, naast beginselen, programma's, akkoorden en dergelijke, onttrokken aan de waarneming van hen die zij vertegenwoordigen. Besluitvorming is een moeilijk proces, een proces van meten en wegen; het wordt gedaan door doodgewone mensen, niet door geprogrammeerde computers.

J.T.

Deel 1

Meten

1

Door een tijdverslindende woordenwisseling met zijn vrouw kan Johan de trein van 9.32 uur naar Den Haag niet halen. Hij overweegt even om te laat op de fractievergadering te komen, ziet daar dan van af. Hij wil de fractie een voorstel doen, een voorstel dat hij belangrijk vindt. In zo'n geval is het verstandiger de anderen niet te prikkelen door te laat te komen. Dus stapt hij in de auto. 'Ik ga,' roept hij naar boven, waar Tineke haar rood geworden neus aan het poederen is. Er komt geen antwoord. Ze verschijnt ook niet voor het raam als hij de oprijlaan afrijdt en hoopvol een blik naar boven werpt. Johan dwingt zich om zijn gedachten te richten op de fractievergadering. Naarmate hij verder van huis raakt, lukt dat beter. Zijn huwelijk is in een stroomversnelling gekomen en stroomversnellingen gaan bergafwaarts. De kinderen worden er afwisselend kribbig en somber van. Hij komt zelfs nog minder thuis dan zijn waanzinnig drukke functie als kamerlid hem toestaat. En de harde trek om Tineke's mond, die hij pas twee jaar na hun huwelijk voor het eerst opmerkte, wordt geprononceerder in het magere gezicht.
Autorijden geeft gelegenheid om na te denken, maar de gedachten blijven fragmentarisch. Er komt pas structuur in Johans hersenproduktie als hij er papier en pen bij heeft. In dit geval is dat geen bezwaar. Hij heeft zijn voorstel aan de fractie zorgvuldig voorbereid en bedenkt in de auto alleen formuleringen om zijn plannen overtuigend naar voren te brengen.
In de buurt van Woerden wordt zijn gedachtenstroom onderbroken. Langs de kant van de weg staat een auto met een gevarendriehoek er achter. Een vrouw kijkt uit over het groene hart van Holland. Een man, die stond gebogen achter de geopende motorkap, richt zich op en maakt een wenkend gebaar met zijn hand.
Johan stopt.
'Hij doet 't niet meer,' zegt de man, een vijftiger die er geleerd uitziet, maar dat kan door de zwartgerande bril komen. 'Bedankt dat u stopt. Kunnen mijn vrouw of ik meerijden naar Gouda om onze garage te waarschuwen?'

De vrouw is minstens tien jaar jonger dan haar man. Ze heeft grote donkere ogen, met lange wimpers. Johan kan in de gauwigheid niet zien of ze echt zijn of aangeplakt.

'Natuurlijk kunt u mee,' zegt hij, 'maar we moeten opschieten. Ik moet over drie kwartier in Den Haag zijn. Als ik ook nog door Gouda moet, wordt de tijd krap.'

Hij hoopt dat het de mooie vrouw zal zijn die meerijdt, maar het echtpaar besluit dat het de man zal wezen. Ze wonen in Gouda en de man zal zijn vaste garagemonteur er zeker van kunnen overtuigen direct met hem terug te gaan.

Onderweg zegt de man:

'Ik geloof dat ik u ken van de televisie. Zit u niet in de Tweede Kamer?'

'Ik ben Douwens van de PSL-fractie.'

'Ik heb u pas nog gezien,' zegt de man. 'Pardon, mijn naam is Rijksen.'

Zoals de meeste mensen die veel gebruik maken van visitekaartjes moet hij aanleg hebben voor goochelen, want hij heeft ineens zo'n kaartje in zijn hand en geeft het Johan.

'Wat mankeert er aan uw auto, meneer Rijksen?'

'Heel gek, de motor sloeg ineens af. Ik begrijp er niks van.'

'Was de benzine soms op?'

Rijksen glimlacht.

'Ik ben een analfabeet op autogebied, maar zó stom ben ik nu ook weer niet.'

Ze zwijgen. Johan probeert zijn eerdere denkwerk weer op te nemen. Maar al gauw zegt Rijksen:

'Ik heb een politiek probleem dat ik u graag eens zou voorleggen.'

Johan maakt een keelgeluid waar weinig uit is af te leiden, het minst van alles een aanmoediging.

'Het gaat over de bouw,' zegt de man.

Natuurlijk. Het zal niet over de bouw gaan.

'Bij mij in de buurt wordt een winkelcentrum gebouwd. Door een aannemer, met eigen geld. Ik bedoel: hij gaat die winkels straks verhuren.'

Johan hoort het nauwelijks. Hij blijft met zijn gedachten in Den Haag. Het nadeel van het kamerlidmaatschap is dat je altijd en overal over politiek moet praten. Of het nu de bakker is bij het afleveren van een gesneden bruin of de notaris op een receptie, met een toppunt aan originaliteit verwisselt iedereen zijn vaste praatje over het weer voor een verhandeling over politiek, zo gauw Johan zijn neus laat zien.

'Ik heb de laatste keer op uw partij gestemd,' zegt Rijksen met een licht verwijt.

'O. Goed. Ik hoop dat u er geen spijt van hebt.'

Verdomme, hij moet luisteren. Wat zegt hij altijd op spreekbeurten? Bel ons op. Kom naar ons toe met uw problemen. Wij zijn er voor u, voor de burgers.

'Die aannemer heeft natuurlijk een vergunning nodig van *Bouw- en woningtoezicht.* De directeur daarvan is ene Saalberg. Die staat regelrecht onder de wethouder van Openbare Werken.'

Johan houdt zijn ogen op de weg, maar knikt nu toch bemoedigend.

'Ik zie Saalberg en die aannemer geregeld samen. 't Is Kees voor en Piet na zogezegd, terwijl er tegen allerlei anderen die met de bouw te maken hebben ge-meneerd wordt, of hoogstens achternamen.'

'Die mensen mogen toch wel bevriend zijn,' meent Johan.

'Dat zal ik niet ontkennen. Maar nu moet u 's opletten. Een maand of wat geleden is de bouwtekening naar Bouw- en woningtoezicht gestuurd. Allerlei mensen schijnen daar dan naar te kijken. Ook een man die speciaal let op de veiligheid voor brand.'

'De man van de brandpreventie.'

'Precies. Nou, die vond allerlei fouten.'

'En is het ontwerp toch goedgekeurd?' vraagt Johan, nu echt opmerkzaam geworden.

'Nee, dat is iets subtieler gegaan,' zegt Rijksen. 'Het ontwerp is teruggestuurd. De aannemer heeft er een kleinigheidje aan veranderd. Niks wezenlijks, dat weet ik van een kennis van me die er met z'n neus bovenop zit. Zes weken later heeft hij dat herziene ontwerp weer ingestuurd, precies één dag nadat de man van de brandpreventie met vakantie was gegaan. Een week later had Saalberg het ontwerp goedgekeurd.'

Johan kijkt even opzij om er achter te komen of Rijksen na zijn verhaal een triomfantelijk of een kwaad gezicht zet. Tot zijn verwondering is het geen van beide. De man kijkt eerder berustend.

'Heeft die aannemer gratis een nieuwe badkamer voor Saalberg geïnstalleerd?'

'Zoiets is zelden te bewijzen,' zegt Rijksen. 'Maar ze zeggen dat de ene dienst de andere waard is. Wat denkt u?'

'Hebt u me dit verteld met de bedoeling dat ik er in duik?'
'U zult er weinig aan kunnen doen,' constateert Rijksen. 'Ik heb het meer verteld als voorbeeld. Uw partij wil open, eerlijke, *schone* politiek. Hoe lang bent u daar al mee bezig. Vijf jaar?'
'Zes en een half.'
'En hebt u iets tegen dit soort praktijken kunnen doen?'
'We doen ons best,' zegt Johan. 'En we bereiken ook wel iets.'
De man snuift ongelovig. Hij is te beleefd om het tegen te spreken. 'Bewonderenswaardig idealisme,' zegt hij. 'Hier rechts is mijn garage. Hartelijk dank dat u me meegenomen hebt. Volgende keer stem ik weer op u.'
'Dat doet me plezier,' zegt Johan. Hij hoort niet meer dat Rijksen voor zich heen mompelt: 'Op jullie of op een ander, wat maakt het uit?'

Het valt niet mee om een fractievergadering op het afgesproken uur te laten beginnen. Alle acht leden zijn aanwezig, maar behalve Lotte heeft niemand zich de tijd gegund om even met de kop koffie die Willy hun zorgzaam aanreikt te gaan zitten voor een ontspannen babbeltje. Als Johan het secretariaat binnenkomt zijn er drie aan het telefoneren, één hand tegen het vrije oor om te verstaan, schreeuwend om zichzelf verstaanbaar te maken. Arend, de fractievoorzitter, dicteert Marjan een ingewikkelde brief over de een of andere procedure, de anderen zijn wel in het secretariaat geweest, maar na een haastig 'dag beauties' tegen Willy en Marjan weer verdwenen, het onoverzichtelijke kamergebouw in.
Johan gaat bij Lotte zitten en krijgt chocolademelk. Daar houdt hij meer van dan van sommige soorten koffie.
'Hoe laat beginnen we?'
'Waarschijnlijk als Arend klaar is met zijn brief,' zegt Lotte. 'Om nauwkeurig te zijn: als we dan *niet* beginnen ga ik naar mijn kamer en hou de fractievergadering voor gezien.'
'Hij is klaar,' constateert Johan.
Lotte staat op en deelt Arend mee dat zijn horloge een kwartier achter loopt. Arend roept boven het rumoer uit: 'fractie, nu!' en gaat zelf al vast naar de fractiekamer. Het helpt. Zeven minuten later kunnen ze beginnen.
Bij de inventarisatie van de agenda meldt Johan een punt aan.
'Waarover?' vraagt Arend.

'Over onze werkwijze. Onze besluitvorming.'
'Moet dat vandaag? We hebben een volle agenda.'
'Ik vraag hoogstens tien minuten.'
'Oké. Nog anderen?'
Het is al over half twee als Johan aan de beurt komt. Om twee uur begint de vergadering van de Kamer. Er is veel tijd nodig geweest voor bespreking van de onderwerpen die daar deze week aan de orde zijn.
'Het komt hier op neer,' zegt Johan. 'We zitten hier nu zes en een half jaar. José en Bart twee en een half jaar, de anderen zes en een half. We zijn regeringspartij. We zitten in een coalitie. We hebben twee ministers. We nemen iedere dag tientallen besluiten. Grote en kleine. Belangrijke en minder belangrijke. We sluiten compromissen. Soms sluiten we ons aan bij de meerderheid omdat we geen argumenten er tégen hebben verzameld. Soms steunen we de regering uit gewoonte, soms uit principe, soms uit luiheid.'
'Uit tijdgebrek,' zegt Herman.
'Best, uit tijdgebrek. Ik besef dat we niet bij ieder probleem op een echt grondige manier tot een beslissing kunnen komen. Dat hoeft ook niet. Maar de *manier waarop we werken* mag niet wezenlijk afwijken van onze bedoelingen van zes en een half jaar geleden. Hebben we nog contact met de mensen, de burgers, degenen die ons hebben gekozen? Denken we er geregeld aan dat we hier zitten door hen, dus vóór hen? Of zijn we beroepspolitici geworden met als belangrijkste zorg dat het politieke bedrijf in Den Haag gesmeerd loopt? Soms denk ik dat er weinig verschil is tussen ons en een confectiefabriek. Wij vervaardigen wetten, naar ieders maat, onverslijtbaar en vlekkeloos. Kunnen wij nog beoordelen wat de mensen echt nodig hebben, echt willen?'
'Wat is je voorstel?'
'Ik stel voor dat we een bepaald probleem bij de kop nemen, niet te groot, niet te veel omvattend, en dat we daar met z'n allen in duiken en het uitzoeken, tot op de bodem. Ik zou te weten willen komen of het probleem wordt herkend, of het wordt opgelost, en of de oplossing de belangen van de bevolking werkelijk dient of alleen in schijn. Ik zou willen nagaan wat de oplossing van dat probleem betekent voor over tien jaar, of over twintig. Ik zou..'
'Wat voor soort probleem heb je in je hoofd?' vraagt Arend efficiënt.
'Wat dan ook. Een klein fabriekje dat moet sluiten en overheidssteun

13

vraagt. Een natuurgebiedje waar een gemeente wil gaan bouwen. Een ongewenste vreemdeling die over de grens wordt gezet. Het doet er niet toe.'
'Je wilt dat we daar àllemaal aan werken?'
'Ja. Ieder probleem heeft minstens acht aspecten.'
'En waarom precies? Waarom met z'n allen?' vraagt Herman. 'Omdat we niet alleen de kiezers uit het oog dreigen te verliezen, maar ook elkaar. Omdat we verstrikt zijn geraakt in het gedoe van alle dag, hier in de Kamer. Voorlopige verslagen. Commissievergaderingen. Hoorzittingen. Fractieberaad. Ik heb het gevoel dat we in zes en een half jaar vergeten zijn waar het ons om begonnen was. Ik denk dat we elkaar èn de belangen van onze kiezers terug zouden vinden als we gezamenlijk, tijdens het werken aan zo'n project, nog eens over onze vroegere bedoelingen zouden nadenken.'
'Ik begrijp het,' zegt Arend. 'Er zit veel waars in wat je zegt. Er zitten aan het werk hier in de Kamer . .'
Wat Johan zelden doet, doet hij nu. Hij interrumpeert de voorzitter. Op het moment dat Arend zegt dat er veel waars in zijn beweringen schuilt, weet hij immers dat Arend er niets voor voelt en dat hij zal proberen zijn voorstel op een zijspoor te rangeren.
'Wacht even, Arend. Ik zou graag willen dat je mijn voorstel in discussie gaf vóórdat je er zelf een mening over uitspreekt.'
'Zoals je wilt,' zegt Arend minzaam. 'We hebben nog vijf minuten. We hebben daarom alleen tijd voor een principebesluit of we het voorstel van Johan verder uitwerken. Wie wil er iets over zeggen?'
'Ik ben er vóór,' zeg José. 'Sinds ik hier zit heb ik geen kiezer meer gezien, alleen nog partijleden.'
De klok tikt de minuten weg. De fractieleden overwegen bij zichzelf of ze zin hebben in de extra inspanning die Johans plan met zich meebrengt. Als het moet, kunnen ze snel tot een oordeel komen. Dat ligt even anders als schijnbaar eindeloze woestijnen van tijd zich voor hen uitstrekken.
Herman is tegen. Hij vóélt waar hij tegen is, al weet hij nog niet precies waarom. Dat argument is natuurlijk onbruikbaar. Hij gooit het op tijdgebrek.
Lotte stelt nuchter vast dat ieder constructief voorstel een kans moet krijgen. Wijnand heeft niet geluisterd. Hij was met zijn gedachten bij het kamerdebat dat hij zo dadelijk moet voeren. Gemakshalve knikt hij instemmend, niet te nadrukkelijk.

Bart roept dat het een aardig plan is. Misschien zien ze weer 's nieuwe gezichten, da's altijd aardig.
'Zolang het mooie gezichten zijn, zonder baardgroei, bedoelt hij,' verklaart Hubèrt.
Een langdurige bel splijt het kamergebouw. Sein voor het begin van de plenaire zitting. Ze staan op en beginnen papieren bij elkaar te graaien.
'Ik hoor instemmende geluiden,' zegt Arend. 'Zelf ben ik ook voor, dus ik nodig Johan uit om de volgende keer een concreet plan aan de fractie voor te leggen. De vergadering is gesloten.'
Johan zet met een klap zijn tas op tafel. Hij weet zeker dat Arend *tegen* was.

2

Hubèrt van Borsselen heeft geen auto. Hij woont alleen, in een klein huis in Maarsbergen. Als er geen stemmingen worden verwacht en hij niet persoonlijk aan een debat deelneemt, gaat hij in de loop van de avond met de trein naar huis. Moet hij blijven, dan overnacht hij in een hotelletje in de buurt van het Binnenhof.

Donderdag, de laatste dag van de week dat de Kamer vergadert, blijkt er – tegen de gewoonte – laat in de avond nog een stemming te zijn. Hubèrt belt zijn vaste hotel, maar hij is te laat. Alles bezet. 'Merde.'

'Ga met mij mee naar Driebergen,' zegt Johan. 'Dan ben je morgen zo vroeg als je wilt in Maarsbergen.'

'Is er in Driebergen geen station, befaamd om zijn koffie en het aantal treinen dat er stopt? Waarom, snoodaard, ben jij hier dan met een milieuverpestende, energieverslindende, dood en verderf zaaiende auto?'

'Dat kwam toevallig beter uit.'

'Ik zet mijn diepe weerzin tegen de explosiemotor overboord en aanvaard je aanbod. Mits ik mag rekenen op een warm welkom van je Tineke.'

'Die ligt al lang in bed, man,' zegt Johan. 'Ze zal pas morgenochtend merken dat je er bent. Dan zal het voor haar te laat zijn om het huis te verdedigen. Het zal dan al besmet zijn met je barokke ideeën, het vocabulaire van de kinderen zal al opgesierd zijn met oud-nederlandse woorden, waarschijnlijk zul je hen er zelfs al toe hebben gebracht spijkers in de banden van mijn auto te slaan.'

'Zo zij het.'

Het is kil, dus blijven de autoraampjes dicht en is er een gesprek mogelijk. Johan zegt niet veel. Hij kent Hubèrts diepe afschuw van hard rijden. Hij houdt de naald van de snelheidsmeter braaf op honderd, hoewel de wegen leeg zijn. Als hij 's nachts alleen naar huis rijdt, is dat meestal met een vaart van honderddertig.

Hubèrt zit op zijn praatstoel.

'Je was indrukwekkend op de fractievergadering, vriend. Het belang van de burger en de schone schijn. Na zes en een half onthullende

jaren geloof je nog dat het kan: openheid, helderheid, eerlijkheid in de politiek. Je bent een soort politieke Pascal, die geloof en logica verenigt in één persoon. Ik bewonder je.'
'Bespot me niet, of ik druk het gaspedaal op de plank.'
'Jij bent de bestuurder van dit produkt van het technisch brein van de homo sapiens. Doe naar je lust hebt.'
Verrek, hij is een beetje dronken, denkt Johan. Dat is ongebruikelijk voor Hubèrt.
'Weet je, ik denk wel eens dat het volk het meest gediend zou zijn met een milde dictatuur, dat zal zelfs iemand als jij niet tegenspreken,' peinst Hubèrt hardop. 'Stel je voor dat jij morgen werd uitgeroepen tot dictator van Nederland voor een periode van vijf jaar, wat zou je dan het eerst doen?'
'De dictatuur afschaffen.'
'Johan, je hebt geen verbeeldingskracht. Als ik dictator werd, dan was er morgenmiddag om vijf uur een openbare geseling op de Dam. Preventief en demonstratief. De televisie is er bij. Het ziet bont van de mensen, die in opperbeste stemming, met feestneuzen en feestmutsen, al uren staan te wachten.
Om vijf voor vijf worden de zeven delinquenten het plein opgeleid. Hun handen worden zo vastgebonden dat ze naar de hemel geheven zijn, als in een smeekbede om verlossing op het laatste moment. Maar die verlossing kan alleen van mij komen en ik beleef het heerlijkste moment van mijn nog maar korte carrière als dictator.
De televisie-camera's laten close-ups zien. Geheel links staat de vrouw die ik vorige week aantrof in de supermarkt van Maarsbergen. Ze heeft dezelfde smakeloze bloemetjesjurk aan als toen. Maar het dochtertje van vijf is er nu niet bij. Toen wel. Toen stond de moeder met haar schelle stem te jammeren over haar ingewanden en andere delen van haar opgedirkte lijf, waar ik niet zonder onpasselijk te worden over kan spreken. Zó luid deelde ze het allemaal mee dat ze alle klanten deelgenoot maakte van haar sores. En ik zocht nog wel net vlees uit, in de hoek in zo'n koude bak. Ineens schoot haar hand uit en trof het kind gemeen hard in het gezicht. Het wichtje stond wat te rammelen met een pakje macaroni. "Dat zal haar leren," zei de liefhebbende moeder, opnieuw zeer luid, tot ons aller lering. De camera laat haar ingebeelde gezicht zien. Het kijkt nu heel bang. Wat zal het lekker kletsen zo dadelijk.
Naast haar staat de man met autonummer 72-45-SZ. Gisteren stopte

hij voor mijn huis, draaide een raampje omlaag en wierp drie lege bierblikjes, een paar plastic zakken en honderd sigarettenpeukjes tussen de dovenetels. Hij zal er van lusten. In het vervolg zal hij zijn emballage liever opeten dan naar buiten gooien.'
Johan kijkt eens opzij naar Hubèrt, die vergenoegd achterover leunt. Zijn grieven heeft hij blijkbaar voor het oprapen, want hij vervolgt zijn tirade zonder te pauzeren.
'Daar weer naast staat een van mijn vele bezoekers die tien keer zegt "Kom, ik stap 's op" en negen keer blijft zitten.
In het midden kronkelt zich van angst een radio- en televisiejournalist die na al mijn sublieme antwoorden op zijn stupide vragen niets anders te zeggen heeft dan "Mja, volgende vraag meneer Van Borsselen."
Vervolgens een van die sinjeuren die net doet of hij je niet ziet als je een smederij, een garage of iets dergelijks betreedt. Hij blijft hardnekkig doorschroeven of -moeren, ook als je eens bescheiden humt, of joviaal môge zegt. Morgenmiddag probeert hij ook weer onverschillig te kijken, maar dan lukt het hem niet. We zullen hem met enige clementie behandelen, omdat hij een ambacht kent. Dat is een verzachtende omstandigheid.
En dan.. Ah ja, een jonge dikke meid, met een overdadige blouse vol overtolligheid. Ik laat haar in bikini kleden, dat maakt het nog spannender. Wat zal het lillen, wat zal ze gillen. Mogelijk nog harder dan haar te dure cassetterecorder, waaruit ze met alle ramen open de meest stupide, gedegenereerde muziek over mij uitstort, zodat ik van razernij een kostbare vulpen in tweeën breek en mijn werk niet gedaan krijg.'
'Interessant,' zegt Johan. 'Toch verbaast het me dat je als dictator niet begint een stelletje uitbuiters en afpersers te geselen. Of zijn die er niet meer, volgens jou?'
'Mais oui, mais oui. Voor die bewaar ik de meer verfijnde methoden. Ze komen later aan de beurt.'
'Ik heb zes geselgrage ruggen geteld. Van wie is de zevende?'
Omdat Hubèrt niet antwoordt zegt Johan:
'Ik weet wie de zevende is. Het is de dokter die zegt: "Dat maak ik wel uit, mevrouwtje. U bent een leek." '
Nee,' zegt Hubèrt. 'De zevende.. De zevende is de tijger. De tijger van de moderne jungle. De dolle automobilist.'
'Je bent wel gebeten op de auto.'

'Op de automobilist.'

'Wat hebben ze je gedaan?'

'Van die vraag krijg je spijt, mijn vriend,' zegt Hubèrt. Johan moet inhouden voor een vrachtwagen die midden op de weg rijdt. Onmogelijk om te passeren. Hij geeft een signaal met de lampen.

'Spijt? Waarom?'

'Als ik je heb geantwoord zeg je "sorry" en je hebt een kleur van gêne, die ik gelukkig niet zie, omdat we de auto die je zo vaardig passeert dan ver achter ons hebben gelaten.'

'Antwoord dan maar niet.'

'Ik antwoord. De tijger van de moderne jungle ontnam me het beste wat ik had. Het enige.'

Johan zwijgt. De passeermanoeuvre is gelukt, hoewel de vrachtwagenchauffeur karig is gebleven met het geven van ruimte. Nu strekt zich weer donkerte voor hen uit, waarin het grote licht van de autolampen een langgerekt trapezium graaft.

'Frankrijk. Daar woonde en werkte en zwierf ik tussen mijn 24ste en 30ste jaar. Daar ontmoette ik Madeleine. Ze was ongelofelijk mooi. Haar gezicht en haar lichaam. Onwezenlijk. En daarbij was ze lief en vriendelijk. Ik werd smoorverliefd. Dat was onvermijdelijk. Ze was de dochter van een landjonker, adellijk van ziel, voorwaar, en bovendien zeer welgesteld. Hoewel ik vanaf het begin wist dat er iets haperde aan Madeleine, door de blik in haar ogen, door antwoorden die ze gaf of die ze soms juist niet gaf, ben ik met haar getrouwd. Ze was een engel op aarde en dat onnoembare mankement was eerder een extra attractie dan een bezwaar. Haar vader praatte heel openlijk met me, hij raadde me aan te proberen Madeleine te vergeten. Ik wuifde zijn bezwaren weg. Hij gaf heel officieel zijn toestemming tot het huwelijk.'

Hubèrt pauzeert. Een kilometer lang wordt er gezwegen in de auto.

'En ik heb nooit spijt gehad van dat huwelijk. Madeleine was waanzinnig. Ze had jaren in een inrichting gezeten. Haar ziekte manifesteerde zich niet voortdurend. Alleen bij korte vlagen. Er was dan geen land met haar te bezeilen. Ze reageerde niet op wat ik zei, leek me niet te kennen, was verschrikkelijk depressief. Madeleine werd zwanger. Het was een ongelukje, want ik had het risico onderkend en altijd secuur voorbehoedmiddelen gebruikt. Hoewel ik ook in die periode geen spijt had met Madeleine te zijn getrouwd, leefde ik in grote spanning over hoe ons kind zou zijn. Wat ik van Madeleine verdroeg, of juister: vanzelfsprekend vond, zou ik niet kunnen accepteren van mijn nageslacht. Ik heb geluk gehad. Madeleine baarde een mooie, gezonde zoon. Haar evenbeeld, maar binnen in zijn ernstige, donkere kopje, stond alles op een rijtje. We noemden hem Marc.

Een maand na de geboorte moest Madeleine weer worden opgenomen. Niet lang daarna is ze uit een raam gevallen. Het was geen zelfmoordpoging, verzekerde men mij, maar ik heb mijn twijfels.

Drie jaar daarna stierf ook mijn schoonvader. Ik ben toen met Marc naar Nederland gegaan. Hij groeide goed en gezond op. We woonden samen, niet ergens in een boshut of zo, maar in een gewoon, alledaags nieuwbouwwijkje, zodat hij wat speelkameraadjes zou hebben. Een rustige straat, waar zes auto's per dag doorkomen.

Eerst had ik een hulpje voor overdag, later toen hij naar het kleuterschooltje ging was dat niet meer nodig. Ik werkte veel thuis, free lance tekstschrijver was ik in die dagen. We hadden het prachtig samen, hij en ik.'

Hubèrt gaat rechtop zitten.

'Je begrijpt natuurlijk al lang dat hij doodgereden is. Ze kwamen het me vertellen toen ik bij een klant was om een opdracht te bespreken. Het was zijn eigen schuld geweest, zei de politie. Schuld, noemen ze dat. Een mannetje van vijf jaar. Die achter een bal aanholt. Van mij mocht hij nooit met een bal op straat spelen. Dat hadden we doorgepraat, hij en ik. Maar deze bal was van een vriendje, hij had 'm even vast en toen sloeg een andere jongen hem uit z'n handen. Schuld. De automobilist trof geen schuld, zeiden ze. Die had vijftig gereden, hoogstens zestig, dat was niet te bewijzen. Zestig, in een straatje met spelende kinderen. Hij zàg ze spelen. Hij moet gezien hebben dat ze een bal hadden. Geen schuld.

Hij is bij me gekomen om te zeggen dat 'ie het zo erg vond. Dat 'ie er niet van sliep. Maar hij had er echt niks aan kunnen doen. Hij had keihard geremd, kijk, daar was het remspoor. Ik heb me beheerst Johan, op mijn eer, ik heb me beheerst, ik heb hem niet aangeraakt. Maar ik heb wel gezegd dat ik nu juist erg lekker sliep, aangenaam rustig, zo alleen in huis. Toen is 'ie weggegaan. Met z'n auto.'

'Hoe lang is het geleden?' Johan is blij dat hij vanwege het autorijden Hubèrt niet hoeft aan te kijken.

'Ruim elf jaar. Ik kan het je op de dag af zeggen, maar zo gedetail-

leerd kan je belangstelling niet zijn.'
'Hoe heb je het verwerkt?'
'De beste metgezel van de mens is de tijd. Ik heb maanden met wraakgevoelens rondgelopen. Daarmee verdoofde ik andere emoties die me dreigden te vernietigen. Op een dag vroeg iemand me of ik zelf nooit te hard door een woonwijk gereden had. Blijkbaar vroeg hij het op een moment dat ik weer toegankelijk was voor rede. Ik besefte dat niet die ene man de moordenaar was van mijn zoon, maar de maatschappij, die zich heeft beschermd tegen de tijgers in de vroegere jungle door ze uit te roeien, maar die heeft toegestaan dat de nieuwe tijgers vrij mogen rondrijden in de nieuwe jungle. Niet bij de directe moordenaar van Marc moest ik zijn voor mijn wraak, maar bij de indirecte, bij wat men zo eufemistisch noemt de samenleving. Dat heeft mij gemotiveerd om in de politiek te gaan.'
'Heeft de politiek je eigenlijk de genoegdoening gebracht die je er zocht?'
'Welnee. De meesten van ons zijn begonnen met grote ontevredenheid over de samenleving en een klein beetje ambitie. Na zes en een half jaar zien we bij de meesten een geringe ontevredenheid over de samenleving en een aanzienlijke portie ambitie. Ik ben nu eenenveertig jaar en ik voel me een stokoude man. Lees en herlees de Prediker, mijn vriend, en beaam dat het uitnemendste in het leven is moeite en verdriet.'
'We zijn er,' zegt Johan. Het is bijna één uur. Hij draait de oprijlaan in. Ze zitten nog even in de keuken, zwijgzaam. Hubèrt met een appel, Johan met een glas melk. De deur gaat open. Tineke staat op de drempel. In kimono en met krulspelden in.
'O,' zegt ze. 'Is Hubèrt meegekomen?'
Hubèrt staat op en geeft haar een hand. Hij kust haar niet, zoals de gewoonte is tussen de meeste fractieleden en hun aanhang. Tineke straalt ongastvrijheid uit, zonder het tastbare bewijs daarvoor te leveren. Ze maakt een bed voor hem op en ze vraagt zelfs of hij nog iets wil eten. Maar uit wat ze zegt blijkt op geen enkele manier dat ze het ook maar in de verste verte, voor een halve duit waard prettig vindt om hem te zien. Hij wordt geduld, omdat ze van huis uit heeft geleerd dat het burgerlijk fatsoen dat voorschrijft.
Hubèrt is supergevoelig voor niet gezegde woorden. Hij vervloekt zichzelf omdat hij op Johans uitnodiging is ingegaan. Hij heeft het eerder meegemaakt, deze kilte van Tineke, een vrouw die de warmte

21

verspreidt van een ijspegel. Het liefst zou hij abrupt opstappen en de nacht inlopen, alleen, te voet naar Maarsbergen. Het kan niet, om Johan.

'Je had wel eens kunnen overleggen voor je de auto meenam,' zegt Tineke tegen haar man. 'Ik heb vreselijk onthand gezeten.'

Johan is een goeiige man, verstandig maar bepaald geen genie, gelijkmatig, verzoenend, vredestichtend. Een enkele keer barst zijn drift los, de drift die zijn jeugd heeft beheerst en die hij pas later onder controle heeft gekregen. Onder controle, meestal, niet altijd. De drift van veel mensen moet je met een korreltje zout nemen. Zo lang iemand in drift wel een ondergeschikte maar niet zijn baas op z'n bek slaat is er heel wat hocus pocus bij. De weinige keren dat Johan een driftbui heeft zijn ze meestal in zijn eigen nadeel. Nu voelt hij drift in zich opstijgen, heel snel, als kokende melk op het vuur in een nauwe pan. Niet doen, denkt hij nog, niet met Hubèrt er bij, maar het is juist door Hubèrt dat de melk overkookt. Dat verhaal over een vermorzeld leven en zijn eigen onmacht om er op te reageren; de kille ontvangst van Tineke voor deze man, die zijn warme menselijkheid zo slecht weet te verbergen achter een gezwollen woordkeus; haar cynisme om hem te verwijten dat hij met de auto is gegaan, terwijl ze er zelf de oorzaak van was dat hij de trein niet kon halen en ze het verdomde te voorschijn te komen toen hij vertrok; haar negatie van zijn verantwoordelijkheden voor zijn werk; haar minachting voor zijn plichtsbesef . . .

Hij bedenkt dit allemaal niet. Hij vecht een korte, bij voorbaat verloren strijd met zichzelf en verliest. Een vloek knettert, zo hard en zo godslasterlijk dat Hubèrt zich lam schrikt. Tineke ziet het aankomen, in een onderdeel van een seconde heeft ze de tekenen herkend. Ze duikt, de fles melk mist op een haar, bonst tegen de deur, valt dan te pletter op de plavuizen. Geruisloos en snel als een slang is Tineke overeind, de keuken uit, de deur trekt ze achter zich dicht. Log, met een omvallende stoel, zijn heup bezerend aan de hoek van de tafel, wil Johan haar achterna. Voor hij de deur open heeft zegt Hubèrt: 'Mijn vriend . . ., gun u zelf enige tijd.'

Johan keert zich naar hem toe. De in zijn longen samengeperste lucht fluit naar buiten. Hubèrt kijkt hem aan.

'Wij zijn vanavond veel van elkaar te weten gekomen,' zegt hij. 'Laten we die kennis bewaren in ons hart en er met wijsheid gebruik van maken.'

3

Met zijn één meter drieënnegentig is Arend Streefkerk een van de langste mensen van de Kamer en veruit de langste van de PSL-fractie. Hij is breedgeschouderd, en ondanks zijn negenendertig jaar ontbreekt ieder spoor van een buikje. Door de hoekige vorm van zijn gezicht, vierkante kin, geprononceerde jukbeenderen, als begin- of sluitstuk van zijn indrukwekkende gestalte, is het totaalbeeld er een van wilskracht, zelfs zó sterk dat hij ervoor moet oppassen dat mensen als ze hem ontmoeten al bij voorbaat, puur op grond van z'n uiterlijk, in hun schulp kruipen. Want dat is het laatste wat hij wil. Hij wil geliefd zijn. Het bereiken van zijn doel en geliefd zijn, deze beide bakens bepalen zijn handelwijze. Daarom heeft hij zich aangewend zijn oogleden een beetje samen te trekken, waardoor zijn ogen kleiner lijken en zijn gezicht vriendelijker wordt. Des te indrukwekkender is hij met wijd opengesperde ogen, een soms te hulp geroepen wapen als een hardnekkige tegenstander van zijn ongelijk moet worden overtuigd. Dit wapen van de intimidatie wordt natuurlijk vooral van stal gehaald als de tegenstander in hoge mate *gelijk* heeft.
Arend is doctorandus in de economie. Hij heeft al grote kinderen, negentien en zeventien, want hij is in het begin van zijn studententijd getrouwd. Een ongelukje, zoals die toen nog voorkwamen. Samantha's vader deed moeilijk, de avond dat ze het hem vertelden. Arend heeft toen het meisje bij de arm genomen en is de deur uitgewandeld. Hij had van jongs af aan zijn eigen beslissingen genomen en grotendeels voor zichzelf gezorgd – hij zou zich met Samantha, en straks met het kind, ook wel redden. Toen het kind er was ging schoonvader door de knieën, maakte een soort excuus en werd een opa wiens eigenbelang ophoudt waar dat van de kleinkinderen begint.
Arends vader was stuurman bij de koopvaardij. Zijn schip werd getorpedeerd in het begin van de oorlog. Nooit meer iets van gehoord. De jonge Streefkerk voelde zich onmiddellijk de man in huis. Al gauw voer de volgzame moeder op zijn kompas. Vanaf zijn achttiende jaar was Arend lid van de socialistische partij, maar toen hij was afgestudeerd werd hij toch econoom bij een grote particuliere industrie. Natuurlijk komt dat meer voor. Bij Arend wrong er toch iets

tussen leer en leven. Het werk in het bedrijfsleven beviel slecht. Hij werd in de gemeenteraad gekozen en solliciteerde een paar maal naar een burgemeesterspost. Op zijn achtentwintigste bestuurde hij met vaste hand een kleine gemeente. Het was een vergissing. Hij was veel te dynamisch voor deze slaperige functie, waar het werk door de gemeentesecretaris werd gedaan en de raadsleden voor hem geen partij waren. Hij woog zijn kansen om binnen afzienbare tijd burgemeester te worden van een grote stad. Die kansen bleken nihil. Voor dergelijke posten wordt pas in de tweede plaats gekeken naar de bekwaamheid van de kandidaten. De eerste selectie vindt plaats op grond van politieke carrière en relaties met de partijtop. Arend lag bij de partijtop slecht. Hij was te intellectueel, te liberaal in hun ogen en ze vreesden zijn overwicht. Hij keerde de partij de rug toe, gaf zijn burgemeestersfunctie op en werd lid van de PSL in oprichting. Zonder slag of stoot werd hij gekozen tot lijsttrekker. Hij deed het goed. De nieuwe partij haalde zes zetels, vier jaar later werden het er acht.

De kleine José, met haar soepele, warme figuurtje, heeft grote bewondering voor Arend. Op haar eenentwintigste, toen ze net een huwelijk achter de rug had (een kleine vergissing, nu lang vergeten) zag ze hem voor het eerst op de televisie. Ze werd lid van de PSL, maar het moet gezegd, niet alleen om hem. Ze is ook een idealiste, deze José Merkelbach. Ze gelooft heilig dat politiek eerlijk, open, gespeend van eigenbelang kan zijn. In de praktijk leidt dat tot momenten van ontgoocheling. Soms handelt de PSL op een wijze die eerder aan partijbelang dan aan het belang van de burgers doet denken. Arend legt haar dan uit dat ze dit breder moet zien. De partij kan de belangen van de burgers alleen goed behartigen als hij sterk is. Daarom is het uiteindelijk in het belang van de burgers als het *partijbelang* wordt gediend. Snap je? Je kunt je idealen alleen bereiken met hulp van een sterke partij. Zo werkt dat, Josétje.
Ze is de partijcongressen gaan bijwonen en ze is goed bevriend geraakt met Arend. In het nette, overigens. Hij is een asceet. Hij heeft nooit gerookt. Sinds hij in de Kamer zit drinkt hij ook geen alcohol meer, want hij heeft onmiddellijk onderkend wat een funeste rol alcohol in het politieke leven speelt. Bovendien is zijn relatie met Samantha nog altijd bloeiend.
José is fractie-assistente geworden en bij de volgende verkiezingen

stond ze op een verkiesbare plaats. Ze heeft weer een vaste vriend, een student in iets onduidelijks, blijkbaar moeilijk, want hij doet er al jaren over.

Van lieverlee worden José's politieke idealen in Arends richting gebogen. *Zij* is zich dat absoluut niet bewust en hij maar gedeeltelijk. Ze spreekt hem vaak tegen in de fractievergadering, misschien het vaakst van allemaal. Als het op stemmen aankomt doet ze meestal toch wat hij wil. Hij overtuigt haar. Een man met zulke schouders, die ook nog zo scherp kan formuleren, moet wel gelijk hebben. In ieder geval krijgt hij het, van haar.

Arend voelt weinig voor het plannetje van Johan. Hij vindt het niet zo geweldig belangrijk, maar toch blijft het, terwijl hij interviews weggeeft en toespraken houdt, als iets waar nader over gedacht moet worden stand by in zijn hoofd.

Donderdagavond, na de late stemming, lopen hij en José samen het kamergebouw uit.

'Ik heb nog geen zin om naar huis te gaan,' zegt ze. 'Wouter is niet thuis.'

'Ga even mee. Samantha is nog op. Ik heb haar zo juist opgebeld. Kletsen we nog een uurtje.'

'Oké. Ik neem m'n eigen auto mee, dan heb ik 'm straks bij de hand.'

Ze rijdt met haar mini achter Arends sportauto aan. Ver is het niet, want Arend is kort nadat hij voor het eerst als kamerlid is beëdigd naar Den Haag verhuisd.

Het huis is sfeervol. Er is weinig stijl in de meubilering, modern en antiek, strak en weelderig, alles komt door elkaar voor, maar Samantha heeft kans gezien het toch op een wonderlijke manier te doen harmoniëren.

Samantha en José mogen elkaar graag. Terwijl zij zitten te babbelen en lachen om dingen waarvoor Arend de antenne mist om er de grappigheid van in te zien, ligt hij bijna horizontaal in een leren stoel en denkt na over het voorstel van Johan Douwens. Een probleem met de hele fractie doorlichten. De projectbenadering. Als je het grondig doet ontdek je natuurlijk misstanden, dat is wel zeker. Wat is daar tegen? Niks natuurlijk. Misstanden zijn vlees en bloed voor kamerleden. Toch zit hem iets dwars. Als de hele fractie de aandacht verlegt – althans voor een deel – van het parlementaire werk naar de samenleving, van Den Haag naar het land, dan maakt dat van de partij weer zoiets als een beweging, zoals in de begintijd, een groep die afstand neemt van het gebeuren in Den Haag, van de andere partijen, van de macht. Een beweging, een groep die voorpostengevechten levert, blijft klein, per definitie haast. Zo'n groep heeft iets profetisch, iets vluchtigs ook, iets tijdelijks. Vooral dat tijdelijke wil Arend niet. Continuïteit, groei, invloed, krijg je door deel te nemen aan de macht. Door het spel mee te spelen. Door te doen als de anderen, niet naar de inhoud maar naar de vorm. Daarom moet het idee van Johan aangepast worden. Niet van de tafel geveegd. Dat kan niet goed meer, nu de fractie in principe heeft besloten het plan uit te voeren (ofschoon niets onmogelijk is). Het zou ook wrok geven bij Johan, wat nooit goed is. Het best zou zijn als het plan gedeeltelijk werd uitgevoerd, bijvoorbeeld door drie fractieleden. Johan en twee anderen. Twee anderen die sterk onder zijn eigen invloed staan, José en Herman.

In een paar woorden legt hij het voorstel van Johan uit aan Samantha en vraagt wat ze er van vindt.

'Dat kan ik niet zo een twee drie beoordelen,' zegt ze.

'En jij, José?'

'Zalig. Helemaal Johan.'

'Denk je dat het uitvoerbaar is?'

'Nou en of. Als we het allemaal maar echt willen.'

'Idealisme moet kunnen worden gedaagd voor de rechterstoel van de rede,' zegt Arend. 'Anders gezegd: er staan wat wetten in de weg en praktische bezwaren. De hele fractie op karwei ergens in het land, dat zie ik niet zo zitten.'

'Samantha,' zegt José, 'je man is bezig om een prachtig plan te verstieren.'

'Nee nee, geen sprake van,' zegt Arend. 'Ik ben er vóór. Ik denk alleen dat we er niet met z'n achten aan kunnen werken. Een stuk of drie is genoeg, lijkt me.'

'Hè jasses.'

'Die drie moeten geregeld rapport uitbrengen aan de fractie, zodat we er allemaal bij betrokken blijven. Op die manier bereikt Johan zijn doel en tegelijkertijd kan ons werk in Den Haag voor het grootste deel gewoon doorgaan.'

'Ik ben het niet met je eens,' zegt José vastberaden. 'Het goeie van Johans voorstel is dat we het met z'n allen doen. We zijn een poosje weg uit Den Haag, zodat het iedereen opvalt. Dat is juist goed. De

fractie van de PSL is deze week bij de burgers, zullen we zeggen. De bankjes zijn leeg. Daar wordt vast over geschreven in de kranten. Dat lijkt mij goed.'
'Lieve schat, stel je dat eens voor. Er komt een belangrijke stemming. De oppositie haalt het net, omdat wij er niet zijn. Weet je wat ze dan schrijven? Die jongens kennen hun plicht niet. In de tijd dat ik weg ben hoor ik ook niet wat de regering aan het bekokstoven is. We zijn er niet voor eerste commentaren op nieuwe wetsontwerpen. We missen de informatie uit de wandelgangen, over wat er broeit in de andere partijen.'
'Ik heb nooit gehouden van dat politieke gedoe in de wandelgangen; die afspraakjes, dat overleg binnenskamers,' zegt José.
'Ik ook niet. Maar daarom is het er wel. Zijn wij struisvogels? Als je niet meedoet met de gebruiken, dan krijg je geen informatie. Zonder informatie heb je geen macht. En het gaat in de politiek immers om macht?'
'Het gaat er om je doelstellingen te bereiken.'
'Ja. En dat lukt alleen als je macht hebt.'
Ondanks het vage gevoel dat Arend ongelijk heeft, is José niet in staat dit tegen te spreken.
'Zolang je geen absolute meerderheid hebt, moet je met compromissen werken,' zegt Arend. 'En in ons systeem van de parlementaire democratie is het zelfs ongewenst dat één partij de absolute meerderheid heeft. Zo'n partij zou de oppositie monddood kunnen maken. Dat willen we niet. Dus hoort het compromis bij de parlementaire democratie als een lint bij een schrijfmachine: zonder dat werkt hij niet.'
Daarom vindt Arend dat er over het voorstel van Johan ook een compromis bereikt moet worden. Wél doen, maar met hoogstens de halve fractie. En José is net niet scherp genoeg om op te merken dat dit een compromis van een heel andere soort is dan de compromissen die de parlementaire democratie op gang moeten houden. Vooral als hij op zijn redenering onmiddellijk laat volgen dat *zij* in ieder geval aan Johans plan mee moet werken, omdat van de hele fractie zij de beste behoedster van de partijdoelstellingen is, dan heeft hij weer eens gewonnen.

Samantha heeft het wél door. Als José weg is zegt ze: 'Sommige geestelijken schijnen een directe lijn met de hemel te hebben, om

door onze lieve heer geïnstrueerd te worden. Ik ken politici bij wie
dat niet anders is. Zij weten feilloos wat in het algemeen belang is
en wat niet.'
Arend glimlacht. 'Gemakkelijk, hè?'

4

Na twaalf jaar huwelijk hebben Johan en Tineke geen lange séances nodig om het bij te leggen. Een half verstaanbaar 'sorry voor gisteravond' van zijn kant, een koele hoofdknik van haar, dat is alles. De zoveelste deuk is een feit, ze weten het beiden. Hubèrt is al vroeg vertrokken. Johan brengt de kinderen naar school. Ze kunnen best alleen, het is voor de gezelligheid. Wie heeft een vader die je op vrijdagmorgen naar school kan brengen? Kinderen van renteniers en van kamerleden. Voor die laatsten staat er tegenover dat hun vader vier à vijf keer in de week 's avonds niet thuis eet. Johan heeft 's middags een vergadering in Rotterdam. Als hij halverwege de avond terugrijdt en bij de afslag naar Gouda is, slaat hij die – in een impuls – in. Hij is er voortdurend over aan het piekeren welk project hij de fractie zal voorleggen. Het woord Gouda herinnert hem aan Rijksen en diens verhaal over Bouw- en woningtoezicht. Misschien zit daar een geschikt project in.
Het is natuurlijk hoogst ongebruikelijk en zelfs ongepast om zonder telefonische afspraak bij iemand aan te komen die je nauwelijks kent. Hij vist het visitekaartje uit zijn zak en neemt zich voor bij een telefooncel te stoppen om op te bellen. Maar als hij z'n hoofd uit het raampje steekt om iemand de weg te vragen ziet hij dat hij al in de goede straat rijdt.
Nou, in godsnaam dan maar geen telefoontje. Hij parkeert de auto en belt aan. Mevrouw Rijksen doet open. Ze herkent hem meteen en nodigt hem binnen. Ach ja, de televisie natuurlijk. Ze zullen het wel over hem hebben gehad.
'Sorry dat ik zo onverwacht binnenval. Ik kwam toevallig langs. Ik wou uw man graag even spreken.'
'Het spijt me, hij is voor een paar maanden naar Japan.'
Het treft hem even als vreemd. Dinsdag nog een kapotte auto, nu ineens voor langere tijd naar Japan. Onzin natuurlijk. Had die meneer Rijksen, als een begerig kind dat uit logeren gaat, hem, een vreemde, moeten vertellen dat hij binnenkort een grote reis ging maken? Misschien gaat de man geregeld naar het buitenland. Daar zag hij best naar uit. Hij had iets internationaals, iets gemakkelijks.

De wimpers zijn echt, ziet hij nu. Ze is erg slank en zorgvuldig opgemaakt, zonder te overdrijven.

'Dat treft slecht.'

'Wilt u iets drinken?' Haar stem is heel laag en karakteristiek. Hij vibreert een beetje.

'Als ik u niet ophoud... Misschien bent u op de hoogte van een kwestie die uw man me vertelde en kunt u me verder helpen.'

'Ik heb toevallig net thee gezet,' zegt ze. 'Wilt u een kop, of bent u een koffiedrinker?'

Ze drinken samen thee. Johan vindt haar melancholiek, weet hij ineens. Ze heeft het zwijgzaam-trage dat bij een Oosterse natuurlijk aandoet, terwijl het bij haar intrigerend of irritant is, afhankelijk van je eigen stemming. Ze houdt haar ogen bijna steeds neergeslagen. Als ze opkijkt lijkt de beweging van de oogleden met de lange wimpers wel een minuut te duren, als een perfect uitgevoerde en in de beweging geheel voltooide tennisslag in slow motion.

Ze is óf een machtig interessante vrouw, denkt Johan, óf ze is manisch-depressief (en toch een machtig interessante vrouw). Erotisch trekt ze hem niet aan, misschien omdat ze wel een jaar of tien ouder is dan hij. Hij is zelf vierendertig.

Hij vertelt in het kort wat Rijksen heeft gezegd over mogelijke corruptie bij een bouwproject. Ze schudt het hoofd.

'Daar weet ik niet van.'

Een goed moment om op te staan. Hij doet het niet.

Hoewel zij weinig zegt, geeft ze hem het gevoel dat ze graag zou willen dat hij nog blijft. Tot zijn verbazing voelt hij zelf ook lust om te blijven. Heeft hij geen zin om naar huis te gaan?

Hij begint te praten over het werk in de Kamer, over het verschil tussen droom en daad, ook in de politiek, over zijn voorstel en de manier waarop dat kan worden uitgevoerd.

'Denkt u dat Nederland corrupt is?' vraagt ze.

'Niet in vergelijking met bijvoorbeeld de Zuidamerikaanse landen. Well als het wordt gemeten naar een hoge morele standaard.'

'Men zegt dat macht corrumpeert.'

Johan knikt.

'U neemt deel aan de macht. Bent u corrupt?'

Ze heeft hem even aangekeken. Hij wil haar langer in de ogen zien om te ontdekken welke draagwijdte die opmerking heeft: argwaan? nieuwsgierigheid? spot? plagerij?, maar de wimpers zijn weer neer.

'Ik geloof dat ik niet corrupt ben.'
Dat is mooi,' zegt ze. Toch spot?
'U steekt de draak met me.'
Mevrouw Rijksen glimlacht flauwtjes. 'Paul is een onkreukbare man,' zegt ze, 'en toch pikt hij potloden mee van kantoor. Ik denk dat niemand helemaal vrij is van corruptie, of bijna niemand.'
'Als u het al corrupt noemt als iemand een potlood van kantoor per ongeluk mee naar huis neemt, dan is Nederland door en door corrupt, vrees ik.'
'Wat is per ongeluk? Ik geloof daar niet zo in. Ik denk dat er heel wat minder privépotloden per ongeluk op kantoor blijven liggen dan kantoorpotloden thuis. Ook in Nederland.'
'Bent u altijd absoluut eerlijk?' vraagt Johan.
'God nee. Bewaar me. Ik vind eerlijkheid wreed. En gemakzuchtig. En irritant.'
'Geef eens voorbeelden. Wanneer is eerlijkheid wreed?'
'Als ik mijn man vertel dat hij zijn oorspronkelijkheid kwijt is en een saaie sul is geworden.'
'Gemakzuchtig?'
'Als men . . . als men een ongeneeslijk zieke onverbloemd zegt waar het op staat, in plaats van nog een jaar lang opgewekte, hoopgevende bezoekjes te brengen.'
'En wanneer is eerlijkheid irritant?'
'Als ik u mijn laatste schilderstuk laat zien en er bij zeg dat het erg goed is – want dat vind ik.'
'Mag ik het zien?'
'U bent gewaarschuwd. Als u het niks vindt, dan hoop ik dat u oneerlijk bent.'
Het probleem doet zich niet voor. Haar werk is goed, heel goed zelfs, vindt Johan, maar hij weet dat hij er weinig verstand van heeft. Waarschijnlijk ziet ze er, als ze schildert, net zo uit als nu; een hagelwitte broek en een kwetsbaar truitje. Haar schilderijen zijn heel gedetailleerd, heel weloverwogen, heel nauwkeurig. Het zijn bijna allemaal portretten, mannen en vrouwen. De gezichten hebben iets bizars, alsof ze van een ander hemellichaam zijn.
Johan zegt dat hij haar werk mooi vindt en vraagt of het moeilijk is mensen te vinden die willen komen poseren.
'Het zijn allemaal zelfportretten,' zegt ze.
Ze gaan van het atelier terug naar de woonkamer. Johan gaat weer

zitten, zonder te vragen of ze niet liever wil dat hij ophoepelt. Ze vindt het blijkbaar gewoon, want ze schenkt twee glazen sherry in, met een natuurlijkheid die alles vanzelfsprekend maakt. Maar haar spraakzaamheid die even is losgekomen toen ze het had over corruptie en eerlijkheid, is weer geblust. Johan praat over zijn problemen met Tineke, alsof zijn gastvrouw een vriendin is, vertrouwd sinds jaren. Tineke is de dochter van een hoogleraar in de filosofie. Ze is erg verwend. Zij en haar jongere zusje mochten alles voor zover het materiële zaken betrof, ieder jaar wintersport, vanaf hun achttiende een eigen autootje, een zeilboot, overvloed aan kleren. Hijzelf, van eenvoudiger komaf, zoon van een melkboer, heeft een innerlijke tegenzin tegen dit soort luxe. Hij is iemand die lichten achter zich uitdraait, iets waar Tineke geen weet van heeft. In het begin ging het vrij goed met hun huwelijk. Ze was even moe van de luxe, ze vond het een sport om met zijn toen nog niet zo hoge salaris als aardrijkskundeleraar rond te komen. En ze kreeg de kinderen. Ze is energiek en ze heeft thuis gezien hoe opvoeden *niet* moet, twee kwaliteiten die haar een goede moeder maken.

Hij praat en praat. Af en toe kijkt mevrouw Rijksen hem even weemoedig aan.

'Het is echt slecht gegaan met ons huwelijk sinds ik in de Kamer zit,' zegt hij. 'Ik krijg nu veel aandacht. Mijn naam staat in de krant, soms een foto. Kennissen van ons brengen het gesprek altijd op de politiek. Ze willen inside information over hoe de ministers nu eigenlijk zijn, en wat ik vind van de fractievoorzitters van de grote partijen. Mij verveelt dat nogal, maar het is begrijpelijk dat de mensen die we kennen wel eens wat van een insider willen horen. Ik sta dus in de belangstelling. Zelfs mijn schoonfamilie ziet tegenwoordig wat in me, en dat wil wat zeggen. Vroeger was ik in hun ogen het burgerlijkste mannetje van de natie.'

'Tineke is dus jaloers,' zegt mevrouw Rijksen. 'Jaloezie is de dodelijkste vijand van de liefde. De tweede in de rij is verveling. Daar lijden Paul en ik aan.'

'Ja, ze is jaloers. Uw man leek me niet saai of vervelend. Hij was heel onderhoudend.'

'Alles aan hem verveelt me. Het verveelt me al om óver hem te praten, laat staan mèt hem.'

'Geen hartzeer dus over die reis naar Japan.'

'Een oase.'

Ze rookt sigaretten uit een heel lang pijpje en beschrijft daarmee langzame cirkels in de lucht. Ze is intens *aanwezig,* je zou twee dagen met haar kunnen zwijgen en er door gesterkt worden.
'Ik moet gaan,' zegt Johan.
'Kom nog eens terug.'
'Ik kom terug. Hoe noem ik je?'
'Lilian.'
'Die naam past je,' zegt hij.

5

Jarenlang heeft Victor Lamoen zich afgezet tegen de samenleving. Hij gruwt van de richting waarin die samenleving zich ontwikkelt. Hij heeft de pest aan het onnozele politieke idealisme, dat de zwakken zó wil beschermen dat het nooit flinke kerels worden. Hij vervloekt de regeringen, vooral de 'linkse', maar ook de 'rechtse', omdat ze het steeds moeilijker maken voor een vent met hersens, durf en werkkracht om zelfstandig iets te ondernemen. Hij haat lanterfanters, die met vage rugklachten of met anarchistische principes schaamteloos hun hand op kunnen houden, om hun nutteloze magen te vullen met voedsel dat onder andere *hij* voor hen verdient. Het is vooral de hoge inkomstenbelasting die hem mateloos ergert. Als hij eens de goeie slag slaat, door ijver en handigheid, dan gaat er van iedere ton meer dan zeventigduizend gulden naar het Rijk – dus naar de lanterfanters en uitbuiters.

Victor Lamoen discussieert veel over politiek. Met vrienden en kennissen uit het zakenleven filosofeert hij over de funeste ontwikkelingen en tegen hen scheldt hij op de perfide regeringen en het waardeloze parlement. Ze geven hem meestal gelijk, doen ook een duit in het zakje, maar halen tenslotte toch hun schouders op. 'Maak je niet zo druk, man, je eet toch een goeie boterham? En beter belegd dan van het langharig tuig dat de hele dag maar wazig in de verte zit te kijken.'

De borrel smaakt Victor ook al niet meer. Hij laat zich onderzoeken en krijgt te horen dat hij een klein maagzweertje heeft. 'Verbaast je dat?' zeggen zijn collega's. 'Je windt je veel te veel op.'

Victor denkt lang na. Eerst worstelt hij zich door dagen waarin zijn maagpijn snel verergert. 't Wordt erger, omdat hij nu weet dat er iets in die maag van hem verkeerd zit, en ook omdat hij zich bewust wordt dat die verdomde politici nu niet alleen zijn beurs, maar ook zijn gezondheid aantasten.

Hij dwingt zichzelf om een zorgvuldige analyse te maken van zijn toestand. De samenleving holt regelrecht de afgrond in. Je hoeft maar om je heen te kijken en je ziet degeneratie en verval van zedelijke waarden. Toch schijnt hij de enige te zijn die dat opmerkt. Zijn

34

vrienden lachen hem eigenlijk uit en vinden hem een dwaas. Zijn gezondheid is aangetast. Met steeds grotere walging betaalt hij belasting over zijn niet slechte inkomsten uit een slopersbedrijfje. Hij verzuurt.

Nog net op tijd hervindt Victor Lamoen de zelfspot waar hij in zijn jeugd geen gebrek aan had.

Hij besluit zijn leven radicaal te wijzigen. Hij zal het zo inrichten dat het systeem niet meer tégen hem werkt, maar vóór hem. Wat kan hij beter doen dan zorgen dat het zijn belang is het maatschappelijke systeem te handhaven, waarom zou hij zich de blaren lopen in zijn pogingen het te wijzigen?

Aanvankelijk is hij van plan geen minuut in zijn leven meer te werken en zich te laten onderhouden net als zoveel anderen. Al gauw begrijpt hij dat hij daarvoor te weinig zitvlees heeft. Hij zou beslist weer de een of andere ziekte krijgen. Hij zou gaan roesten als een stuk ongebruikt ijzer.

Daarom besluit hij de handel in te gaan, maar dan zo dat hij alleen winst maakt uit vermogen en niet uit arbeid. Winsten die je maakt door te manipuleren met vermogen zijn speculatiewinsten. Daarover wordt geen belasting geheven.

Om speculatiewinsten te maken heb je vermogen nodig en erg veel heeft hij niet. Wel iets. Hij gaat Europa in en koopt wat antiquiteiten, koperen en tinnen voorwerpen en munten. Hij verkoopt ze in Nederland, met een aardig winstje. Hij weet zijn handel in korte tijd uit te breiden. Het levert hem heel wat op. Als de belastingdienst zich begint te roeren, zegt hij dat hij zijn vermogentje belegt in kunstvoorwerpen en slechts af en toe een stuk verkoopt, omdat het hem bij nader inzien niet aanstaat. Geruime tijd gaat dit goed. Lamoen betaalt geen cent inkomstenbelasting en hij geniet. Zijn maagzweer herstelt voorspoedig. Na een jaar of twee krijgt de inspecteur van de belasting toch argwaan. Aan Victor wordt duidelijk gemaakt dat zijn bezigheden, als hij ze op deze schaal uitvoert, als handel zullen worden aangemerkt en dat de winst dan dus belast zal worden.

Dat nooit. Victor brengt onmiddellijk zijn activiteiten op dit gebied tot bijna nul terug. Heel incidenteel maakt hij nog een reis, om zijn contacten met leveranciers in Italië en in de Balkan, met zorg opgebouwd, niet kwijt te raken.

Een goed moment dus om een ander plan, al een tijdje eerder ontwikkeld, tot uitvoering te brengen. Het is Victor Lamoen al lang opgevallen dat er steeds meer werkloosheid komt onder academici. Heel treurig natuurlijk, maar in de welvaartsstaat Nederland komt niemand van honger om. Nu maakt het een heel verschil of je naar de bijstand moet, of een werkloosheidsuitkering krijgt. Bijstand is gelijk aan het minimumloon en weliswaar verhonger je daar niet mee, maar zelfs Victor kan niet ontkennen dat het bepaald geen vetpot is.

Anders ligt dat met een werkloosheidsuitkering. Tachtig procent van het salaris van iemand met een universitaire opleiding is beslist meer dan een bijstandsuitkering.

Welnu, heel wat studenten die net van de universiteit komen kunnen geen baan vinden en zijn op bijstand aangewezen. Als deze meisjes en jongens nu maar minimaal *drie maanden* een werkkring hadden en vervolgens ontslagen werden, dan zouden ze in aanmerking komen voor een werkloosheidsuitkering. Victor heeft uit een vroegere periode in zijn leven nog de beschikking over een Stichting zonder winstoogmerk. Hij bezet het Stichtingsbestuur opnieuw met een paar stromannen. Daarna beijvert de Stichting zich met het aannemen van wetenschappelijk personeel. Dat gebeurt wel onder bepaalde voorwaarden. De jonge academici weten dat ze na drie maanden ontslagen zullen worden, wegens ongeschiktheid. Ze verbinden zich mondeling om zich tegen dat ontslag niet te verzetten en ze tekenen een schuldverklaring voor een aanzienlijk bedrag, te betalen in maandelijkse termijnen uit hun werkloosheidsuitkering. Dat geld is nodig, zegt Lamoen, als vergoeding voor de sociale lasten die de Stichting voor hen moet betalen gedurende de drie maanden dat de jongelui in dienst zijn. Inderdaad moet de Stichting deze sociale lasten opbrengen, maar het bedrag waarvoor de tijdelijke 'medewerkers' een schuldverklaring tekenen is twee maal zo hoog als de werkelijke kosten. De Stichting is ideëel, zegt Lamoen. Ze hoeven nooit echt op het werk te komen en hun salaris bestaat alleen op papier. De Stichting heeft ten doel jonge werkloze wetenschapsmensen te helpen.

De samenleving zit niet gek in elkaar, denkt Victor Lamoen, als hij heeft nageteld dat zijn Stichting hem het vorig jaar ruim honderdduizend gulden heeft opgebracht, waarvan de belastingdienst geen cent zal zien. Nu wordt het tijd voor liquidatie. Sinds drie maanden heeft zijn Stichting geen nieuwe wetenschappelijke medewerkers aangenomen. Gisteren is de laatste ontslagen. Je moet het geluk niet tarten, is Victors vaste stelregel geworden. Als je een spelletje te lang speelt, gaat er iets mis.

Het lijkt hem het best om alle papieren die op de Stichting betrekking hebben te verbranden. Aanstellingsbrieven, schuldverklaringen, de loonadministratie, enzovoorts. Gooit hij dit allemaal in de kachel dan heeft hij het een avond gratis warm, maar wat zegt hij tegen de bureaucratie als ze zijn administratie in willen zien? Nee, hij heeft een beter plan, dat nog een hoop vervelend uitgezoek spaart ook. Bovendien levert het een aardig winstje op.

Al lang geleden heeft hij, met de vooruitziende blik die hem eigen is, zijn huis verzekerd tegen brand, en wel royaal. Om het onderhoud heeft hij zich nooit bekommerd. Daardoor zit de waarde van het pand vooral in de prijs van de grond, en grond brandt niet best, waar of niet.

Het is zaterdagavond. Vrijwel alle gebouwen in de buurt van Victors huis, op een gracht in Leiden, zijn zakenpanden. Als in zijn woning een brandje begint in de achterkamer waar zijn bureau is, zal dat pas worden opgemerkt als de vlammen uit het huis slaan. Dan is het voor blussen te laat.

Victor bouwt een keurige brandstapel, bestaande uit oude kranten, papierrommel van de Stichting, beddegoed. Midden in deze brandgrage spullen zet hij een elektrische straalkachel, voorlopig met de stekker nog niet in het stopcontact. Het is een kille avond, zo'n avond waarop je een straalkachel zou gebruiken. Hij overtuigt zich er van dat de polis van de brandverzekering in zijn bureau ligt en zonder mankeren mee zal verbranden. Er zijn mensen die hun eigen huis in brand steken en vervolgens naar hun verzekeringsmaatschappij stappen, waar ze opgewekt meedelen dat hun huis helaas is verbrand, maar gelukkig hadden ze de polis toevallig op zak. Een feilloos middel om de verzekeringsmensen achterdochtig te maken.

Als alle voorbereidingen zijn getroffen belt hij een kennis en maakt de afspraak dat hij een uurtje langs komt. Eerder die week had hij dat al vaag aangekondigd. Hij laat zijn persoonlijke bezittingen achter, behalve de spullen die hij normaal ook op zak heeft. Bij de deur kijkt hij nog even de kamer rond. Toch een tikje sentimenteel. 'Gegroet, versleten crapeaud, gegroet platenspeler, adieu vergeelde foto van mijn ouders in de donkere hoek naast de archiefkast, vaarwel . . . Pietje.'

Och gottegod, z'n kanarie. Dat hij daar niet aan heeft gedacht. Wat sneu. Een week geleden had hij met een of ander smoesje het diertje kunnen uitbesteden. Als hij het nu meeneemt valt het te veel op. Moet hij die vrolijke zangmeester dan bruutweg laten verbranden? Dan kan hij niet over z'n hart verkrijgen. Hij haalt het beestje uit de kooi. Het kleine hartje klopt als een razende in zijn hand. 'Ik neem niet graag afscheid van je, maar het kan niet anders,' zeg Victor. 'Een paar Leidse jongens zullen je wel vangen, als je tenminste niet door een kat wordt verschalkt. Vaarwel!' Hij gaat naar het raam en opent zijn hand. Onwennig vliegt de vogel weg. Opnieuw loopt Victor naar de deur. Opnieuw glijden zijn ogen over de voorwerpen in de kamer. Allemaal stof, denkt hij, allemaal vergankelijk, allemaal vervangbaar. Wacht even, in een van de bureauladen ligt nog een stapeltje franse francs. Onnodig die te laten verbranden. Maar dan is het ook basta. Met vaste hand steekt hij de stekker van de elektrische kachel in het stopcontact en trekt de deur achter zich dicht.

Ook al is het leven in de Tweede Kamer vaak chaotisch, Lotte Redelaar houdt zo veel mogelijk een vast schema aan. De dagen dat ze thuis is hebben in ieder geval een bekend ritme. Ook deze zaterdag, als de vijfhonderd ervoor, is ze om zeven uur opgestaan. Ze heeft onder de douche de slaap van haar zeventig door zachte, soepele huid omgeven kilo's gespoeld, ze heeft ontbeten, een links en een rechts ochtendblad gelezen, een wandeling van een kwartier gemaakt, drie uur gewerkt, boodschappen gedaan voor het weekend, weer drie uur gewerkt, een eenvoudige maaltijd voor zichzelf gekookt en twee avondbladen ingezien. Als ze om half tien 's avonds naar het televisiejournaal zit te kijken, hoort ze buiten geroep en meer geluid van auto's dan gewoonlijk. Ze gaat naar het raam en kijkt. Eén blok verderop, aan de gracht, staat een huis in brand. 's Kijken, naast het kantoorgebouw van Van Heer en Zonen. Wie woont daar? Weet ze niet.
Ze besluit er even heen te gaan. De gracht staat vol mensen. Er komt net een tweede brandweerauto aanrijden.
Het huis is niet te redden, dat ziet ze in één oogopslag. De brandweer bepaalt zich dan ook voornamelijk tot het nathouden van de beide naastgelegen gebouwen. Allemachtig, wat is het heet. De mensen moeten wel achteruit. Lotte loopt de brug over en gaat aan de

overkant van de gracht naar de brand staan kijken. Naast haar staan twee vrouwen met elkaar te praten.

'k Maak voor 'm schoon,' zegt er een. 'Eens in de veertien dagen.'

'Nou mens, dan zal 't je wel aan je hart gaan.'

'Ja, dat doet 't. En niet alleen om m'n werkhuis, dat zweer ik je. Al die spulletjes die ik wel honderd keer afgestoft heb...'

'Woont die Lamoen alleen?'

'God ja, al jaren. 'k Weet geeneens of 'ie wel 'ns getrouwd geweest is. 'k Heb er nooit een rok over de vloer gezien, behalve die van m'n eigen dan.'

Lotte kijkt omhoog en ziet in de boom waaronder ze staat een kanarie zitten.

'Had die meneer Lamoen een kanarie?' vraagt ze aan de interieurverzorgster.

'God ja, dat stomme dier. Zoiets gaat je toch aan je hart.'

Lotte wijst omhoog. 'Daar zit 'ie.'

'Och mensenlief, het stumperdje is aan het vuur ontsnapt. Het kooitje is zeker opengesprongen van de hitte. Je zou er gelovig van worden.'

Lotte gaat naar huis. Gelovig is ze niet en dus wil het er bij haar niet in dat een kooitje vervormt van de hitte voordat een klein gevederd lijfje het tegen het vuur heeft moeten afleggen.

Als ik van de brandverzekering was of van de politie, denkt ze, dan had ik die meneer Lamoen beslist een paar lastige vragen te stellen. Maar ze besluit zich er niet mee te bemoeien. Ze gelooft in de trias politica. Wetgevende en rechterlijke macht moeten zorgvuldig gescheiden blijven.

Later in de avond staat Victor Lamoen handenwringend te praten met een inspecteur van politie.

'Mijn eigen stomme schuld,' jammert hij. 'Ik heb de elektrische kachel laten branden toen ik wegging. Terwijl er allemaal losse papieren in de kamer rondslingerden. Wat een ezel ben ik. Ik vergeef het mezelf nooit.'

'Bent u niet verzekerd?' vraagt de inspecteur vol deelneming.

'Jawel, redelijk. Maar ik weet niet of ze wel uitbetalen als het zo kennelijk je eigen schuld is.'

'Vast wel. Een heleboel brandjes ontstaan door slordigheid van de mensen. Daar is een verzekering nou net voor.'

'Ik hoop het, inspecteur. Anders ben ik geruïneerd.'
Met neerhangende schouders verlaat Lamoen het politiebureau. Maar eenmaal buiten recht zich zijn rug. Met vaste tred begeeft hij zich naar een hotel. Ziezo, dat gat is ook gedicht. Als uit een onderzoek blijkt dat de straalkachel oorzaak van de brand moet zijn geweest, dan zullen ze niet gauw op het idee komen dat hij die opzettelijk heeft aangelaten. Hij heeft z'n schuld immers al toegegeven.

6

'Er is wel iets dat je leven leidt. Dat geloof ik wel, ja. Voor mijn part mag je dat God noemen. Een leven na de dood is er niet, dat weet ik wel zeker. Ik ben dan ook helemaal niet bang om dood te gaan. Nooit geweest ook. Je ziet het soms op de film, mensen die de volgende morgen doodgeschoten zullen worden. Die lopen dan zo zenuwachtig heen en weer. Handen te wrijven of schreeuwen of weet ik veel. Ik zou dat niet doen. Ik zou kalm blijven. Mijn vrouw zegt altijd: ik begrijp niet dat jij altijd zo kalm kunt blijven. En dat je altijd zo hetzelfde kunt zijn. Want ik ben altijd hetzelfde. Jaar in, jaar uit. En bang voor de dood ben ik echt niet, nooit geweest. Dat gelooft u misschien niet, hè? Toen ik aan m'n hernia geopereerd moest worden zeiden ze in het ziekenhuis: zo'n man hebben we nog nooit gezien. Zo kalm. Zo helemaal niet zenuwachtig. Het maakt mij nu eenmaal niks uit of ik een frisonnetje moet geven of een hernia-operatie moet ondergaan. Zo ben ik nou. Mij krijgen ze niet uit het lood. Daarom heb ik deze zaak ook helemaal met eigen handen kunnen opbouwen. Tegenslagen hebben mij nooit kleingekregen. Ik ga er rustig tegenaan. 's Avonds lees ik. Daarom kan ik overal over meepraten. Haar een beetje nat maken, meneer? Leven na de dood, dat kan niet, want er is geen plaats groot genoeg om al die mensen te herbergen. Nee, dat kan niet. En wat ik in mijn kop heb, dat zit er stevig in, al zeg ik het zelf. Vroeger op school kon ik ook al goed leren. Ik heb mijn vrouw altijd gezegd wat ze moet doen. Daar is ze nooit fout mee gelopen. Dat is dan f 9,50 meneer. Met de kinderen heb ik ook nooit moeilijkheden gehad. Behalve dan met m'n jongste dochter, die zie ik nooit meer. Ze is getrouwd met een niksnut en ik heb haar toch altijd precies verteld hoe stom dat is. Nou komt ze niet meer. Maar verder heb ik nooit iets met de kinderen. O, dank u wel, meneer. Dag meneer.'

Johan komt een beetje triest thuis met zijn iets te kort geknipte haar. Hij begint een spelletje 'mens-erger-je-niet' met de kinderen, maar de telefoon, het apparaat dat aan de contacten tussen mensen evenveel verpest als het er aan bijdraagt, stoort hem. Hij voert een gesprek van een half uur. Er is een probleem met een vreemdeling die over de grens dreigt te worden gezet. Als hij klaar is hebben de kinderen al een slaande ruzie achter de rug. Ze zijn door Tineke tactvol aan het tekenen gezet, zes meter van elkaar. Johan besluit deze zaterdagmiddag niet in zijn werkkamer te gaan zitten. De stapel post van een week moet maar wachten. Hij vist de weekbladen er uit en installeert zich in de woonkamer. Een alledaags vertrek, solide maar niet opwindend gemeubileerd.

'Ben je bij de kapper geweest?' vraagt Tineke.

'Ja. Hij heeft me meegedeeld dat er geen leven is na de dood.'

'Ik zal er rekening mee houden.'

Johan besnuffelt de koppen van de artikelen in de weekbladen, leest hier en daar de eerste en de laatste alinea. Hij houdt niet van weekbladen. Het prekerige toontje, de gelijkhebberige manier van schrijven irriteert hem. Hij heeft liever dat feiten en meningen gescheiden zijn, zoals in dagbladen het geval is, althans in theorie. Het zinnetje van Tineke, uitgesproken zonder diepere bedoeling, blijft doorzeuren in zijn hoofd. Hoe hou je er rekening mee dat er geen leven is na de dood? Door er *hier* zo veel mogelijk van te maken natuurlijk. Hij denkt vaak over zijn gesprek met Lilian Rijksen. Hij heeft kunnen praten over zichzelf, en zij gaf de indruk naar hem te luisteren. Er was iets tussen hen. Vrede was er. Tussen Tineke en hem is er al lang geen echte vrede meer. Zelfs bij de onbeduidendste gesprekken ligt de scherpte op de loer.

Misschien geeft hij haar niet echt de kans om geïnteresseerd te zijn in wat hem bezig houdt. Misschien vertelt hij te weinig. Misschien gaat hij er bij voorbaat van uit dat ze niet zal luisteren. Vanavond, als de kinderen naar bed zijn, moet hij het nog eens proberen. Hij moet haar vertellen over het plan dat hij aan de fractie heeft voorgelegd. Zo iets moet een vrouw toch weten van haar man.

Tineke ziet hem zitten, uitgezakt tussen zijn kranten en tijdschriften. Moe natuurlijk, denkt ze. De week in de Kamer mat hem af, 's zaterdags valt hij in z'n stoel in slaap. Hij is een harde werker. Dat wordt vanavond dus wéér thuiszitten. Ze snakt er naar om er uit te gaan, naar vrienden, naar de bioscoop desnoods. De hele week is ze alleen in huis, nou ja, met de kinderen dan, die haar aandacht opeisen voor onbenulligheden. Waarom *begrijpt* Johan niet dat het haar soms naar de strot vliegt, dat ze er in het weekend 's uit moet? Hij denkt alleen aan zijn eigen problemen. Alsof die zo belangrijk zijn. Ze lijken belangrijk, dat wel natuurlijk. Soms vergadert de fractie ineens op zaterdag of op zondagavond. Dan zitten ze uren, soms dagen bij elkaar. Als Johan tussendoor even opbelt klinkt zijn stem alsof de wereld op het punt staat te vergaan, redding is alleen mogelijk als de PSL-fractie driftig doorgaat met vergaderen. Ineens is er dan de oplossing en hij is zo simpel dat *zij* hem de eerste vijf minuten al had kunnen bedenken. Johan legt het zo uit dat de fractie die oplossing natuurlijk ook al eerder heeft overwogen, maar tóen leek het nog niet te kunnen. Weg is het probleem ineens, als een pluisje verdwenen naar de stratosfeer, alsof het er nooit is geweest.

Tineke gelooft niet meer in het enorme, de grondvesten van 's lands bestuur schuddende belang van Johans problemen. Ik moet dezer dagen eens een *wet van Tineke* formuleren, denkt ze, naar analogie van de bedenksels van de heer Parkinson. Zoiets als de wet van behoud van problemen in de politiek. Het totaal aantal problemen in de politiek is constant. Zodra een probleem is opgelost bedenken de h.h. politici een nieuw. Intussen moet ze weer een avond televisie kijken. Vroeger gingen ze 's zaterdags vaak bridgen. Jasses. Was hij maar nooit in die rotpolitiek gegaan.

'Ik wil het je graag vertellen,' zegt Johan. 'Ik heb je advies nodig.'
'Ik luister.'
De kinderen zijn al een paar uur in bed. Tineke heeft een house coat aangetrokken, als een zichtbaar verwijt dat ze die dag de deur niet meer uitkomt. Zichtbaar of niet, Johan merkt het niet op. Hij verbeeldt zich dat hij een goede daad verricht door Tineke over zijn werk te vertellen.
'Zal ik eerst een borrel halen?'
'Geef mij maar een glas port,' zegt ze. Ze is in een grote leunstoel gekropen, haar benen onder zich gevouwen. Het gaat haar niet natuurlijk af. Ze is meer zichzelf als ze rechtvaardig op een stoel zonder armleuningen zit. Johan schenkt de drank in en gaat er op z'n gemak bij zitten.
'In een democratie,' zegt hij, 'is het de bedoeling dat besluiten worden genomen door het volk zelf. Volkssoevereiniteit heet dat. Omdat niet iedere burger bij ieder besluit kan worden betrokken, kiezen ze vertegenwoordigers. De koningin benoemt een regering, de gekozen vertegenwoordigers controleren namens het volk de regering en maken samen met de regering wetten.'

Het brandt Tineke op de tong om te zeggen dat ze op school staatsinrichting heeft gehad, maar ze houdt zich in.

'Er moeten mensen worden gevonden die bereid zijn, en geschikt zijn, om het volk te vertegenwoordigen. Die mensen moeten ook een politiek programma hebben. Daarvoor zorgt...'

'De PSL,' zegt Tineke behulpzaam.

'Je bespot me. Sorry, ik zeg dit soort dingen meer om mijn eigen gedachten te ordenen dan om jou een lesje te geven.'

'Ga maar door.'

'De politieke partijen bepalen wat er in de politieke programma's komt te staan. Hoeveel mensen doen er in feite aan die besluitvorming mee? Een paar procent misschien. Ik laat dan nog maar in het midden dat de manier waarop binnen de partijen de programma's tot stand komen ook verre van ideaal is.'

'Als iedereen over alles meewauwelde, dat zou het allerverst van ideaal zijn,' vindt Tineke.

'Goed, als de programma's zijn vastgesteld, worden de kamerleden gekozen op grond van die programma's.'

Tineke kijkt hem meewarig aan. 'Denk je dat echt?'

'In ieder geval in theorie.'

'Wat heb ik aan theorie? Jij zit vooral in de Kamer vanwege de brede schouders van Arend Streefkerk. Die imponeren de vrouwelijke kiezers. Misschien de mannen ook wel.'

'Je brengt me van m'n apropos.'

'Hoor 's, als ik niet mag reageren kun je beter tegen de Arendskelk praten.'

'De Arónskelk.'

'Pardon, de Arónskerk.'

'Kélk.'

'Kelk, ja.'

'Denk je dat Arend me obsedeert of zoiets?'

'Nee hoor. Een flauw grapje. Ga maar door,' zegt Tineke.

Johan probeert de draad op te vatten. 'Als wij in de Kamer, ik bedoel in de fractie, tot een besluit moeten komen, proberen we dat te doen aan de hand van het programma waarop we zijn gekozen. *In theorie.*'

'Gut,' zegt Tineke, 'dat zou toch in de praktijk immers ook moeten kunnen.'

'Hier raken we aan de kern van mijn problemen,' zegt Johan. 'In de praktijk zijn er soms overwegingen om het toch anders te doen dan

44

het congres van je partij het heeft gewild. Er kunnen zich omstandigheden voordoen waarvan het congres niet op de hoogte was. Er kan een verandering zijn in de situatie, die ná vaststelling door het partijcongres is opgetreden.'
'Dus prima redenen om gemotiveerd af te wijken van het partijbesluit,' zegt Tineke.
'Het is moeilijk uit te leggen. Juist omdat er zo gemakkelijk argumenten te vinden zijn om anders te handelen dan aanvankelijk de bedoeling was, is het zo moeilijk na te gaan of er in de besluitvorming geen overwegingen sluipen die meer met eigenbelang dan met algemeen belang te maken hebben. En juist omdat zulk misbruik inderdaad voorkomt, rijst er soms achterdocht die nergens op slaat. Achterdocht die maakt dat mensen denken bij de neus te worden genomen ook als daar geen reden voor is. Ik bedoel: ook als er echt goede argumenten zijn om van het programma af te wijken.'
'Het kan toch niet zo moeilijk zijn om aan te tonen dat iemand uit eigenbelang handelt,' meent Tineke.
'Dat is meestal onmogelijk. Weet je, het gaat niet om fraude, om omkoping of iets dergelijks. Het gaat om carrière, om goodwill kweken, om publiciteit, om in het gevlei komen bij de partij, of bij een commissie, of bij een minister. Die dingen zijn niet aan te tonen, maar ze komen voor, in de politiek even veel of weinig als in alle andere beroepen. Het verschil is dat je in een politieke baan *direct* bent gekozen om de belangen van het volk te dienen en niet je eigen belang.'
'Geldt dat niet net zo voor de leraar, de arts, de slager en de treinbestuurder?'
'Toch anders, vind ik,' zegt Johan. 'Minder direct.'
Tineke haalt haar schouders op. 'Ik zie het verschil niet.'
Waarom begrijpt ze dat nou niet, denkt Johan. Of heb ik ongelijk? Hij staat op en vult de glazen bij. Misschien is wat hij zegt niet waar. Of overdreven. Misschien is hij niet realistisch. Of allergisch. Of weet hij veel wat hij is. Trouwens, hij heeft niet onder woorden gebracht wat hij werkelijk wilde zeggen. Hij zit er nog net naast.
'Als je eenmaal beroepspoliticus bent geworden dan dreigt politiek een doel op zichzelf te worden,' zegt hij.
Tineke knikt instemmend. Zij heeft dat al honderd keer gezegd, maar dan ontkende hij het altijd.
'Je moet goed begrijpen,' gaat hij verder, 'dat het zogenaamde poli-

tieke gesjoemel vaak gebeurt met de beste bedoelingen. Wat gesjoemel lijkt, wordt vaak gedaan om het beste resultaat voor jouw mensen, jouw kiezers, er uit te slepen. En toch heb ik er dan de pest over in.'
'Geef eens een voorbeeld.'
Dat is niet moeilijk voor Johan, want er zit hem iets dwars. Iets dat onlangs is voorgevallen. Zijn partij heeft in het kabinet twee ministers, Klarenbeek op Defensie en Jansen op CRM. Arend, de fractievoorzitter, spreekt hen natuurlijk geregeld. Dat wil zeggen, bij Klarenbeek wil er nog wel eens wat tussen komen, maar met Jansen luncht hij één keer per week. Een maand of twee geleden legde Jansen aan Arend het volgende probleem voor. Hij had, in samenwerking met het departement van Volksgezondheid, een plan uitgewerkt voor het vormen van mobiele teams die als taak zouden krijgen aan drugs verslaafden op te vangen en te behandelen. Deze teams zouden kunnen worden ingezet in die steden of wijken van steden waar het druggebruik toenam. Het voordeel was dat er op deze manier geen organisaties zouden ontstaan waaraan op sommige plaatsen geen behoefte meer zou zijn, terwijl men elders mankracht te kort kwam. Jansen hechtte erg aan het plan; het was ook in overeenstemming met het programma van de PSL. Jansen dreigde zijn plan in het kabinet er niet door te krijgen. Onnodig, vonden sommigen. Zo'n systeem werkt niet, vonden anderen. Te duur, vonden nog weer anderen. Van de vijftien ministers waren er acht tegen en zeven voor. Van Avezaath, van Verkeer en Waterstaat, hoorde bij de tegenstanders, maar hij aarzelde het meest. Daarom was Jansen eens bij Van Avezaath gaan buurten; hij wilde proberen hem óm te krijgen. Jansen noemde alle argumenten vóór zijn plan nog eens en daarna zei Van Avezaath: akkoord, als je mijn RW 87 steunt.
De RW 87 is een verkeersweg met een tracé o.a. door het Latemerveen, een natuurgebied in Oost-Gelderland. De standpunten over de RW 87 lagen in het kabinet ook acht tegen, zeven vóór. In het programma van de PSL staat letterlijk: *Door het Latemerveen komen geen wegen.*
'Ik kan niet voor die weg stemmen,' zei Jansen. 'Ik zou enorm gedonder met mijn fractie krijgen.'
'Praat eens met ze,' adviseerde Van Avezaath. 'Jouw drugteam voor mijn RW 87. Misschien is die fractie van jullie tot andere gedachten te brengen. Ze moeten in de Kamer dan natuurlijk ook voor de

RW 87 stemmen, anders gaat de deal niet door.'
Jansen had dus met Arend gepraat. Hij had betoogd dat er allerlei argumenten vóór de aanleg van die weg waren, waar het partijcongres geen weet van had gehad. Dat zinnetje over het Latemerveen was er per amendement ingebracht, herinnerde Arend zich dat? Zonder noemenswaardige discussie. En ingediend door een halfzachte bioloog, die onderzoek deed in dat veen en er op wilde promoveren. Congressen nemen zo vaak iets aan omdat het progressief klinkt, waar of niet. Het plan voor een drugteam was uit een werkgroep van de partij gekomen. Een degelijk, goed doorgepraat plan. Het zou echt een succes voor de partij zijn als dat plan er door kwam, dat zou Arend ook wel beseffen.
'Volg je me nog?' vraagt Johan.
'Ademloos, zie je dat niet?'
'Omdat je je ogen dicht hebt...'
'Dan kan ik me beter concentreren.'
'Goed, ik ga verder. Arend moet tegen Jansen gezegd hebben dat hij zijn gang kon gaan. Ik hoor het hem zeggen: "Stem maar voor die verdomde RW 87. Ik maak het wel met de fractie in orde."
Ik weet dat Arend met Herman heeft gepraat. Herman behandelt voor de fractie Verkeer en Waterstaat-onderwerpen. Hij heeft Herman overtuigd door hem te wijzen op de grotere belangen die op het spel stonden. Herman is door de knieën gegaan. Hij heeft groot respect voor het politieke inzicht van Arend. Je weet hoe overtuigend Arend kan zijn. En hij heeft het vaak bij het rechte eind, eerlijk is eerlijk.
Veertien dagen geleden moest er over die RW 87 worden gestemd in de Kamer. Dat gaat dan tegelijk met zo'n twintig andere voorstellen op het gebied van Verkeer en Waterstaat. Het stemgedrag werd de ochtend er voor besproken in de fractie. Het is onmogelijk om in zo'n fractievergadering op ieder voorstel diep in te gaan. De tijd ontbreekt. Meestal volgt de fractie de opvatting van de woordvoerder, in dit geval Herman.
Herman vergat gemakshalve te melden dat de RW 87 door het Latemerveen loopt en over het partijprogramma had hij het natuurlijk helemáál niet. En Arend paste wel op hem er aan te herinneren. Zonder verdere discussie heeft de fractie besloten Herman te volgen en voor de RW 87 te stemmen.'

'Echt wat je noemt open kaart spelen,' zegt Tineke.
'Tien minuten voor de stemming ontdekte Lotte het. Ze kent het
partijprogramma goed en de aanduiding RW 87 had in haar hoofd
een belletje doen rinkelen. Ze zocht de betreffende passage op en
las die, in het kamerbankje, fluisterend voor aan haar fractiegenoten.
"We moeten tegen stemmen," zei ze.
"Onmogelijk," zei Arend dringend. "Ik kan je dat niet zo gauw uitleggen, maar we moeten vóór zijn."
Toen is Lotte opgestaan. Ze heeft het woord gekregen en ze heeft
de Kamer gevraagd de stemming over de RW 87 tot de volgende dag
uit te stellen. De PSL-fractie was er nog niet uit, zei ze.
Arend was woedend, dat kun je je voorstellen. Dit was dé manier
om alle journalisten op de RW 87 en op het programma van de PSL
attent te maken. We zijn teruggegaan naar de fractiekamer, waar
Arend omstandig is gaan uitleggen hoe het allemaal was gelopen.'
'En toen waren jullie natuurlijk allemáál woedend,' zegt Tineke.
'Ach, woedend ... Dat uit zich subtieler.' Hij doet Hubèrt na:
"Vriend, uw exposé van een dilemma is wat aan de late kant."
Arend heeft zich verontschuldigd. Zoveel dingen hielden hem bezig,
zei hij. Hij had echt over het probleem ingezeten, en toen hij het voor
zichzelf emotioneel had opgelost was hij vergeten het nog aan de
fractie voor te leggen. Als we dat al niet konden billijken, zei hij,
dan konden we het toch in elk geval wel begrijpen.'
'Slikte Lotte dat?'
'Nou, slikken ... Ze zei dat ze het wel begreep en dat ze hem zijn
kleine onzorgvuldigheid vergaf, maar dat ze tégen de RW 87 was.
Op grond van dat zinnetje. Ze heeft het nog eens voorgelezen: door
het Latemerveen komen geen wegen. Arend heeft toen gezegd dat
we op grond van dat zinnetje nu juist vóór konden zijn. "Er komen
geen *wegen* door het Latemerveen," zei hij. "Dat wil niet zeggen dat
er niet één weg doorheen mag."'
'Dat bestaat niet,' zegt Tineke. 'Dat kan hij niet gezegd hebben.'
'Ik zweer je dat hij het zei. Ik zei ook meteen dat ik dat het toppunt
vond, maar Arend vroeg laconiek of iemand nog precies zou kunnen
zeggen wat er was bedoeld met dat amendement. De aanleg van de
RW 87 was gunstig voor de werkgelegenheid, zei hij. Van natuurbe-
schermingszijde waren er geen doorslaggevende tegenargumenten
ingebracht. Twéé wegen door dat veen hakten het gebied in vieren,

wat veel schadelijker was dan in tweeën. De formulering "wegen" was vast geen toeval. In ieder geval konden wij er mee uit de voeten als het partijcongres ons ter verantwoording zou roepen. De fractie heeft ten slotte vóór gestemd, ik ook. Het formele argument heeft Lotte overtuigd. Hubèrt houdt in het algemeen niet van dwarsliggen. Daarvoor vindt hij iets zelden belangrijk genoeg. Ik vond het formele argument van Arend kletskoek, maar ik zag in dat – na al het gebeurde – tegenstemmen tot grote moeilijkheden zou leiden tussen mij en Arend, tussen de fractie en Jansen, tussen Jansen en Van Avezaath. Dat zou de partij grote schade berokkenen, en het Latermerveen zou door mijn ene stem niet gered worden.'

Hij staat op en loopt doelloos door de kamer.

'Wil je nog port?'

'Nee, dank je.'

'Zo gaat dat in de politiek. Het mobiele drugteam komt er, dat heeft Jansen bereikt.'

'Ik begrijp je houding niet,' zegt Tineke. Ze wil niet bits zijn, maar ze kan het niet laten te zeggen wat ze vindt.

'Wat had ik dan moeten doen?'

'Tegenstemmen natuurlijk.'

'Ondanks de afspraken die Jansen en Arend hadden gemaakt? Ondanks het drugteam dat de grond ingeboord zou worden?'

'Jazeker,' zegt Tineke. 'Met die afspraken had jij niets te maken. En verder: Nederland is toch een democratisch land? Voor de RW 87 was geen meerderheid en voor het drugteam evenmin. Toch komen ze er nu allebei. Dat deugt niet. 't Zou jammer geweest zijn van het drugteam, maar wat is belangrijker, je opvattingen over democratie of je verlangen de verslaafden te helpen?'

Tineke heeft gelijk, in zekere zin. Johan weet dat, maar hij vindt het een koud gelijk. Misschien heeft *hij* ongelijk, het is het warme ongelijk dat de anderen hun fouten niet te zwaar aanrekent, dat niet als een olifant door de porseleinkast wil.

'Het is tijd om plat te gaan,' zegt hij.

Blijkbaar heb ik het weer fout gedaan, denkt Tineke. Ik heb goed geluisterd, ik ben niet in slaap gevallen, zoals de vorige keer dat hij hardop zat te denken, ik heb niet onnozel ja en amen zitten knikken maar eerlijk tegenspel geboden, ik heb een eigen mening en daar houdt hij immers van en toch . . . fout. Wacht eens even, had hij niet een plan dat hij aan de fractie wilde voorleggen? Ze vraagt het hem.

7

Zondagmorgen. Ze ontbijten met z'n vieren, al heeft Tineke migraine. Johan bakt de eieren. De boter in de pan sist vijandig. Jeroen en Judith praten niet, ze eten zwijgend boterhammen met suiker en met jam. Moeders migraine is een familieziekte. Johan doet aandoenlijk zijn best op de eieren. Tineke wil het hare dubbelgebakken en doorgeprikt, hijzelf dubbelgebakken en niet doorgeprikt (het ei breekt toch als hij het omkeert; nou ja het is voor hemzelf), de kinderen willen spiegeleieren, desnoods met wat dril. 'Smeer eens voor allemaal een boterham, Jeroen,' zegt Johan. 'Ik doe het wel,' zegt Tineke.
Jeroen zou het moeten doen, als oefening, denkt Johan, maar hij zegt niks. Zwijgend eten ze. Johan maakt Judiths boterhammen klaar. Hij doet alles wat hij kan om Tineke te ontzien. 'Als ik eens met de kinderen naar opa en oma ging,' zegt hij. 'Ja!' roepen Jeroen en Judith luid. Ze zien hoe hun moeder ineenkrimpt en herhalen timide: 'Ja.'
Tineke knikt. 'Ik moet een paar uur gaan liggen,' zegt ze. 'Ga maar vast. Ik berg de ontbijtboel wel op.'
Een uur later rijdt hij met de kinderen naar het oude Zuilen, nu een stadswijk van Utrecht. In de auto breekt bij Jeroen en Judith het te lang ingehouden lawaai los. Ze lachen, huilen, zingen en schreeuwen afwisselend en in een tempo dat volwassenen geen vijf minuten zouden volhouden en nauwelijks vijf minuten kunnen aanhoren. Johan kan het vandaag wel. Tersluiks bekijkt hij hen door het achteruitkijkspiegeltje. Jeroen baldadig, zichzelf overschreeuwend, met zijn acht jaar begerend de wereld te verslinden, terwijl hij weet dat hij dat niet kan. Er is nog geen wijsheid in zijn gezicht. Dat zal doorbreken als hij tien, elf is, denkt Johan. Naast Jeroen trommelt Judith met haar vuistjes op de bank, in een poging haar broer bij te houden in zijn opwinding, zonder daarin te slagen. Zij heeft, met haar verwonderde gezichtje, omlijst door krullen die de glans hebben waarvan de cosmetische industrie tevergeefs het geheim probeert te ontraadselen, de niet te omvatten charme van een zesjarig meisje.

Als ze lacht lijken engelen zich over de aarde te verspreiden en alle kwaad uit te bannen. Als er een traan uit de buitenste hoek van haar blauwe oogje drupt en over haar wang rolt die iets van vorm is veranderd in een vergeefse poging om die traan binnen te houden, dan roffelen de trommen en treden alle mannen van de wereld gewapend aan om dit wezentje te verdedigen.

De ontwapenende lach en de te wapen roepende traan van het kind, denkt Johan, wat is de natuur sterk geconstrueerd. Elk geestelijk gezond groot mens zal tot het uiterste gaan om een klein mens te verdedigen.

Douwens, de melkboer, is drieënzestig jaar, zijn vrouw is een jaar jonger. Zijn gezicht heeft de onverwoestbare bruine tint die men verwering noemt. Zijn hoofd is nog dunnetjes bedekt met grijs haar, dat bij de slapen, toch weer dik krullend, de kleine oren verbergt. Opa en oma zijn blij de kleinkinderen te zien, ook al zijn het er twee van de négentien die hun acht kinderen tot dusverre hebben voortgebracht. Johan heeft weer, als altijd, het gevoel van intense vrede als hij aan de mahoniehouten tafel gaat zitten, in het kleine huis, waar het getik van de pendule op de schoorsteenmantel en het gezoem van een paar verlate vliegen de achtergrondgeluiden zijn. De koffie die zijn moeder hem brengt in het kopje waaruit hij als kind al dronk, staat onvast op het te dikke, te ruige tafelkleed, dat is al vijftien jaar niet anders geweest.

Jeroen en Judith zitten bij opa op schoot. Ze woelen in zijn bakkebaarden, ze spelen met de horlogeketting die uit de zak van zijn vest bungelt, aan het eind vastgehaakt in een knoopsgat. Die ketting met horloge draagt hij alleen op zondag. Het is een cadeau geweest, vorig jaar, van de wijkbewoners, toen hij zijn veertigjarig jubileum als melkboer vierde.

'Hoe is het, vader?' vraagt Johan.

'Ja jong, hoe is het. Wat zal ik je zeggen. Weinig nieuws, alleen dan dat ik volgende maand de boel aan de kant doe.'

'Wat? Hou je er mee op?'

Douwens herhaalt zijn zin niet, maar Johans moeder, bijna even breed als hoog, knikt wel twintig keer met haar kleine ronde hoofdje.

'Zo maar ineens,' zegt Johan. 'Ik ben blij. Jullie hebben genoeg gewerkt voor vier levens.'

'Ik ben vijftig jaar lang iedere morgen om vijf uur opgestaan, behalve

's zondags,' zegt Douwens.
'Vijftig jaar? Dan was u dertien,' zegt Jeroen vlijtig.
'Ja jong, zo is dat. Met dertien werkte ik al van vijf uur 's morgens af.'
'Was u toen al melkboer?'
'Nee, melkboer was ik toen niet. Ik werkte bij de boeren. Mijn vader was toch boer, waar, in Tull en 't Waal. Klein boertje hoor, drieduizend roei. En ik had nog vier broers. Jullie kennen ome Gijs toch wel, de kastelein hier om de hoek. Dâ's er een van. We konden niet allemaal op die armelijke drieduizend roei werken, dus gingen we de boer op, zo heet dat.'
'Hoe bent u dan melkboer geworden?' wil Jeroen, die een vasthouder is, weten.
'Ik ben dan toch maar naar 't stad gegaan. Vijftig jaar boerenknecht leek me ook niks. Wat hou je over? Kromme rug en blanke spaai. De kost en 135 gulden per jaar. Nee, toen ik even twintig was ben ik naar 't stad gegaan. Wel met angstig hart. Ik was er één keer eerder geweest. Met m'n vader naar de markt. Ik had wel geluk, hoor. Hier op Zuilen was een boerderij. Daar haalden de mensen hun melk. D'r zat een ouwe man, die er niet veel meer aan deed. Ik was net in de stad en toen hoorde ik dat 'ie zichzelf had verhangen.'
Zodra hij dit heeft gezegd kijkt Douwens verschrikt naar Johan, omdat hij zich te laat afvraagt of de kinderen zoiets wel mogen horen.
'Ze kunnen er tegen,' zegt Johan geruststellend. 'Klein Duimpje is ook zo'n zoetsappig verhaaltje niet.'
'Waarom had hij zich opgehangen?' vraagt Jeroen.
''k Heb het hem niet meer kunnen vragen. Ze hadden hem amper losgesneden of ik had de melkzaak al gekocht van z'n weduwe, voor tweeduizend gulden. Je eigenbelang houdt je het meeste bezig, waar.'
'Wisten ze zeker dat hij dood was?'
'Ja jong, hij was zo dood als een pier.'
'Wat is een pier?' vraagt Judith.
'Een regenwurm, stommerd,' zegt Jeroen.
'Ik zie altijd levende pieren,' zegt Judith, niet in 't minst van haar stuk gebracht door Jeroens aantijging.
'Ik moest een winkeltje kopen,' gaat Douwens verder. Hij zegt veel voor zijn doen. Meestal is hij nogal spaarzaam met woorden. 'Dat moest toen. Anders kreeg je geen vergunning. Die ouwe man, die

aan dat stuk touw aan z'n end is gekomen, hoefde dat niet. Dat was oud recht. Ik als nieuwkomer moest een winkeltje kopen. Dit eigenste winkeltje. Binnen de maand had ik het.'
'Hoe kwam je eigenlijk aan het geld?' vraagt Johan.
'Geleend. Van de bank. 'k Moest twee borgen hebben. Dat hebben mijn vader en een buurman gedaan. Een beste vent, die buurman. Gelukkig heeft hij nooit hoeven inspringen. Ik heb het allemaal zelf afbetaald. Moeder en ik dan. Met halve centjes spaarde je dat bij mekaar. Eén keer in de week fietste ik naar Tull en 't Waal. Daar kreeg ik van m'n moeder de eieren een kwart cent 't ei goedkoper. En de eieren deden toen anderhalve cent, dus dat was heel wat. Een uur fietsen heen. Een uur fietsen terug. Dat was een mooie tijd, waar moeder? Je deê het ergens voor.'
'En nu hou je er mee op.'
'Ja jong.'
Johans moeder lokt, met de belofte van een glaasje limonade, de kinderen mee naar de keuken. Ze wil haar man en Johan even het rijk alleen geven. Douwens krabt eens in z'n dunne haar. Er staat nog een kolenkachel in de kamer, die ondanks de zonnige najaarsdag zachtjes brandt. Een ketel water, die de tand des tijds nog steeds niet lek heeft kunnen krijgen, begint te suizen, zachtjes als om zich niet op te dringen.
'Het gaat niet meer,' zegt Douwens. 'De wijk verloopt.'
'De supermarkt?'
'Ja, de supermarkt. En als ik mijn hart recht uit spreek kan ik de mensen niet eens ongelijk geven. De grote gezinnen dan. Als ze bij mij kopen zijn ze een dief van hun eigen huishouden. Ik kan niet tegen de prijzen van de supermarkt op.'
'Vinden de mensen het niet erg dat je er mee ophoudt? Er zal geen opvolger komen, neem ik aan.'
'Wie een melkwijk wil beginnen kan de halve stad krijgen,' zegt Douwens. 'Sommigen vinden het erg, dâ's waar. Maar er zijn er ook die in hun hart blij zijn. Je kent ze veertig jaar. Je hebt hun kinderen groot zien worden. Ze willen je niet voor het hoofd stoten, maar ze moeten ook aan de portemonnee denken. Ze gaan langzaam aan minder kopen. Aan het eind kun je nog langs komen voor één fles melk en een pakje margarine. In hun hart snappen ze zelf wel dat je daar niet mee uit kunt. Daarom zijn d'r verschillende blij dat ik stop.'

54

'Potverdikkie,' zegt Johan. ' 't Is wel een ding.'
'Ja, 't is een ding. Ik heb er niet van te voren met jullie over willen praten. Moeder en ik moesten dit zelf beslissen. Alleen met Henk heb ik het er over gehad.'
Henk is de enige van Johans broers en zusters die in het melkvak zit. Hij heeft een goeie baan bij een melkfabriek in Zuidholland.
'Dat horloge, vorig jaar, met m'n zogenaamde jubileum, dat was ook een soort aflaat,' zegt Douwens. Omdat ze bij me wegliepen. Je moet denken, ik heb wat met die mensen doorgemaakt. De oorlog met z'n bonnen en z'n taptemelk, twintig kan volle melk per dag had ik dan nog voor de kinderen. Bonnetjes kopen, een beetje zwart scharrelen, je knoeide wat af. Een ei kostte zwart twee gulden, dat laatste jaar.
Veertig jaar melk venten. De laatste vijfentwintig, na de sanering, alleen in deze wijk. Dâ's een tijd, jong. Dâ's een leven. Ik heb wat moeders gerustgesteld als hun kotertjes ziek waren. "Waterpokken? Dat heerst, m'n lieve mens. Wees blij dat ze het nu krijgen en niet in de vakantie, als je net naar zee wou." 's Avonds kwamen ze bij ons oordruppeltjes halen. Dat weet je nog wel. Dan had ik 's morgens gezegd: "Mijn jongste had het zopas ook aan z'n oren. De druppeltjes staan nog op de schoorsteen." D'r hebben er heel wat bij me uitgehuild als d'r kerel ze geslagen had, of als 'ie de baan op was. Ik wist ook altijd als ze zwanger waren, soms nog eerder dan de daders, dat zijn dan de vaders zogezegd. Dat zag ik aan die wagen van Organon uit Oss, die kwam dan d'r plasje halen. Daar maken ze medicijnen van, geloof ik. En die zwangere vrouwen kregen er een paar centen voor. Hoe korter ze zwanger waren, hoe meer centen. Daarom waren ze er vlug bij met die Organon. Als ik die vent met die auto weer bij een van m'n klanten had gezien, zei ik de volgende keer dat ik bij d'r kwam: "Wat wordt het, mevrouw, een jongen of een meisje?" Dan moest je ze zien kijken.'
'Kun je 't financieel redden, vader?'
'Ja, dat lukt. Moeder en ik hebben het uitgerekend. Over twee jaar hebben we AOW, waar, en we hebben de winkel en het huis vrij. Geen zorgen over ons, Johan. 't Is net dat . . ., je zei het zo pas al. 't Is een ding, dat is het.'
Moeder Douwens rolt binnen, met de kinderen, die opa direct weer bestormen. Jeroen rust even met zijn hoofd op opa's schouder. Ze lijken op elkaar, ziet Johan. Hij heeft er spijt van dat hij zijn zoon

Jeroen heeft genoemd. Het was in de mode om je kinderen een beetje oude, aparterige naam te geven, zo'n jaar of wat geleden. Tineke en hij hadden moeten begrijpen dat de mode verandert. Er zijn een hoop Jeroenen uit die tijd. Jammer, achteraf. Hun zoon had Hendrik-Jan moeten heten. Naar zijn grootvader.

Als ze thuiskomen ligt Tineke nog in bed. In de slaapkamer lijkt het wel nacht. Het kleinste lichtspleetje hindert haar. Johan parkeert de kinderen bij de buren, die er ook een paar hebben. Zelf gaat hij naar zijn werkkamer om post in te zien en met gedempte stem antwoordbrieven te dicteren op een bandje. Hij schiet niet op. Geregeld stoppen zijn handen en dwalen zijn ogen naar buiten, de zondag in. De zondag met z'n eigen geluiden, zijn eigen kleur. Toen Johan in zijn adolescentie bezig was zijn geloof te verliezen heeft hij eens gedacht dat de zondag het bewijs anti was. Als de kippen en de andere vogels op zondag nu eens geen eieren legden. Daar zou een biologische verklaring voor komen. Maar als ze ook op eerste kerstdag niet zouden leggen, dan werd het al moeilijker. Het had hem altijd gestoord dat de wonderen uit de bijbel – en waar beschreven dan ook – zo weinig overtuigend waren. Meestal gaat het om twijfelgevallen, lammen en kreupelen en geesteszieken, bij wie je met een beetje geestkracht en beïnvloeding een eind komt. Waarom groeit er nooit een been aan iemand die een been kwijt is? Dat zou knap overtuigend wezen. De gebedsgenezers en andere concurrenten van de medici zouden zich daar eens op moeten werpen. De eerste sekte die van een éénbenige een tweebenige maakt, zou op Johans toetreding kunnen rekenen. Maar nee. Allemaal halve wonderen wat de klok slaat. Wonderen hoefden niet zo erg voor adolescent Johan, maar aan hálve wonderen had hij grondig de pest. In de tuin van de buurman begint een kip luidruchtig aan te geven dat zij moeder is geworden van een ei. Het blijft een on-zondags geluid, vindt Johan, ondanks zijn nu vierendertig jaar. Hij gaat naar de keuken en maakt een kop oploskoffie. Met langzame teugjes drinkt hij. Dus vader doet de melkzaak aan de kant. Het kleine winkeltje waarin ook hij vaak klanten heeft geholpen, wordt gesloten. Geen gerammel meer met melkbussen tussen vijf en zes uur in de morgen. Of zijn die toch al verdwenen, nu het geplastificeerde karton de wereld heeft veroverd? Geen kratjes met lege frisdrankflessen meer voor de deur. Geen klant na sluitingstijd, die een paar pilsjes nodig heeft, voor onverwachte gasten.

Het gaat vader aan het hart, dat is wel zeker. Hij was van plan de tijd vol te maken tot z'n vijfenzestigste, misschien wilde hij doorgaan tot hij zeventig was. Hij hield van het werk. Hij was er aan verslingerd. Daar vraagt de samenleving niet naar, denkt Johan en hoewel hij alleen is maken zijn schouders een gebaar van machteloosheid. Hij gaat naar de tuin. Op zijn hurken voor het perkje met sierbloemen trekt hij grasjes en andere spontane groeisels uit die men *on*kruid noemt. Zijn gedachten wentelen, vrij plotseling, op een hoger niveau van opgewektheid. Hij heeft een idee. Het project waarnaar hij zoekt heeft zich aangediend. Hij zal de fractie voorstellen zich te verdiepen in de positie van de kleine middenstander, die wordt weggedrukt door de grootwinkelbedrijven. Het plezier om de bruikbare gedachte verdrijft zijn zwartgallige gemijmer over het lot van het ouderlijk winkeltje. Hoe zei zijn vader het vanmorgen ook weer? Je eigenbelang houdt je 't meeste bezig, waar. Johan knikt alsof zijn vader tegenover hem zat te wieden.

'Waar,' zegt hij halfluid.

8

Maandagavond. Lotte belt op. Zonder inleidende vragen naar de welstand van zijn gezin informeert ze of hij al een project heeft bedacht.

'Dat heb ik.'

'Ik hoop dat het overtuigend is,' zegt ze. 'Volgens mij voelt Arend *niet* voor je plan.'

'Waarom niet?'

'Ik ken hem langzamerhand een beetje.'

'Ik ben het met je eens,' zegt Johan. 'Denk je dat ik het alsnog niet haal?'

'Arend zal langzaam maar doeltreffend terugkrabbelen. En sommige fractieleden zullen meekrabbelen. Verzeker je van tevoren van een meerderheid. Dat is mijn advies.'

'Kan ik op jou rekenen?'

'Dat kun je,' zegt Lotte. 'Tot morgen.'

Het vermoeden dat steeds doorkankerde in Johans achterhoofd heeft Lotte uitgesproken. De fractiegenoten trekken aan zijn innerlijk oog voorbij. Lotte heeft hij mee, Hubèrt waarschijnlijk ook. Als er nog één zekere bij was is de stand minstens vier vier. Met het fractiebesluit van vorige week in de notulen kan er dan nauwelijks iets misgaan.

Op wie kan hij rekenen, behalve op Lotte en Hubèrt? Bart is wispelturig, maar altijd voor een avontuurtje te vinden. Waarschijnlijk krijgt hij diens steun. José en Herman gaan natuurlijk met Arend mee. Wat zou Wijnand doen? Vorige week heeft hij zijn mond niet opengedaan. Als Wijnand voor zijn plan voelt is hij safe.

Wijnand is zestig jaar, meer dan twee maal zo oud als bijvoorbeeld José. Hij woont in Rotterdam. Johan belt op. Hij krijgt Maria aan de telefoon.

'Wijnand is er niet,' zegt Maria.

'Kan ik hem ergens bereiken?'

'Officieel heeft hij een vergadering met de bouwgroep,' zegt ze. 'In werkelijkheid zal die vergadering wel afgelopen zijn en zit hij dus in *Het Hoekhuis* of in *De Olifant*.' Haar stem verraadt bitterheid noch

verlatenheid. Het is de stem van de berusting, van de kaalslag.
'Ik snap het,' zegt Johan. 'Hoe is het met jou, Maria?'
'Hetzelfde.'
'Tot kijk, hè.'
'Ja, wat je zegt.'
Ze hangt op. Johan staat nog even naar de hoorn te kijken, alsof hij verwachtte dat daaruit een jarenlang opgekropte snik zou spatten. Daarna gaat hij zijn paperassen voor de Kamer bij elkaar zoeken. Hij zegt tegen Tineke dat hij naar Rotterdam moet. Het zal wel laat worden en er zal alcohol bij te pas komen, dus hij blijft waarschijnlijk bij Wijnand slapen. Vandaar gaat hij dan morgenochtend naar Den Haag.

In de auto denkt hij aan zijn zoveel oudere fractiegenoot Wijnand, de briljante debater. De erudiet. De goedhartige. De drankzuchtige. Hij weet heel wat van Wijnand. In lange nachtelijke alcoholuren is veel losgekomen. Wijnand is in de eerste wereldoorlog verwekt bij een dienstbode door de steenrijke fabrikant Van Manen. De man heeft de consequenties van zijn erotische uitspatting aanvaard en is met de moeder van zijn kind getrouwd. Wijnand is geboren in de eerste wereldoorlog, ik in de tweede, denkt Johan. Het verschil tussen ons is een periode van zogenaamde vrede. Een periode van depressie, werkloosheid, en eenzijdige bewapening. De gierigheid van zijn vader, daar komt Wijnand nooit overheen. Zelf leefden ze sober, op het armelijke af. Het aansteken van een schemerlampje achtte Van Manen al verspilling. Vakantiereizen waren uitgesloten. Broers en zusters kreeg Wijnand niet. Wel gaf de man blijkbaar geld uit voor condooms, want geregeld hoorde het kind in het slecht geïsoleerde huis zijn moeder kreunen onder de woeste begeerte van de vader.
De soberte thuis was uit te houden, ook al schiep het kilte die een vijand is van liefde. Wat Wijnand vreselijk vond was het lot dat – mede door zijn vader – de arbeiders trof. Hij verschroeide innerlijk toen hij zag hoe genadeloos zijn vader, bij de instortende arbeidsmarkt, werknemers die jaren voor hem hadden gezwoegd, de laan uitstuurde. Geen cent meer dan hij verplicht was gaf Van Manen voor hen uit, ook al kreeg hij de armoede van gezinnen die hij goed kende dagelijks onder ogen, ook al puilde zijn bankrekening uit van de onnutte guldens.
In die jaren ging Wijnand hem haten. In 1936, toen zijn vader open-

lijk sympathiseerde met de NSB (om financiële reden werd hij geen lid), een half jaar na de dood van zijn moeder, verbrak hij definitief alle banden met de man. Hij werd onterfd en voorzag jarenlang in zijn onderhoud als taxichauffeur. Hij werd lid van de SDAP en moest in de oorlog langdurig onderduiken omdat hij was betrapt op sabotage en maar ternauwernood had kunnen vluchten. In die onderduikjaren ontdekte hij het geschreven woord. Hij las rijp en groen, studieboeken en bellettrie. Na de oorlog werd hij in korte tijd meester in de rechten. Bij de socialisten voelde hij zich op den duur niet thuis. Het geërfde ondernemersbloed botste met de eenheidsworst die een aantal van zijn partijgenoten als ideaal hadden voor de mensen. Gedurende bijna vijftien jaar was hij geen lid van een politieke partij, daarna werd hij een van de oprichters van de PSL.

Als Johan langs Gouda rijdt heeft hij de aanvechting bij Lilian Rijksen binnen te wippen. Onzin natuurlijk. Hij is er drie dagen geleden voor het eerst geweest. In Rotterdam rijdt hij naar *De Olifant,* dat hij kent van een nacht doorzakken, ook met Wijnand. Hij heeft meteen beet. Wijnand zit aan een tafeltje met twee andere mannen. Hij heeft Johan direct in de gaten en wenkt hem. Opstaan doet hij niet. Hij schijnt het doodnormaal te vinden dat Johan op maandagavond om half elf een van zijn eigen stamkroegen binnenstapt. Met een vaste stem stelt hij de andere mannen voor: Willem Vlasakkers, journalist, en Piet Schrouwen, lid van de PSL-fractie in de Rotterdamse Raad. Of kent Johan Piet al? Dat doet Johan, van de congressen. Dan moet hij maar 's gauw gaan zitten en de kastelein moet als de bliksem vier verse borrels brengen. Geef de gozers die daar in de hoek zitten te klaverjassen er ook een van me en sla jezelf niet over.

'Een rondje van de heer Van Manen,' roept de kastelein luid.

Alleen mensen die Wijnand goed kennen kunnen merken dat hij al tamelijk dronken is. De uitwendige tekenen zijn minimaal. Hij praat iets langzamer dan gewoonlijk, zijn wangen zijn een tint roder dan normaal, dat is alles. Al drinkt hij nog tot de volgende morgen door, dat zal niet anders worden. Wijnand lalt nooit, hij praat nooit onsamenhangend, hij zakt niet onder de tafel, hij kotst niet. Maar vanaf een kritisch punt zal hij zich de volgende dag niets meer herinneren, blanco, een zwart gat. En hij zal het merken aan zijn beurs, want tijdens het zwarte gat smijt hij met geld, in volle cafés geeft hij het ene rondje na het andere.

'Ik wou je spreken over het onderwerp dat ik vorige week aan de orde heb gesteld,' zegt Johan.

'Ja, dat doen we zo. Proost.'

Vlasakkers en Schrouwen hebben de hint goed begrepen. Als ze hun glas leeg hebben nemen ze afscheid. Schrouwen hikt al een beetje. Je moet van goeie huize zijn om het tempo van Wijnand van Manen twee uur lang bij te houden. De journalist Vlasakkers is beter getraind, maar toch heeft Johan de indruk dat de man thuis als een blok in slaap zal vallen.

Johan vertelt over zijn melkboerenproject. Terwijl hij praat speurt hij naar kleine tekenen die hem moeten verraden of het zwarte gat al is begonnen. Hij weet bijna zeker dat het niet het geval is. Gelukkig, anders was zijn bezoek vergeefs.

Het is verbazend hoe snel Wijnand de draagwijdte van het probleem begrijpt. Johan is nauwelijks uitgesproken of hij somt al op: de inkomenspositie van de middenstander verslechtert, omdat zijn klantenkring niet groeit en zijn omzet eerder af- dan toeneemt; er zijn problemen van oude mensen die geen leveranciers meer aan de deur krijgen; vrouwen werken meer dan vroeger buitenshuis en dus heeft de emancipatie er mee te maken; de leefbaarheid van de wijken is voor een deel afhankelijk van de buurtwinkeltjes; Wijnand praat vijf minuten en heeft in die tijd verschillende taken voor de fractieleden afgeteld.

'Het is een goed project. Ik steun je,' besluit hij. 'Kastelein!'

Hij kan in de fractie niet meer verliezen, weet Johan. Hij kijkt met waardering naar Wijnand. Diens chronische beschonkenheid vervult Maria met zorg, en ook de fractie, en toch is Wijnand in zijn werk nog nooit tekort geschoten. Hij is er op tijd, hoe laat het ook is geworden, hoogstens zijn na een zware nacht zijn opmerkingen en standpunten nog iets onvoorspelbaarder dan gewoonlijk. Onlangs heeft hij het gepresteerd, toen een fractiegenoot in de Kamer aan het woord was (het was Herman) om naar de interruptiemicrofoon te lopen en te zeggen: 'Meneer de Voorzitter, ik zal vanavond na het avondgebedje het partijprogramma nog eens met de geachte afgevaardigde doornemen.' De Kamer had gelachen en Herman had een kleur gekregen. Onmiddellijk na zijn toespraak was hij met Wijnand achter het gordijn verdwenen om zijn gram te halen, maar voor hij kon losbarsten zei Wijnand: 'Je stond je ernstig te vergissen en ik zag dat de oppositie een dodelijke opmerking aan het voorbereiden was. Ik meende dat we de dodelijke opmerkingen beter binnen de eigen club kunnen houden.'

Een onverslaanbaar debater is hij. Vorige week leek hij even in moeilijkheden. Hij had een vinnig interruptiedebatje met een jonge politieke tegenstander uit een conservatieve fractie.

'Het maakt weinig verschil of ik u hoor spreken of met een stok op een vat sla,' had Wijnand op een bepaald moment gezegd.

De ander had zich tot de voorzitter gewend. 'Moet ik dulden dat ik hier publiekelijk word vergeleken met een hol vat, meneer de Voorzitter?'

'Het is niet erg wellevend,' had de voorzitter vermanend opgemerkt.

'U begrijpt me verkeerd,' antwoordde Wijnand. 'Ik vergelijk de geachte afgevaardigde niet met een hol vat, maar met een vol vat. Een vat met wijn. Heel goede wijn. *Oude* wijn.'

De ander had nog iets geprobeerd door te zeggen dat de geachte afgevaardigde daar zelf geregeld mee vol zat, maar dat viel zelfs bij de geestverwanten van de spreker niet goed. Zo ging het altijd. Wijnand was in de Kamer en in de kroeg niet te verslaan.

De kastelein komt langs – ongenood deze keer – met de fles. Johans glas is nog halfvol. Hij wil de volgende dag niet met een houten hoofd in de fractievergadering zitten.

'Neem er zelf ook een, kastelein,' zegt Wijnand.

'Dank u, meneer Van Manen.'

'De kerk is sociaal geworden en het socialisme gelovig,' zegt Wijnand. 'Zo hoort het ook. De Schepper heeft gewild dat het leven zou lijken op een pendule: slingeren tussen links en rechts; alleen de tijd gaat recht vooruit, vastbesloten de eeuwigheid in.'

Het filosofische stadium, denkt Johan. Wijnands nachtelijke zittingen hebben voor hem geen geheimen meer. Na het filosofische stadium volgt nog het stadium van de confidenties. Tenslotte komt het stadium met de lange pauzes.

Het is vrij vol geworden in het café, nu het tegen het middernachtelijk uur loopt.

'De groenteprijzen,' zegt Wijnand, 'daar gaat het van de week om. Wedden dat er een interpellatie wordt aangevraagd?'

'Ik heb frappantere profetieën van je gehoord,' zegt Johan. 'De laatste tien dagen zijn de groenteprijzen voorpagina-nieuws.'

'Over spruitjes en prinsessenboontjes gaan we het van de week hebben. Volk en vorstenhuis, zogezegd.'

Hij grijpt een langs hun tafeltje passerende jonge man bij zijn trui en zegt:
'Drink een borrel van me en vertel me of de groente te duur is.'
'De jajem is te duur.'
'Die krijg je van mij. Ik wil iets horen over de groente.'
De jongen gaat zitten. 'Luister 's maat, ik ben niet getrouwd en ik weet geeneens hoe groente er uitziet. Je bedoelt rooie kool, penen en bieten? Bij mijn weten zijn die allemaal rood.'
'Je hoort het,' zegt Wijnand tegen Johan. 'Ook de groenten worden al socialistisch.'
'Besjoer,' zegt de jonge Rotterdammer.
'Groenteprijzen komen tot stand op veilingen. Als het aanbod klein is, stijgt de prijs. Daar kun je niets aan doen. De enige remedie is minder groenten eten,' meent Johan.
'Daar hebben we het morgen in de fractie over,' zegt Wijnand, die er gemakshalve aan voorbij gaat dat hij het onderwerp zelf heeft aangesneden. Hij wil in beschouwende zin over groenten praten. Johans benadering is voor dit uur te feitelijk.
De tijd bestaat niet meer als een ordelijke ketting van minuten. Sommige minuten krijgen de inhoud van een uur, andere schrompelen ineen tot een seconde. Als de kastelein tegen twee uur sluitingstijd aankondigt, is het voor Johan zowel *al* twee uur als *pas* twee uur.
'Naar De Wingerd,' zegt Wijnand.
'Laten we liever gaan slapen.'
'Eerst even naar De Wingerd. Ik heb nog dorst.'
'Wat is die Wingerd voor iets?'
'Een besloten club, even verder, om de hoek.'
Wijnand betaalt. Er is geen sprake van dat Johan daar zelfs maar een tientje tussen krijgt. Hij denkt toch niet dat Rotterdammers ongastvrij zijn? Weg met die portemonnee.
Ze zitten anderhalf uur in De Wingerd. Wijnands stem wordt trager. Johan wordt moe. Hij heeft veel minder gedronken dan zijn oudere vriend, maar een glaasje of zes à acht is er toch wel naar binnen gegleden. Hij ziet dat de huid van Wijnands gezicht wat zwaarder plooit. Zijn ogen worden rood langs de randen, wat nauwelijks opvalt door het zware, donkere montuur van de bril.
'Ik heb het met de kerk geprobeerd,' zegt Wijnand. 'In de vijftiger jaren, toen ik niks meer had, geen familie, geen vrienden uit het verzet, geen partij. In mijn jeugd heb ik nooit een kerk gezien. Bedel-

broeders noemde mijn vader ze. In het begin ging ik er best graag heen. Er gaat waarachtig troost van uit. Nee, vertroosting noemen ze dat, vertroosting. Het houdt geen stand. Bij mij houdt zoiets geen stand. Als ontroering te lang duurt wordt 'ie belachelijk. Steek een kaars aan voor het beeld van de moeder Gods. Twintig keer kun je het doen en er iets bij wegslikken. De eenentwintigste keer zie je jezelf als grote kerel staan voor zo'n stuk gips met een hemelzoete glimlach, en de vertroosting wordt hoon.'
'Waarom drink je?'
'Dat vraagt Maria ook altijd. Vroeger deed ze dat. De laatste jaren heeft ze het er niet meer over. Maria heet ze. En ze is nog ongeloviger dan ik.'
'Waarom drink je?'
'Vertroosting, jongen. De mensen steken als wespen.'
'Zullen we gaan?'
'Nog eentje. Piet, kom nog 's vlug langs.'
Een half uur lang wordt er weinig meer gezegd. Dan wenkt Wijnand de ober en vraagt hem een taxi te bellen.
'Mijn auto staat hier vlakbij,' zegt Johan.
'Je hebt gedronken. *Kamerlid rijdt onder invloed.* Slechte kop.'
Het huis is donker. Wijnand doet er lang over om het sleutelgat te vinden. Het komt niet bij Johan op om hulp aan te bieden. Wijnands bewegingen lijken daarvoor te beheerst. Als ze binnen zijn is Wijnand plotseling vergeten dat hij een gast heeft. Zonder groet stommelt hij naar boven. Johan heeft vaker in het huis overnacht. Hij gaat naar Wijnands werkkamer, waar een divanbed staat. Hij doet de lichten uit. Er is een plaid en een kussen. Binnen de minuut slaapt hij.

Arend is een te goed tacticus om zijn nederlagen echt te lijden. Als Johans plan aan de beurt is, en Johan zijn voorstel om het probleem van de verdwijnende middenstander te onderzoeken op tafel heeft gelegd, wil hij eerst het woord geven aan Herman. Voordat Herman zijn keel heeft kunnen schrapen springt Wijnand er in. Hij wijst kort en bondig op de merites van het voorstel en herinnert aan het principebesluit van een week geleden. Lotte valt hem bij en Hubèrt knikt instemmend.
'Het is misschien beter om het plan met de helft van de fractieleden uit te voeren,' zegt José. 'De anderen kunnen dan het werk hier in de gaten houden.'

64

'Dat ontkracht mijn voorstel,' zegt Johan.

Arend overziet het slagveld. Zijn voorbereiding is te oppervlakkig geweest, beseft hij. Allez, zoveel kwaad kan Johans plan niet, al met al. José kijkt hem aan met haar heldere, bewonderende ogen. Wat staat dat witte vest haar goed.

'Dat lijkt me niet zo verstandig, José,' zegt hij. 'Het goeie van Johans voorstel is juist dat we ons met de hele fractie, als team, op een probleem storten. Het gaat om de gezamenlijke besluitvorming.'

José's mond valt half open.

Arend voelt zich even een rotzak. Hij zal het haar straks uitleggen. Ze moet van de week maar weer eens komen eten.

'Nemen we Johans voorstel aan?'

Hij kijkt de kring rond. Instemmende gezichten. 'Dan zijn nu aan de orde de groenteprijzen.'

9

Als beangst om op te vallen houden de oude mensen zich verscholen in de wijk. Ze komen alleen op straat als de zon mild is en er geen gure wind is die een aanval doet op hun longen. Ze lopen met kleine, voorzichtige stappen, want een onopgemerkte kei of een achteloos beoordeeld rottend blad kan een heupfractuur betekenen, die pas na een jaar, of nooit meer, heelt. Iedereen krijgt voorrang, het kind op de step, het hondje dat in sukkeldraf naar een onbekende bestemming op weg is, de postbode die op z'n gemak van brievenbus naar brievenbus gaat. Ze staan stil, leunend op hun stok, of beschutting zoekend in de luwte van een stenen trap of een betonnen paaltje. De driftkikkers mogen passeren, geef hun de ruimte. Tijd speelt geen rol. Voor iedere beweging is een overvloed aan tijd voorhanden, een voorbereiding op de eeuwigheid, waar iedere handeling zelfs wordt uitgerekt tot stilstand: de limiet van afnemende dynamiek. Het kind met de step neemt de bocht te snel en valt. Vel schaaft van handen, op het kleine hoofd groeit een buil. Een halve minuut verbijstering over de pijn die door het lichaam vlijmt. Dan is het alweer over, de step wordt opgeraapt en niet minder begerig bereden dan tevoren. De oude schudt langzaam het hoofd. Hij vergeet met deze beweging op te houden nadat het kind om de hoek is verdwenen. Hij doet een vergeefse poging zich voor te stellen dat ook *zijn* lichaam eens zo elastisch is geweest.
'Zelfs hun huid is breekbaar,' zegt Hubèrt. Hij is al voor de tweede dag met José op pad. Ze onderzoeken wat het voor oude, maar nog zelfstandig wonende mensen betekent dat de melkboer niet meer aan de deur komt.
Met intense belangstelling kijkt Hubèrt naar de hand van een man van achter in de tachtig. De huid schilfert, droog en vriendelijk, schildering van de dood als een vanzelfsprekendheid. Aan de bovenzijde van de hand, in het midden, tussen pols en vingers, lijkt de huid dik en hard, als het dekschild van een kever. De vingers staan krom, ze hebben zich al jaren niet meer kunnen strekken. De dikke knokkels lijken scharnieren die zullen knerpen als ze bewogen worden, die zullen breken als de beweging te snel is, waarvoor geen smeer-

of antiroestmiddel uitzicht biedt. Een hand met een lange geschiedenis.

José en Hubèrt houden van oude mensen, ze hebben daarom dit deel van het werk gekozen. José houdt van hun afhankelijkheid, ze houdt van het gevoel van vertedering dat ze bij haar wekken. Hubèrt houdt van de geschiedenis die de ouden verzinnebeelden, van hun trage bewegingen ook, hij haat dynamiek.

'Zo doe dan de toornigheid wijken van uw hart, en doe het kwade weg van uw vlees; want de jeugd, en de jonkheid is ijdelheid,' zegt hij.

Een oude vrouw – ze woont alleen in een huisje waarvan de inrichting sinds 1930 niet is veranderd – maakt koffie voor hen. Ze wil niet dat José haar helpt, ofschoon ze met een stok naar het granieten aanrecht moet lopen, ofschoon haar bevende, doorzichtige vingers nauwelijks een lucifer uit het doosje kunnen krijgen om het petroleumstel aan te steken, ofschoon ze de kopjes haast niet ziet staan. Ze krijgt het zelf voor elkaar, het is nog lekkere koffie ook. Ze heeft er een biscuitje bij, zelf neemt ze niet, want ze heeft geen tand meer in haar mond en soppen doet ze alleen in thee, zegt ze.

'De maalsters zullen stilstaan,' mompelt Hubèrt.

'Wat zeg je nou weer?'

'Vergeef me, lieve José, de Prediker welt me naar de mond, ik kan het niet laten. In de dag wanneer de wachters des huizes zullen beven, en de sterke mannen zich zullen krommen, en de maalsters zullen stilstaan, omdat zij minder geworden zijn, en die door de vensteren zien verduisterd zullen worden, en de twee deuren naar de straat zullen gesloten worden . . . Dat laatste klopt niet, u hoort nog best, is het niet mevrouw?'

'Ik hoor je best, maar ik weet niet waar je het over hebt.'

José en Hubèrt beschikken elk op hun manier over de aanleg die je nodig hebt om van een gesprek met oude mensen een gedachtenwisseling te maken.

'Ziet u iedere dag mensen, mevrouw?' vraagt Hubèrt.

'Jawel. Ik zit veel in m'n stoel, voor het raam. Er komen er veel langs, vooral tussen vijf en zes uur in de namiddag.'

'En u kunt nog goed zien?'

'Ik heb mijn bril.'

'Spréékt u ook iedere dag andere mensen?'

'Nee, nu niet meer. Mijn dochter komt eens in de week. Soms stuurt

67

ze tussendoor mijn kleinzoon. Ze doen de boodschappen voor me. Als het zacht weer is loop ik zelf wel 's naar Zwart.'
'Wie is Zwart? Wij zijn hier niet zo bekend.'
'De kruidenier op de hoek. Het enige winkeltje dat we hier in de wijk nog hebben.'
'Wie maakt het huis schoon?' vraagt José.
'Atie. De werkster. Ze komt één keer in de veertien dagen.'
'Komt er geen melkboer of bakker aan de deur?'
'Nee. De laatste twee jaar niet meer. De melkboer is er mee uitgescheeën. De bakker belt niet meer aan omdat ik nooit meer dan een halfje wit nam.'
'Gaat er wel eens een hele week voorbij dat u niemand spreekt, tussen de bezoeken van uw dochter in?'
Ze denkt na. Haar hoofd begint zachtjes te schudden, de beweging mondt tenslotte uit in een definitief nee.
'De buurvrouw komt er af en toe effe in, en de wijkverpleegster en Wim van hierover komt een snoepje halen ... Het is nooit meer dan een dag dat ik met geen mens praat.'
'Vindt u het griezelig om alleen te zijn?' vraagt José.
'Wat zeg je?'
'Bent u graag alleen?' zegt Hubèrt.
'M'n man is al zeventien jaar dood.' Ze wijst naar een foto op het buffet. 'De kinderen wonen wijd weg, behalve m'n tweede dochter. Je went er aan om alleen te zijn. Je denkt wel eens 's nachts in bed, dat als ik nou ... als ik nou 's uit de tijd zou zijn, zoûen ze dat wel merken? Ik heb de telefoonnummers van m'n kinderen op een papiertje geschreven en bij de buurvrouw neergelegd. En ze let goed op. Pas zat ik om half tien niet in m'n stoel. Ik had de hele nacht slecht geslapen en toen was ik 's morgens nog een poosje in bed blijven liggen. Ze hing meteen aan de bel. Om kwart voor tien al. Dat geeft je toch een rustig gevoel.'
'Ja,' zegt José hartelijk, 'dat is heel goed van de buurvrouw.'
'Wilt u niet liever in een tehuis voor ouden van dagen?' vraagt Hubèrt.
'Als het God behaagt hoop ik dat niet mee te maken. Met allemaal ouden bij elkaar, waarvan er elke week een dood gaat. Kun je gaan zitten aftellen.'
'Bent u bang om dood te gaan?' Hubèrts ogen boren zich in die van haar, ze gloeien van belangstelling.

68

'Je raakt met de gedachte vertrouwd.'

Na anderhalve dag met Hubèrt weet José dat hij niets liever wil dan over dit onderwerp doorpraten. Snel grijpt ze in.

'Mevrouw, wat vindt u er van dat de melkboer er mee is uitgescheeën?'

'Jammer. 't Was een aardige man. Ze zeggen dat 'ie nu een soort chef is bij de supermarkt aan de Straatweg.'

'Was u niet boos dat hij er mee ophield?'

'Boos? Van mij werd hij niet vet. Als de man nou ergens anders meer kan verdienen.'

'Vindt u niet dat de overheid er voor moet zorgen, de gemeente of zo, dat er een melkboer bij u aan de deur komt?'

De oude vrouw kijkt hen aan alsof *zij* hulpbehoevend zijn, geestelijk. 'Oude mensen hebben toch niks meer te vertellen. Het zijn toch de jonge mensen die de dienst uitmaken. De stad, de straten, de huizen, de supermarkten, die zijn toch niet gemaakt voor oude mensen. Oude mensen hebben maar één toekomst, allemaal dezelfde: de dodenakker.'

José en Hubèrt hebben op deze solide constatering geen weerwoord. 'Je denkt wel eens,' zegt ze, 'dat het toch gek is. Er is weinig zeker in het leven, maar één ding gaat altijd op. Als je jong bent, en je stapt niet uit voor je tijd, dan word je vanzelf oud. De jonge mensen weten dat, zou je zeggen, maar er is niks van te merken.'

De beide kamerleden zijn het eerder tegengekomen en ze merken het ook in de dagen die volgen: de berusting bij de ouden over de manier waarop de jongeren de samenleving inrichten. Met de lichamelijke daalt de geestelijke weerbaarheid. Niet alleen de beenderen worden broos. Niet alleen in de huid komen rimpels. Niet alleen de spieren verstijven. Als de melkboer niet meer komt, dan is dat jammer. Punt.

Later die dag bellen José en Hubèrt aan bij het huisje waar volgens hun informatie moet wonen de heer Willem Zevenhuizen, oud achtenzeventig, een van de jongsten die ze tot dusverre hebben bezocht. Er wordt niet opengedaan, ook niet na herhaald bellen.

'Die is aan de zwier,' zegt José.

Hubèrt bukt zich en probeert door de brievenbus te kijken. Hij ziet een smalle gang met een kapstok en een paraplubak. Dicht bij de deur staan een paar lege bierflesjes en een pan. De deur naar een vertrek, rechts achter, staat half open. Een zoetige, muffe lucht dringt in Hubèrts neusgaten. Op de mat liggen een paar reclamefolders en de brief waarin zij hun komst hebben aangekondigd. 'Onze brief ligt op de mat,' zegt Hubèrt. 'Hij is dus niet thuis. Kom, verderop in deze straat wacht de weduwe Stomphorst met kloppend hart op ons.'

Terwijl ze er heen wandelen dwalen zijn gedachten naar zijn moeder, die veel minder oud is geworden dan de mensen die hij nu bezoekt. Ze is bezweken aan kanker nog voor ze zestig was. Een hittegolf teisterde de gewassen toen ze boven aarde stond. De dag dat ze haar begroeven was het vijfendertig graden. Op een woensdag was ze gestorven, 's maandags droegen ze haar naar de plaats waar zij tot stof zou wederkeren. De vijf dagen waren te lang geweest. Tijdens de tocht over het kerkhof was de zoetige geur van ontbinding een metgezel van de levenden.

Hubèrt legt zijn hand op Josés arm en staat stil. Hij beseft waarom hij aan de dood van zijn moeder denkt: de associatie van de geur. 'We moeten terug naar Zevenhuizen, jeugdige,' zegt hij. 'Het zit daar niet goed.'

'Hoezo?'

'De geur. Misschien is het de hond of de kat, die hij heeft laten verhongeren. Ik denk het niet. Zij zouden met hun geblaf of geschreeuw de aandacht hebben getrokken. Kom.'

Ze bellen aan bij de buren rechts. Een vrouw van midden veertig doet open. Een mist van goedkoop parfum camoufleert dat ze een hekel heeft aan de douche. Haar schouders, haar onderkin, haar ogen en vooral haar mond drukken ontevredenheid uit. Ontevredenheid omdat ze niet de 'dame' is die ze vindt dat ze is.

'Hebt u Zevenhuizen de laatste tijd nog gezien?'

'Die vieze gek van hiernaast? Daar hebben wij geen conversatie mee.'

'Ik bedoel, hebt u hem zien voorbijgaan? Hebt u hem in of uit zien gaan? Hebt u hem horen stommelen?'

'Waarom?'

'Houdt u het voor mogelijk dat hij dood is zonder dat iemand in de buurt het heeft gemerkt?' zegt Hubèrt.

Daar schrikt ze toch van. 't Zou kunnen. Er komt daar bijna nooit iemand over huis.'

'Heeft hij een hond of een kat?'

'Nee. Hij had een hond, maar die heeft hij weggedaan omdat wij zo'n hinder hadden van het geblaf.'

'Dank u wel,' zegt Hubèrt. Hij trekt José mee, weg uit de parfumlucht.

'Moeten we het huis laten openbreken?' roept het mens hen nog na.

Ze bellen aan bij de buurman ter linkerzijde. Daar doet een kind open voor wie de lagere-schooltijd nog moet beginnen.

'Is je moeder thuis?' zegt José.

Het kind holt weg. De moeder komt tevoorschijn, jong, nerveus, met een jas aan.

Hubèrt en José stellen dezelfde vragen. Ze krijgen te horen dat deze vrouw overdag zelden thuis is, ze heeft een baan en brengt Hanneke 's morgens naar een crèche. Het is een wonder dat ze haar nu aantreffen, samenloop van omstandigheden. Met die oude meneer Zevenhuizen maakt ze een enkele keer een praatje, de laatste tijd niet nee, dâ's waar, ze heeft hem minstens een week niet gezien, misschien wel twee.

'Hij zou dus dood kunnen zijn zonder dat u het gemerkt hebt?'

'Ja,' geeft ze toe. Ze wordt vuurrood.

'Mag ik de politie even bellen?' vraagt Hubèrt.

'Komt u binnen.' Ze doet haar jas uit, is vergeten dat ze weg moest.

Hubèrt belt de politiepost, meldt zich als lid van de Tweede Kamer. Hij maakt de politie deelgenoot van zijn zorg over de heer Zevenhuizen en geeft het adres.

'Binnen tien minuten zijn we bij u.'

Terwijl ze wachten informeert José of er leveranciers aan de deur komen.

'Niet dat ik weet,' zegt het nerveuze vrouwtje. 'Misschien een bakker, maar dan op een moment dat ik niet thuis ben.'

Voor het huis stopt een politiewagen. Twee agenten stappen er uit. Als ze geen uniform aan hadden zou je denken dat ze op de middelbare school zaten. Ze maken kennis met José en Hubèrt en het jonge vrouwtje, bellen aan bij Zevenhuizen, bonzen op de deur.

'Ruik eens bij de brievenbus,' zegt Hubèrt.

Een van de agenten knielt neer. Hij ziet er onverbloemd zenuwachtig uit als hij overeind komt.

'Het stinkt,' zegt hij tegen zijn collega.

Hubèrt kijkt hen aan met de lichte spot die hij zelden aflegt. 'Zou de sterke arm zijn spiedend oog niet eens laten gaan over het inwen-

dige van deze woning?'
'We zullen de deur forceren,' zegt een van de agenten.
Er is intussen een oploopje gegroeid.
'De achterdeur is veel minder stevig,' zegt de buurvrouw links.
'Komt u maar door onze tuin, dan kunt u over het muurtje.'
Het blijkt dat de achterdeur zelfs niet op slot is. José fluistert tegen
Hubèrt dat ze liever niet mee naar binnen wil.
'Dat hoeft toch niet,' zegt hij. 'Blijf maar bij Hanneke en haar moeder.'
De mannen vinden de man, het is schokkender dan Hubèrt had gedacht. In zijn verbeelding had hij hem dood op bed zien liggen, zoals
zijn moeder. Zevenhuizen is kennelijk gestruikeld toen hij een
theedoek over de verwarmingsradiator wilde leggen. Zijn rechterarm is achter de radiator geschoten en een paar centimeter onder
de oksel gebroken. Zo is de man blijven hangen, onmachtig om zichzelf te bevrijden, onmachtig ook om – met zijn naar beneden gerichte
gezicht – door roepen de aandacht te trekken.
Het lijk is aan het ontbinden. Wit schuim welt uit mond en neusgaten.
De ogen staan wijd open. Ze zijn nog niet voor de helft zichtbaar
door de vliegen.
De agenten zijn bleek en ontredderd, maar niet laf.
'We moeten hem er afhalen,' zegt er een, maar Hubèrt houdt hem
tegen.
'Laat deskundigen dat doen. Een uur meer of minder doet er niet
toe. Lijkegif is dodelijk.'
'Wat een dood,' zegt een van de agenten.
'Ja,' zegt Hubèrt, 'zijn doodsstrijd kan dagen hebben geduurd. De
doodsoorzaak moet nog worden vastgesteld. Inwendige bloedingen
misschien, of shock, of uitputting. Dagen met een gebroken arm hangend aan een radiator. Een metalen kruis, witgelakt, met sierstrip.
Wij leren het niet af, we blijven mensen kruisigen, is het niet zo,
Hermandad.'

Boven de gelagkamer van café Bossewinkel is een klein zaaltje.
Herman heeft het gehuurd voor de PSL-fractie. Een paar avonden
in de week komen ze daar samen, om de resultaten van de dag te
bespreken en plannen te maken voor de volgende. Het is Hermans
taak de publiciteit te verzorgen en een verslag te maken van de gang
van zaken. Deze avond zijn er zes leden. Arend houdt de gebeurte-

nissen in Den Haag in de gaten (daar heeft de rest mee ingestemd) en Lotte, die zich bezighoudt met de werkende vrouwen van de wijk, is daarmee vooral 's avonds druk.

In sobere woorden vertellen Hubèrt en José hun belevenissen. De anderen zijn er stil van.

'Eén conclusie kunnen we vast trekken,' zegt Hubèrt. 'Door het verdwijnen van de buurtwinkeltjes, het verdwijnen van de melkboer en de bakker uit de straat, vergroten we het isolement van de ouden. De ouden van wie de Prediker al zei dat er verschrikkingen zullen zijn op de weg en dat de lust zal vergaan; op weg naar hun eeuwig huis isoleert de samenleving hen in hun tijdelijk huis.'

De volgende morgen brengen de ochtendbladen het nieuws van de dode man op de voorpagina. Verschillende kranten hebben er fotootjes van Hubèrt en/of José bijgeplaatst. Dat is het werk van Herman, die een uitvoerig bericht heeft doorgebeld naar het ANP.

Hubèrt werpt de kranten walgend van zich af.

'Voorpaginanieuws, omdat twee kamerleden hem hebben gevonden,' hoont hij. 'Was hij door de buren ontdekt dan zou een berichtje op blad zeven voldoende zijn geweest. Vrienden, deze samenleving is zo gedegenereerd dat ik er welhaast weer schoonheid in ontdek.'

Hij kijkt naar José, die er fris als de morgen uitziet. Haar gave huid tintelt van jeugd en gezondheid. Het is hem nooit zo opgevallen. Ontdekt men 'la belle' pas naast 'la bête'?

'Kom, schone,' zegt hij. 'Het werk wacht. Op naar de onbetreden verten.'

10

Het jongste lid van de PSL-fractie is Bart Schoonderwoerd. Hij is net als José negenentwintig jaar, maar zij is op de kop af drie maanden eerder geboren. Bart is een groot liefhebber van het schone geslacht. Juist daarom heeft hij er nog nooit toe kunnen komen zich aan één vrouw te binden. Zijn veroveringen zijn talrijk, zó talrijk dat het voor iemand als Hubèrt een raadsel is dat hij er niet genoeg van krijgt. Overmatig knap is hij niet, al heeft zijn weelderige haardos wel iets aparts. Zijn tanden staan niet precies in het gelid. Zijn neus wipt een beetje, nog net zonder potsierlijk te zijn. Zijn oren flappen ongegeneerd de wereld in, maar dat heeft de kapper aardig weten te camoufleren. Zijn ogen zijn lichtblauw, en uitzonderlijk helder. Er straalt een energie uit waarvoor weinig vrouwen ongevoelig blijven. Bart behandelt voor de fractie de onderwerpen die te maken hebben met cultuur en met sociale zaken. Voordat hij in de Kamer kwam, had hij geen bijzondere kennis van die onderwerpen. Hij verkocht toen auto's, verzekeringen en encyclopedieën, na elkaar, met elkaar en door elkaar. Hij is verre van dom en hij praat gemakkelijk. Niet te zwaar van toon, niet te lang, opgesierd met persoonlijke opmerkingen. En meestal goed gedocumenteerd, want hij is ijverig en vlug van begrip.

Het kamerlidmaatschap is Bart overkomen, zoals zoveel in zijn leven. Zijn aandacht is indertijd getrokken door die nieuwe partij, waarin minder gezeepneusd leek te worden dan in de ouderwetse partijen, waarin een massa jonge mensen schenen te zitten, veel jonge vrouwen ook. Hij is eens naar een afdelingsvergadering gegaan en raakte geïnteresseerd. Hij werd lid en bezocht geregeld de partijbijeenkomsten. En al kwam het voor dat zo'n bijeenkomst er mee eindigde dat hij een jonge partijgenote meenam om zijn flat-nieuwe-stijl in Zoetermeer te bekijken, gezegd mag worden dat hij ook ander werk voor de partij verzette. Toen drie jaar geleden nieuwe kamerverkiezingen in zicht kwamen heeft hij zich, na hoogstens drie minuten nadenken, kandidaat gesteld. Zijn populariteit bleek groot, want hij kwam op een verkiesbare plaats en kon zijn geïllustreerde auto's en gestroomlijnde polissen verder aan een ander overlaten.

Bart stort zich vol overgave in het project van Johan. Hij neemt op zich om een enquête te houden onder huisvrouwen, om er achter te komen hoe zij denken over het verdwijnen van de melkboer. Dat ligt een beetje in de lijn van zijn oude vak. Opgewekt gaat hij 's ochtends op pad. De tijd is kwart over negen, de plaats is de nieuwe wijk Bloemenkwartier, in de omgeving van het Utrechtse Zuilen. De zon schijnt. Het leven is vriendelijk voor wie het weten te genieten. Hij belt aan bij de huizen. Als een huisvrouw hem open doet stelt hij zich voor als Bart Schoonderwoerd uit de Tweede Kamer die een onderzoek instelt naar het verdwijnen van de melkboer uit woonwijken als deze. En of hij daar een paar vragen over mag stellen. In de meeste huizen wordt hij binnen genood, soms brengt hij het tot de vestibule, één maal wordt de deur pardoes voor zijn neus dichtgeslagen.

Waar koopt u de melk?

Kwam de melkboer vroeger wel aan huis?

Komt u geregeld in de supermarkt?

Hoeveel cent per liter melk zou u bereid zijn meer te betalen als de melk aan huis werd bezorgd?

Hoe verder de ochtend vordert, des te meer tijd hebben de vrouwen voor hem. Steeds vaker wordt hem koffie aangeboden. De huiskamers zijn keurig aan kant, de keukens, voor zover hij daar door open deuren een blik op kan werpen, blinken hem tegemoet.

'Ik ga graag naar de supermarkt,' zegt een vrouw van een jaar of dertig. 'Het geeft je wat te doen. Als de kinderen op school zijn, zit ik hier maar te zitten. Wat wil je, de was gaat in de wasmachine, de vaat in de vaatwasmachine, om tien uur, half elf misschien ben ik klaar met m'n werk. Dan duurt zo'n dag nog lang, hoor.'

'Was het bezoek van de melkboer vroeger dan geen prettige afleiding?' vraagt Bart.

'Ach, jawel, maar je moest er ook voor thuisblijven.'

Hij komt het veel tegen, dat te veel aan tijd. Natuurlijk moet hij er rekening mee houden dat hij een vertekend beeld krijgt, want bij heel wat huizen doet er niemand open. Het zijn de vrouwen met baantjes buitenshuis die hij niet thuis treft. Soms vraagt hij aan de vrouwen met wie hij wel praat of ze niet graag een baantje willen hebben. De meesten antwoorden dat ze dat wel zouden willen, maar dat het niet kan voor de kinderen. Soms ook zeggen ze dat hun man het niet wil.

Hij komt bij een huis waar een vrouw in peignoir open doet. Ze heeft waarschijnlijk net langdurig voor een spiegel haar haren zitten borstelen, want die glanzen en knetteren van de statische elektriciteit. Met een verleidelijk, inviterend stembuiginkje, waarvan het effect kennelijk jaren is beproefd, noodt ze hem binnen. Voor het eerst weigert hij dat en stelt hij zijn vragen geleund tegen de deurpost. Hij vreest dat hij, eenmaal binnen, de verleiding niet zou weerstaan, en dat lijkt hem nauwelijks in het belang van zijn missie.

Ook de stad kent zijn groene weduwen, denkt hij. Vrouwen die de hele dag alleen zitten, met te weinig te doen, en een arsenaal hartstochten dat bestaat uit meer dan 's avonds mooi wezen voor een vermoeide echtgenoot.

Er is ook een huis waar een man open doet. Bart vraagt of zijn vrouw thuis is, want hij houdt een enquête over huishoudelijke kwesties. 'Dan moet u bij mij wezen,' zegt de man. 'Het huishouden is mijn terrein. Maar kom dan even binnen, want ik was Marjolein aan het voeren en het papje wordt koud.'

In de woonkamer bindt de man geroutineerd de schort voor die hij kennelijk even af had gedaan om de bel te beantwoorden, pakt een baby uit de box en stopt daar met geduld en kalmte lepeltjes pap in. 'Ik heeft Jan-Dirk,' zegt hij, terwijl hij een halve lepel pap van de wangetjes van het kind schept.

'Bart Schoonderwoerd, van de Tweede Kamer. PSL-fractie.'

'Wat kan ik voor je doen, Bart?'

'Wij stellen een onderzoek in naar de verdwijnende melkboer. Wat betekent het voor jullie dat er geen melkboer meer langs de deur komt?'

'Stomvervelend,' zegt Jan-Dirk. 'Voor iedere boodschap moet ik Marjolein in de kinderwagen meenemen, want ik ken hier niemand die ik zou kunnen vragen even op te passen. Trouwens, ik verlies de kinderen niet graag uit het oog.'

'Heb je dan nog meer kinderen?'

'Ja, Peter, vier jaar. Dat is hij vorige week geworden. Daarom is hij nu naar de kleuterschool. Dat is wel even wennen voor me.'

De pap is op en de jonge vader probeert met zachte klopjes op de rug de baby een boertje te ontlokken. Bart voelt zich onwennig. Veiligheidshalve keert hij terug naar zijn missie.

'Hoeveel zou je méér voor een liter melk willen betalen als de melkboer weer langs de deur kwam?'

'Ik zou er heel wat voor over hebben,' zegt Jan-Dirk, 'maar ik heb makkelijk praten. Ik verdien tenslotte het geld niet. Ik zou dat dus met mijn vrouw moeten overleggen.'
'Wat doet je vrouw, als ik vragen mag?'
'Hoofd van een school.'
'Kleuterschool?'
'Nee, waarom nou kleuterschool? Gewoon, van een lagere school. Voordat we trouwden zat ik daar ook, als onderwijzer. We hebben elkaar daar leren kennen. Toen Peter was geboren bleek dat ik het kind veel sneller en beter in bad kon doen dan zij. Ik vond het ook leuker. Het is machtig om zo'n klein schatje te verzorgen.'
Het boertje is er uit. Met snelle, zekere bewegingen doet hij Marjolein een schone luier om. Het kind maakt vriendelijke, kirrende geluidjes.
'Mijn vrouw is heel klein en tenger. Ze weegt maar vijftig kilo. Het gesjouw met de kinderen is haar te zwaar. Twintig keer per dag zo'n baby in en uit de wieg, dat voel je hoor. Op school laat ze alle lichamelijke werk door de leerlingen doen. Die blagen van twaalf jaar zijn tegenwoordig bijna net zo groot als zij.'
'Kook je ook?'
'Jazeker, behalve op zondag. Dan doet mijn vrouw het. Het verstelwerk doet ze ook. Dat heb ik nog niet onder de knie. Maar wat niet is kan komen.'
'Verlang je niet terug naar je werk op school?'
'Vorig jaar wel. Ik zocht toen een baantje voor halve dagen. Maar nu we Marjolein er bij hebben ben ik thuis weer volmaakt gelukkig.'
Bart weet niet wat het betekent om gelukkig te zijn, laat staan volmaakt gelukkig. Maar het lijkt hem bar onwaarschijnlijk dat hij het geluk zou kunnen vinden in het gedoedel met een baby. Wat zijn mensen toch verschillend, denkt hij.

Johan voelt zich niet aangetrokken tot Lilian Rijksen in de zin dat hij met haar naar bed wil, maar ze is wel steeds in zijn gedachten. Hij kan het niet laten – opnieuw onaangekondigd – bij haar aan te bellen.
'Goed dat je er bent,' zegt ze. Alsof hij, buiten zijn schuld, aan de late kant is voor het eten.
'Ik heb aan je gedacht,' zegt Johan.
Ze knikt. 'Dat weet ik.'

'Hoe weet je dat?'
'Jij weet ook dat ik aan jou heb gedacht. Thee?'
Ze drinken thee. Als eerder. De sfeer in de kamer is ragfijn. Het is trouwens een erg mooie kamer, luxueus gemeubileerd, en toch is iedere protserigheid vermeden.
'Heb jij deze kamer ingericht?'
Ze knikt. 'Paul laat me de vrije hand.'
'Schrijft hij je?'
'Ansichtkaarten met "alles goed" er op.'
'Waar hou jij van?' vraagt Johan.
Ze slaat traag haar ogen op. 'Ik hou van wilde nachtelijke feesten,' zegt ze. 'Ik heb er in geen twintig jaar een meegemaakt en ik zal er nooit meer een meemaken. Ik ben er te oud voor geworden en, eerlijk gezegd, vroeger was ik er ook niet geschikt voor. Maar in gedachten richt ik hier uitbundige feesten aan nu Paul weg is. Het huis is vol jonge mannen en vrouwen die zich op schandelijke, perverse wijze gedragen. Als het ochtendlicht door de gordijnen kiert ligt iedereen voor pampus tussen de scherven. Voor degenen die overeind krabbelen bel ik een taxi; anderen dek ik met een deken toe. Ik waad voorzichtig door de ravage, hier en daar blijf ik staan om te kijken.'
Nu pas slaat ze haar ogen weer neer.
'En daarna ga je naar boven en je schildert een zelfportret,' zegt hij.
'Ja,' zegt ze. Ze wordt weer spaarzaam met woorden. Over haar fantasieën wil ze niet meer spreken. Ze is als een vulkaan, met korte, heftige erupties tussen lange perioden van dreigende rust. Wat broedt daar achter dat witte voorhoofd, denkt Johan, achter die lange wimpers, achter die kleine borsten. Nu ze niet meer over zichzelf wil praten vertelt hij haar het verhaal dat hij ook aan Tineke heeft verteld, de onderhandeling tussen minister Jansen en Arend, met het drugteam als inzet. Af en toe stelt zij een korte vraag. Ze spreekt geen oordeel uit. Als hij klaar is zegt ze alleen:
'Achteraf kan nooit beoordeeld worden of een besluit goed of fout was. Zelfs degene die het besluit heeft genomen kan dat niet. Want nooit zullen de omstandigheden dezelfde worden als ze waren op dat beslissingsmoment. Ieder moment is uniek. We gaan te roekeloos met de minuten om.'
Hij neemt afscheid.
'Je komt terug,' zegt ze.
'Ja. Gauw.'

In de auto bedenkt hij met hoeveel meer innerlijke rust hij het voorval van het drugteam en de RW 87 aan Lilian heeft verteld dan aan Tineke. Hij weet ook hoe het komt. Tineke luisterde naar en reageerde op de zaak zelf, op de feiten. Dáár sprong ze op in, daarover vormde ze zich een mening. Lilian had over de zaak als zodanig geen woord gezegd. Uit haar korte vragen en opmerkingen bleek dat ze zich alleen bezighield met de vraag hoe *hij* zich onder het probleem had gevoeld, hoe hij er op had gereageerd, hoe hij het dilemma had verwerkt. Voor haar lag de kern van het probleem in zijn handelen, voor Tineke in de afweging van de feiten.

De avondlijke lucht is helder, op één grote wolk na die op de horizon leunt precies daar waar ook de autoweg in de verte verdwijnt. Johan zal via die wolk regelrecht de hemel in kunnen rijden. Maar als hij de afstand heeft overbrugd is het donker geworden. Hij kan de poort naar de hemel niet meer vinden.

11

Het is nog niet statistisch vastgelegd of het de goedgelovigen zijn of juist de zwakgelovigen die menen dat op de zonde de straf volgt. Gelovigen moeten het in ieder geval zijn, want met feiten heeft de bewering niet van doen. Daarvoor zijn te veel schelmen en booswichten op gezegende leeftijd in hun slaap over de regenboog gegaan en te veel onbezoedelden aan de tering bezweken voordat een kans op het grote zondigen hun was geboden. Trouwens, als straf een maat is voor de zonde, dan neemt de zonde blijkbaar af.

Neem nou Bart. Als jongen van achttien heeft hij een keer iets opgelopen, nog een wonder dat het bij die ene keer gebleven is als je zijn leefwijze in aanmerking neemt. Toch zou zo'n besmetting vroeger voldoende zijn geweest om hem langzaam te laten wegrotten. Nu heeft hij indertijd even zijn arts bezocht en een weekje later was hij weer (had hij weer) het heertje. Hij hoefde er niet eens voor geprikt te worden. Pillen slikken, dat was alles.

Bart heeft een kille jeugd gehad, met ouders die onderling veel ruzie maakten en weinig om hem gaven. Misschien zoekt hij daarom altijd vriendschap. Hij heeft altijd een hartelijk woord en een joviaal gebaar bij de hand om een aangename sfeer te scheppen. Hij heeft een onuitputtelijk arsenaal moppen paraat, overgehouden uit de tijd dat hij op pad was met z'n polissen en z'n auto's. Het heeft een poosje geduurd voor hij begreep dat de fractieleden maar matig gediend waren van moppen, in ieder geval niet van zeven achter elkaar.

Ondanks zijn populariteit en de schijnbare onafhankelijkheid die er door ontstaat, is het voor Bart erg belangrijk wat de mensen van hem vinden. Hij moet vrienden om zich heen hebben, want de eenzaamheid ligt altijd op de loer. Het bezoek aan die Jan-Dirk laat hem niet los. De man zag er allerminst uit als een doetje, het enige kinderachtige aan hem vond Bart eigenlijk die dubbele voornaam. De manier waarop hij met de baby in de weer was leek precies even natuurlijk als wanneer hij een plank boven de aanrecht aan het maken was geweest. Kennelijk kon het Jan-Dirk geen snars schelen of Bart zijn gedoe in het huishouden onmannelijk vond. En dat getuigde van een soort vrijheid en ontspannenheid waar Bart in zijn hart behoorlijk jaloers op is.

Hij vertelt er over tijdens de fractie-bijeenkomst in café Bossewinkel. Er worden wat flauwe grappen over gemaakt, maar de meesten vinden het toch wel prima van die Jan-Dirk en zijn vrouw dat ze het zo geregeld hebben.

'Zouden jullie dat nou durven, met zo'n baby naar de supermarkt, of naar het consultatiebureau of zo iets?' vraagt Bart aan zijn manlijke collega's.

'Ik duwde achttien jaar geleden de kinderwagen al', zegt Arend.

'Ja ja, in het park, met je vrouw er naast,' spot Lotte. 'Ik ken dat soort moed.'

Johan kijkt tersluiks naar Hubèrt. Hij is bang dat het gesprek een kant op zal gaan die voor Hubèrt pijnlijk is.

'Zou jij het durven?' vraag Bart hem. 'Of eigenlijk is durven niet een goed woord. Natuurlijk durft iedereen het, als het moet. Ik bedoel, zou je het kunnen zonder je opgelaten te voelen.'

Johan haalt zijn schouders op. ' 'k Zou het niet weten, hoor.' Hij probeert het gesprek op iets anders te brengen, door bij Lotte te informeren naar haar bevindingen. Maar Bart laat niet los.

'De meesten van ons zouden zich wel degelijk opgelaten voelen,' zegt hij. 'Waarom eigenlijk? Is de band tussen een moeder en haar baby sterker dan die tussen een vader en zijn baby? Ik heb geen kinderen, maar de vaders hier zouden daar iets verstandigs over moeten kunnen zeggen.'

'Het heeft niet te maken met de band tussen ouders en hun kinderen, maar met het rollenpatroon,' zegt Arend. 'Ik stel voor dat we dit onderwerp niet betrekken bij ons project. Als er al verband is met de verdwijnende melkboer, dan is het toch maar zijdelings.'

Bart zegt niks meer, maar hij is het er niet mee eens. Melkboeren ja of nee aan de deur, dat heeft ook te maken met de manier waarop man en vrouw het werk in huis verdelen. Zo redeneert hij bij zichzelf. Daaraan ontleent hij voor zichzelf het argument om de volgende morgen opnieuw bij Jan-Dirk aan te bellen. De werkelijke reden ligt dieper. Hij verlangt er naar om zich even onafhankelijk van het oordeel van anderen te kunnen voelen als deze huisman.

'Sorry dat ik je weer kom storen,' zegt hij tegen Jan-Dirk.

'Kom binnen.' Verwonderd is hij wel.

'Ik wou je wat geks vragen. Ga je vandaag nog uit met de baby?'

'Ja zeker, zo dadelijk. Ik moet nog boodschappen doen. En je weet het: de leveranciers komen hier niet meer aan de deur.'
'Ik wou graag mee,' zegt Bart.
'Zo,' zegt Jan-Dirk. 'Wat je zegt.' Hij begrijpt er niets van.
'Ik wou weten hoe het voelt om als man tussen al die winkelende vrouwen te lopen met een baby.'
Jan-Dirk grijnst. 'Wil je weten hoe het bij mij voelt of hoe het bij jou voelt?'
'Bij mij.'
'Heb je geen kinderen?'
'Nee. Ik heb niet eens een vrouw.'
'Dan heeft het ook geen haast om te gaan oefenen met een kinderwagen.'
'Ik zou het toch graag eens meemaken.'
'Dat kan,' zegt Jan-Dirk. 'Ik trek mijn jas aan, leg jij Marjolein vast in de wagen. Pas op dat je haar hoofd niet stoot tegen de stang van de kap.'
Als ze in het winkelcentrum zijn duwt Jan-Dirk hem met de kinderwagen een langwerpige winkel in met allemaal enge dingen in de etalage: lapjes, bloesjes, bh's en zo.
'Vier luiers en een klosje lichtblauw naaigaren. Groene Clown.' zegt hij.
'Groene Clown?' vraagt Bart.
'Dat is het merk. Ik haal hiernaast even een paar flesjes bier.'
Het is vol in de winkel. Hij is de enige man. Hij kijkt schuw rond, maar niemand besteedt aandacht aan hem. Een verkoopster met een heerszuchtige boezem vraagt wat er van zijn dienst is. Hij zegt zijn boodschap op en moet dan een oordeel geven over welk merk luier de beste waarborgen biedt voor de gezondheid van de billetjes van zijn kleine. Op goed geluk wijst hij iets aan.
'Wat een schatje,' zegt de verkoopster plichtmatig.
Terwijl zij inpakt kijkt Bart met geveinsde belangstelling langs de planken waarop artikelen van allerlei aard liggen opgestapeld. Hij ziet geen enkel detail. Hij probeert te analyseren wat hij voelt. Het lijkt op het gevoel van onverschilligheid dat hij had toen hij examen moest doen, lang geleden, op de HBS. Toen kon ook iedereen doodvallen, maar tegelijkertijd wist hij dat het gevoel vals was.
Zelfs de ogen van mensen die niet naar hem kijken, prikken in zijn rug. Uit verweer smeedt hij een harnas van onverschilligheid, waar

hij het benauwd onder heeft.

Als hij de kinderwagen de winkel uitduwt weet hij dat het niet genoeg is om je niks aan te trekken van wat de mensen van je vinden. 'Niet genoeg' is verkeerd gezegd. Het is 'te veel' als je je er niets van aantrekt. Je plaatst je zelf buiten de gemeenschap. Het begint pas ergens op te lijken als je met het oordeel van 'men' met je zelf in dialoog kunt zijn, als je tegenover een negatief of een vals of een geborneerd oordeel er op uit bent dat oordeel te veranderen, niet als je besluit dat het je koud en onverschillig laat.

'Hadden ze het naaigaren?' vraagt Jan-Dirk, terwijl hij een paar flesjes bier als waren het kruiken in de kinderwagen legt. Typische man, die Jan-Dirk. Het klosje naaigaren ligt nietig in zijn hand, die groot is en behaard. We zijn hard op weg naar een maatschappij waarin zijn type normaal zal zijn. Zijn type normaal? Nee, zijn gedrag zal normaal zijn. Als de melkboeren verdwijnen komen de Jan-Dirken sneller van de grond. Bart weet dat hij zelf nooit voorop zou kunnen lopen bij zo'n ontwikkeling. Structuren veranderen. De PSL-fractie doet er aan mee, Bart doet er aan mee. Hij kan dat en hij wil dat, zo lang het theorie is – niet onbelangrijk, maar uiteindelijk ver van je lijf. Met één hand aan de kinderwagen van Marjolein begrijpt hij dat theoretische structuurveranderingen alleen kunnen slagen als Jan-Dirken ze in de praktijk vorm geven.

Er ontstaat weer iets tussen hen. Er groeit iets. Ze voelen weer iets van de vertrouwelijkheid uit de beginjaren. José geniet. Ze heeft – later gekomen – vanuit het koele heden die eerste jaren zien flonkeren als onachterhaalbare geschiedenis. Ze kan moeilijk leven in de kilte van het isolement, van de eigen besognes, van het territoir afbakenen. Ze leert Hubèrt beter begrijpen onder hun dagelijkse bezoeken; zijn afkeer van ambitie, zijn hang naar het mystieke, de bescherming van zijn eenzaamheid. En 's avonds ziet ze ook de anderen. Iedere avond zit ze naast weer een ander, als ze achterover hangen, na gedaan werk. Met z'n allen zorgen ze dat Wijnand niet te veel drinkt. Hij pakt een stevige borrel 's avonds, natuurlijk, en de boekhouding van zijn consumpties overdag krijgen ze niet ter inzage. Maar het blijft binnen aanvaardbare grenzen. Het dwangmatige, genadeloze doorzakken is er niet bij. Hij schijnt er ook niet zo'n behoefte aan te hebben.

Ook Arend is er vanavond. Hij brengt de laatste nieuwtjes uit Den

Haag. Ze maken weer grappen, als vroeger. Arend toont zich geïnteresseerd in het project, hij bekijkt de rapporten en luistert oplettend als ze mondeling verslag uitbrengen.
'Je hebt gelijk gehad,' zegt hij tegen Johan. 'Dit is goed voor de fractie.'
'Ik denk dat het zelfs meer is dan dat,' antwoordt Johan. 'Ik denk dat je vanuit zo'n project tot een maatschappijvisie kunt komen. De contouren tekenen zich al af.'
Herman komt ook los. In Den Haag hangt hij er vaak een beetje bij – ze mogen hem niet zo. Hier heeft hij een coördinerende rol. Iedere dag praat hij met hen allemaal, om de resultaten op een rij te zetten. Zijn soms zo hinderlijke vertoon van zowel onbenulligheid als opgeblazenheid is hier absent.
Bart doet zichzelf na achter de kinderwagen. Zijn aanstekelijk lachen vult het zaaltje.
Ze voelen zich verbonden, meer dan in lange tijd het geval is geweest. Ze hebben het allemaal, een gevoel van gemeenschappelijkheid. De vrucht van samen met iets bezig zijn. Het oude geneesmiddel tegen zielepijn: werken. Het oude geneesmiddel tegen vereenzaming: samenwerken.

12

De kortste verbinding tussen twee punten is een rechte lijn, dat is een aannemelijke en werkbare hypothese. Lotte heeft hem tot de hare gemaakt, niet alleen door – als logische conclusie van de negens en tienen voor het vak op het gymnasium – wiskunde te gaan studeren, ook door de wijze waarop ze haar leven inricht: een rechte lijn van de baarmoeder naar het crematorium. Al het eerste uur dat ze wiskunde kreeg van de oude leraar Waterman is ze er voor gevallen (voor de wiskunde, niet voor Waterman). Deze liefde op het eerste gezicht is bestendiger gebleken dan menige andere, waar het object een mens was. Die liefde is verdiept en bevestigd in een snelle maar grondige universitaire studie, een promotie over een onderwerp uit de groepentheorie en een positie op het mathematisch instituut, twaalf jaar lang. Nu is ze op huwelijksvakantie. Een leven met alleen wiskunde leek haar te eenzijdig. Doelbewust heeft ze besloten een tijdlang iets anders te doen, iets dat zoveel mogelijk diametraal tegenover wiskunde moest liggen. De politiek voldoet daaraan. Is groter verschil denkbaar dan tussen de rust van de ivoren toren en de chaos op het Binnenhof? In de wetenschap bereidde ze haar lezingen lang en gedegen voor, sprak die tenslotte uit voor enkele tientallen vakgenoten die een paar bescheiden vragen stelden, waarvoor ze doodnerveus was. Na afloop kon er van deze of gene een gemompeld compliment af, dat was alles. In de politiek spreekt ze geregeld zonder noemenswaardige voorbereiding over onderwerpen waarvan ze nauwelijks weet heeft, voor zalen waarin tien of tweehonderdvijftig mensen kunnen zitten, wie zal het voorspellen. Ze beantwoordt koelbloedig vragen die worden gesteld met de bedoeling haar te laten struikelen, terwijl er journalisten bij zitten en haar eventuele fouten de volgende dag voor ieder leesbaar in de kranten zullen staan. Wetenschapsbeoefening en politiek, het verschil tussen studie en improvisatie, tussen omgaan met boeken en met mensen, tussen meten en wegen.
Lotte heeft geen spijt. Het overstapje van de wiskunde naar de politiek is indertijd niet zo vlot gegaan omdat ze het moeilijk vond een keus te maken tussen de bestaande partijen. De oprichting van de

PSL loste dat probleem op. De politieke opvattingen van die partij vond ze direct overtuigend en de werkwijze stond haar ook aan. Ze is groot, één meter tachtig. Heupen en benen zijn berekend op de taak dit omvangrijke lichaam te dragen. Ook haar schouders en borsten zijn stevig en gevuld. Een forse vrouw, geen lelijke vrouw. Ondanks haar nu vierenveertig jaar is haar huid soepel en gezond, wat vrouwelijk rond aan haar figuur moet zijn is dat met royale maat. Toch is lichamelijke liefde ver van haar bed gebleven. Haar scherpe intelligentie en rationele opvattingen stoten af. Toen ze jong was meende ze geen behoefte te hebben aan de aanraking van man of vrouw. Misschien was dat een rationalisatie, want ze vond zichzelf lelijk. Toen ze begin twintig was heeft een mede-student haar een tijd achterna gelopen. Hij was jonger dan zij, hij had nog verlate jeugdpuistjes. Hij was ook kleiner dan zij, zijn borst smal, zijn enkels dun.

Eens heeft zij zich laten kussen, na een feestje bij de professor. De jongen bracht haar naar huis, bij de voordeur hunkerde hij als een hond. Toen ze zijn tong voelde is ze zich ongelukkig geschrokken, ze wist niet dat het er bij hoorde, kende alleen de kus van kinderen en van haar ouders. Ze heeft niets laten merken, ze kan zich beheersen als een katachtige, waarop ze met haar gevulde gezicht overigens niet lijkt. Ze zei hem vriendelijk gedag en ging naar boven om haar tanden te poetsen. De wiskunde bleef haar enige minnaar, in die jaren nog wel. Met de puisterige jongen was ze nooit meer alleen, hij zakte korte tijd later voor 't kandidaatsexamen en gaf de studie op. Toen ze dertig jaar was, de hartstocht voor het vak wat geluwd, haar naam gesierd met de cum laude behaalde doctorstitel, kwam af en toe toch het verlangen in haar omhoog kruipen. De nachten konden lang zijn, haar bed leeg. Maar de mannen om haar heen waren allen getrouwd en de kunst van de loklach verstond zij niet. Soms dacht ze dat ze liever het zachte lichaam van een andere vrouw zou willen voelen, ze kon er met een voor niemand bespeurbaar verlangen José om aankijken, ook zij. Toch waren deze aanvallen van Eros zeldzaam. Nog steeds nam het werk de grote, vullende plaats in in haar leven en ongelukkig was ze niet.

Omgang met mensen is vormend voor het karakter; de eenzame uren met de boeken van iemand met een studieuze aard zijn dat ook. Vraag Lotte wanneer ze het gelukkigst is geweest en ze zal terugdenken aan de stille avonden – een grote pot thee op het komfoortje – waarin ze de extase beleefde van het begrip, van het doorschouwen.

Wiskunde kan een taaie rakker zijn, een onbarmhartig tegenstander, die pas opgeeft als een scherp verstand tot het uiterste wil gaan. De strijd met een mathematisch probleem kan zijn als wat een topatleet doormaakt: alleen wanneer hij tot de grens gaat, als hij zijn lichaam kastijdt, als hij bereid is de felle pijn van de uitputting te voelen, kan hij het record breken. Zo kan ook de worsteling zijn met het nog onbegrepene, met de oplossing die zich schuil houdt in de weerbarstige formules. En even groot als de vreugde om het verbeterde record kan de bevrediging zijn van de vorser als de natuur haar geheim prijs geeft, of als de manipulaties met de abstracte theorie leiden tot een ordelijke mathematische rangschikking, waarin iedere term een heldere, begripschenkende betekenis heeft.

De topatleet verbetert het record temidden van duizenden jubelende mensen, de vorser beleeft zijn succes alleen, het waxinelichtje in het komfoor gedoofd, de thee koud geworden. Lotte heeft heel wat van deze eenzame hoogtepunten beleefd, momenten waarop ze moest gaan staan en heel diep ademen, omdat haar gemoed volstroomde van diepe bevrediging.

Nu is haar leven anders. Ze werkt nu in een groep, maar aan de wiskundige groepentheorie waarin ze een expert was, heeft ze niets. Natuurlijk, ze heeft steun aan de rust en wijsheid die de studie in haar hebben ontwikkeld, maar het werken in teamverband heeft ze moeten leren. Dat was in het begin best moeilijk. Zij begreep de anderen niet, de anderen hadden moeite met haar koele, analytische benadering. Hoe dikwijls heeft ze in de begintijd de wonderlijke toespraken van Hubèrt onderbroken met een droog 'feiten graag, Hubèrt, feiten'. En hoe dikwijls heeft Hubèrt vertwijfeld uitgeroepen: 'Lieve vriendin, begrijp je dan niet dat politiek hartstocht is, hartstocht en emotie? Hoe zal ik je er van doordringen dat de waarde van jouw wiskunde hier nihil is.'

De overgang van superindividualist naar lid van een team, het is een heel proces. Toch is het vrij snel gelukt. Rationaliteit is ook toepasbaar op het contact met andere mensen. Lotte heeft al gauw ingezien dat het smoren van een emotionele uitbarsting met behulp van nuchtere feiten niet altijd gunstig is. Ze weet nu wanneer ze moet zwijgen. Sterker, het komt nu voor dat ze zelf op hartstochtelijke, althans niet uitsluitend koele toon spreekt over een onderwerp dat haar na aan het hart ligt. Ze bevindt er zich wel bij, maar dat de anderen haar liever hebben naarmate ze onredelijker is, dát irriteert haar nog wel. Geen van de fractiegenoten kan zo goed overweg met Herman als Lotte. Het zal wel komen doordat het gedrag van Herman – hoewel niet altijd Lotte welgevallig – redelijk voorspelbaar is. De grillen van Wijnand en Hubèrt bezorgen haar schok op schok. Arends gedrag is in wezen ook voorspelbaar, maar alleen voor de heel scherpzinnigen. Natuurlijk hoort Lotte daarbij, maar zelfs zij staat niet steeds in de startblokken om haar redeneringen met de zijne te meten. Met de drie anderen heeft ze een prettige, ontspannen verhouding, vooral met Johan. Bart en José zijn voor haar een tikje aan de oppervlakkige kant, hoewel je met beiden ook best serieus kunt praten. José is zelfs dol op diepzinnige gesprekken, wat ze zegt is dan meestal zinnig, zelden diep. Bart kan heel rake en ware dingen zeggen, maar hij neemt er niet vaak de moeite voor.

Het is Lotte's taak te onderzoeken hoe de buitenshuis werkende vrouw reageert op het verdwijnen van het buurtwinkeltje. Ze heeft haar werkterrein gedegen in kaart gebracht en onderverdeeld. Getrouwde vrouwen met en zonder kinderen, gescheiden vrouwen en weduwen met en zonder kinderen, vrouwen die de kinderen thuis laten verzorgen (onderverdeeld in verzorging door de echtgenoot, door een betaalde verzorgster, door leden van een commune), vrouwen die de kinderen in een school of een crèche onderbrengen. Op een avond gaat ze op bezoek bij een gescheiden vrouw van tweeëndertig jaar met twee kinderen. Jolande Berends-de Waard heet ze. In alle huiskamers van Nederland slaat de gong van de NOS acht uur, het tijdstip waarop Lotte heeft afgesproken. Ze heeft moeite het huis te vinden. In de brede straten tussen de flatgebouwen razen auto's, een fietser of wandelaar aan wie ze de weg kan vragen is niet te ontdekken. De gebouwen lijken hun rug naar Lotte toe te draaien, ze stralen ongastvrijheid uit als in gevaarlijker tijden de nurksen op eenzame boerenhoeven. Nummer 801 tot en met 1057 staat er op de hoek van een steenkolos. Hier moet het dus zijn. Lotte parkeert haar autootje en concentreert zich om er achter te komen wat dan wel de ingang mag wezen van dit pakhuis voor honderdnegenentwintig gezinnen. Te vaak al is ze terecht gekomen in onduidelijke trappehuizen, een omgeving waar ze haar hoofd verliest en verkeerde, onwaarschijnlijke gangen inslaat, die voeren naar bergruimtes en verwarmingsketels.

Het blijft voor Lotte een mysterie dat de in- en uitgang van de huisvesting van honderdnegenentwintig gezinnen – zelfs om acht uur 's avonds – zó verlaten kan zijn. Wordt de ingang van een bijenkorf niet altijd verlevendigd met enkele van de bewoners, zelfs als de zon de horizon al rood kleurt?

Ze klimt vier grauwe, met papiersnippers bezaaide trappen op, loopt daarna over een soort passage met aan haar linkerzijde een ritmische rij identieke keukens, aan de andere kant een stalen hek dat haar moet beschermen tegen een val in de gapende afgrond. Nummer 1011, hier moet ze zijn. *Berends-de Waard* staat er op de vaalgroen geverfde deur. Waarschijnlijk woonde de man hier dus vroeger ook, constateert Lotte. Voor ze belt laat ze nog even de omgeving op zich inwerken. Beton en open ruimte, ze ziet een meeuw vliegen, die geen last heeft van de duizeling die haar bevangt als ze over de balustrade kijkt. Er zijn geen bomen te zien, de ruimte tussen dit gebouw en het volgende was nog niet zo lang geleden een grasveld, nu is het een kaal trapveldje. Van hieruit kun je de wisseling van de seizoenen niet waarnemen. Er is een stuk lucht te zien, ingepast tussen betonnen horizonten. *So what,* denkt Lotte cynisch, wedden dat ze warm en koud stromend water hebben, een automatische wasmachine, televisie en een stereo-installatie? De Japanse nachtegaal fluit als je hem opwindt.

Ze belt, pling plong, een vriendelijk, gastvrij geluid. Een meisje van een jaar of negen doet open en laat haar binnen. Samen gaan ze de huiskamer in. Daar is Lotte ongewild getuige van een onaangenaam huiselijk tafereel. Jolande Berends heeft een conflict met haar elfjarige zoon. De jongen is volstrekt onhandelbaar. Waarover het gaat is niet duidelijk, maar hij scheldt zijn moeder voor trut en zeikerd en rotmens met een vanzelfsprekendheid alsof deze woorden tussen hen tot de normale omgangstaal behoren. De moeder blijft rustig, té rustig. Ze vermaant haar zoon dat hij redelijk moet zijn en zulke woorden niet moet gebruiken.

'Barst, gore trut,' zegt de jongen.

Jolande Berends wendt zich naar Lotte, geeft haar een hand en biedt een summiere verontschuldiging aan voor het gedrag van haar zoon, dat maakt de jongen nog razender. Hij neemt een witstenen bloemenvaas van de tafel en smijt hem op de vloer. Een scherf komt vlak bij Lotte's voet terecht. Ze raapt hem op, langzaam, in een behoefte haar gezicht even te kunnen afkeren van de scène.

'Ga naar je kamer,' zegt de moeder, nog altijd zonder echte scherpte in haar stem. De jongen ging al uit zichzelf, met de nagalm van zijn daad in het vertrek blijven was te veel voor hem. Hard slaan in de flat de deuren.

'Neem me niet kwalijk,' zegt Jolande.

Lotte schudt het hoofd, raapt nog een paar scherven op. Het meisje komt al aandragen met stoffer en blik, haar ijver doet onnatuurlijk aan.

'Dank je, schat,' zegt de moeder. 'Ik doe het wel. Ga jij zo langzamerhand naar bed?'

Het kind geeft Lotte een hand en gaat naar de deur.

'Ik kom je dadelijk welterusten zeggen.'

'Mag ik nog even lezen?'

'Tot ik kom, goed?'

'Wat een lief meisje.' zegt Lotte als ze weg is.

'Té lief,' zegt de moeder. 'Hoe onhandelbaarder Thomas wordt, des te liever is Olga. Niet goed.'

'Heeft Thomas dikwijls zulke driftbuien?'

'Steeds vaker,' zegt ze. 'Hij mist zijn vader. Hij kan niet aanvaarden dat Henk weg is gegaan en hij wreekt zich op mij. Ik zou hem strenger moeten aanpakken, maar ik breng het niet op. Ik weet zo goed dat hij ongelukkig is.'

'Ik denk,' zegt Lotte – te vrijpostig, ze weet het, maar ze kan het niet laten – 'dat hij minder ongelukkig zou zijn als u strenger was. Als hij u uitscheldt is dat misschien een klemmende uitnodiging om dat niet toe te staan.'

Jolande zucht. 'Dat kan best zijn. Maar toch ... Wilt u koffie?'

'Graag. En ik heet Lotte.'

'Oké, Lotte. Ik ben Jolande. Ik maak even koffie en stop Olga onder. Thomas zal er nog niet in liggen. Daar is een krant.'

Ze praten lang, daarna. Jolande heeft een aardig figuurtje en een regelmatig gezicht, waarin de eerste aansluipende sporen van het ouder worden met een vleugje kosmetika zijn gecamoufleerd. Het ging niet meer tussen haar en Henk. Hoe komt zoiets. Gewenning, verveling, een langzaam groeiend besef dat ze hem onbenullig vond, of hij haar? Hij heeft nu iemand anders, het doet haar weinig, emotioneel mist ze hem niet. Voor al het overige des te meer.

Toen ze trouwde was ze telefoniste, hij technisch assistent in een laboratorium. Intussen heeft hij promotie gemaakt, hij heeft nu een eigen afdeling, vlak onder 't niveau van de directie. Hun vrienden-kring is geleidelijk veranderd, ingenieurs behandelen Henk lang-zamerhand als iemand van hun opleidingsniveau. Toen kwam de scheiding. Henk betaalt voor de kinderen en ook nog iets voor de hypotheek van het huis. Alimentatie voor zichzelf wilde ze niet. Zij kon haar eigen boontjes doppen.

Het is haar bar tegengevallen. Ze heeft weer een baantje als telefo-niste, soepel geregeld, zodat ze alleen werkt als de kinderen op school zijn. Maar ze vindt het werk geestdodend. Geestelijk is ze op een rijper niveau gekomen, ze is met Henk gelijk op gegroeid. De inhoud van de gesprekken groeide mee met Henks maatschappelijke positie.

Nu ontbreekt haar de vakkennis die hoort bij haar geestelijk ontwik-kelingsniveau. Terwijl Henk studeerde en opklom in het bedrijf, zuigde zij stof en zoogde zij babies. Daarom studeert ze nu 's avonds, ze wil proberen een VWO-opleiding te halen. Het maakt haar leven ontzaglijk zwaar. 's Morgens de kinderen naar school helpen, dan zelf op de fiets naar de binnenstad, zes uur lang inspannend praten, luisteren en schakelen aan de telefooncentrale, haastig langs de supermarkt voor de boodschappen, de kinderen opvangen en hun verhalen aanhoren, eten koken, afwassen, kinderen in bed, naar de avondschool (drie maal in de week), om tien uur thuis en dan nog twee uur huiswerk maken. Dat alles met een chronisch geldgebrek, zodat een taakverlichtend autootje er niet af kan.

'Dat valt niet mee, Jolande,' zegt Lotte. 'Laat mij dan nog eens koffie inschenken.'

Jolande knikt. 'Dank je. Het is niet erg om zo hard te werken. Op zichzelf niet. Het jammere is dat je voelt dat je te kort schiet. De kinderen hebben meer nodig dan ik hun met deze manier van leven kan geven.'

'En jij zelf? Kom je zelf ook te kort?' Het is een vreemde vraag voor Lotte, die zelf geen intieme contacten heeft.

'Met mijn soort leven vervreemd je van iedereen,' zegt Jolande. 'Ik heb nergens tijd voor. Ik zie er moe uit. Ik maak geen nieuwe vrien-den. Als straks de kinderen groot zijn, ben ik oud en lelijk.'

'Heb je contacten in het flatgebouw? Er wonen hier veel gezinnen, lijkt me.'

91

'Vrijwel niet. We stonden op het punt om te verhuizen naar De Meern toen de scheiding er tussen kwam. Weet je, Lotte, je hebt de buurvrouw niet meer nodig. Je zit niet verlegen om een kopje melk, want je hebt je koelkast. Je kinderen krijgen geen enge ziektes meer, waarvoor je in paniek naar de buren rent om raad of troost. Trouwens, je hebt je telefoon om de dokter te bellen. Je durft niet naar de buren te gaan voor een praatje, want ze zijn waarschijnlijk verdiept in een televisieprogramma.'

'De zegeningen van de techniek,' zegt Lotte. Jolande kijkt haar aan, zonder het te horen. Haar gedachten zijn bij haar leven, hoe moet ze er in godsnaam wat van maken? Ze zitten nog steeds op rechte stoelen aan tafel, vrouwen schijnen minder dan mannen behoefte te voelen zich lui uit te strekken in een fauteuil. Een kamer als duizend andere, een vrouw als duizend andere, maar een mèns, waarschijnlijk vol warmte en liefde, die vloeibaar als gas in een fles in haar is opgesloten, omdat hij er niet fluitend en uitbreidend en brandend uit kan.

Over buurtwinkels en melkboeren die er niet meer zijn begint Lotte maar niet. In wijde omtrek is geen buurtwinkeltje te vinden; wanneer trouwens zou Jolande er heen moeten gaan? En op het bezoek van de melkboer is flatblok 801 tot en met 1057 niet gebouwd. Misschien wordt in de toekomst, als de welvaart nog toeneemt, naast de waterleiding een melkleiding aangelegd. En een bierleiding. En een buizenpost voor brood, aardappels en groenten. Zodat zelfs het toch altijd onhygiënische contact met anderen bij de counters van de supermarkten niet meer nodig is. De techniek weet wat goed voor ons is.

Met een gevoel van onmacht staat Lotte op, groet haar gastvrouw en vertrekt.

13

De voedingsbodem van het politieke leven vind je in de huizen, de scholen, de bedrijven, de universiteiten; het hàrt van het politieke leven klopt op het Binnenhof. Daar krioelen in een berekende wanorde dooreen de spraakmakers en de smaakmakers, de beslissers en de vergissers, de versierders en de verstierders. Zelfs voor de ministers, met hun machtige departementen, met hun gezaghebbende stemmen in het Catshuis, is de stoom van de ketel als in de zomer het Binnenhof stil valt, als de kamervoorzitter zijn wensen voor een ontspannen reces heeft uitgesproken.

Veel van wat op het Binnenhof wordt gezegd is verre van briljant, verre van analytisch, profetisch of vernieuwend. Het zal worden begraven in de Handelingen, lijvige, zwartgebande boekwerken, die een standplaats vinden op planken waar je alleen met hulp van een trapje bij kunt. Maar het is gezegd, in naam van het volk, en éven heeft het vleugels, éven kan het een dreiging zijn voor de minister, éven staat het in de kranten en wordt het vermeld in de nieuwsrubrieken van radio en televisie. De kamerleden en de parlementaire journalisten spelen samen een spel dat meer dan een spel is, omdat het van het ene uur op het andere in historie kan omslaan, en tegelijkertijd minder dan een spel, omdat het dikwijls zelfs het element van ontspanning mist. De meeste schermutselingen zijn spiegelgevechten, waarvan de waarde nooit objectief zal zijn vast te stellen, maar die er misschien toch is omdat zonder deze afleidende manoeuvres het onvermogen zou blijken van de menselijke spieren om het volle gewicht van de democratie te tillen en men de moed zou opgeven.

In deze sfeer van schijn en werkelijkheid, van onbenulligheid en scherpzinnigheid, van openbaarheid en geheime bedoelingen, van glorie en verguizing, voelt Arend Streefkerk zich op zijn best. Door zijn ijzersterk gestel is hij nog fris, als bij collega's de afmatting van de gezichten is te lezen. Ook omdat hij geen alcohol drinkt heeft hij een voorsprong op de anderen. Belangrijker nog is zijn onbegrensde interesse. Hij wil vergaderen als iedereen is platvergaderd. Hij verzint compromissen als niemand meer een woord over het onderwerp wil horen. Hij vraagt heropening van beraadslagingen op een moment dat anderen uitgeput hun wonden likken. Hij krijgt nooit genoeg van het vak. Hij is er dol op.

Johan heeft hem de loef afgestoken met het melkboerenproject waaraan de fractie nu bezig is. Niet alleen heeft Johan de fractie meegekregen, het blijkt ook goed voor hen te zijn, voor zichzelf erkent Arend dat ruiterlijk (tegenover de anderen heeft hij nooit toegegeven er tegen te zijn, behalve tegenover José). De fractie leeft op. Hun motivatie neemt toe. Nieuwe ideeën worden geboren, nieuw inzicht groeit. Versleten vriendschap wordt gerepareerd, onenigheden worden vergeten. Hij moet toegeven, het enige wat aan Johans plan niet deugt is dat hij het niet zelf heeft bedacht. Hij besluit zich meer bij het project te laten betrekken, misschien zelf ook wat van het sjouw- en duwwerk te doen.

Het is vrijdagmiddag. Arend komt per trein aan in Utrecht. Hij is van plan eerst vrienden te bezoeken, daarna met de fractie te eten en 's avonds te vergaderen.

In de trein, op het perron, in de stationshal, overal wordt hij herkend. Zijn gestalte is in het oog vallend, de mensen kijken onwillekeurig welk gezicht bij dit atletische lichaam hoort en ze zien dan meteen dat hij het is. Arend vindt het afwisselend vervelend en strelend. Vandaag stoort het hem. Hij besluit niet de stadsbus of een taxi te nemen, maar te wandelen langs de singels.

Het eerste stuk Catharijnesingel is gedempt. Onder Hoog Catharijne door razen nu auto's over een laaggelegen snelweg, die al na enkele honderden meters weer opduikt en bescheiden overgaat in de normale weg *langs* de singel. Het modern winkelcentrum moest blijkbaar zijn eigen stukje snelweg hebben, of het nut heeft of niet. Stel je eens voor dat de Catharijne- en de Weerdsingel, met hun bolwerken, waren hersteld in hun oude glorie, denkt Arend, stel je verder voor dat het Vredenburg onbebouwd zou blijven, een combinatie van park en uitgegraven restanten van het vroegere kasteel, het volle uitzicht biedend op de oude binnenstad met z'n schitterende Dom, wat een interessant en rustgevend tegenwicht zou dat zijn geweest tegenover, of *onder* het grootsteedse en hoogsteedse winkelcentrum. Waarom worden zulke beslissingen niet genomen, al is waarschijnlijk een aanzienlijk deel van de bevolking er voor? Of is dat niet zo? Het lijkt niet mogelijk daar echt achter te komen. Wat werkt het systeem van de besluitvorming gebrekkig.

Hij loopt via de Bartholomeibrug, langs het niet gedempte deel van de singel, via Sterrenbos en Bijlhouwerstraat naar het Ledig Erf. Daarna volgen Tolsteeg- en Maliesingel, met hun groenglooiende hellingen, majesteitelijk omzoomd met eiken, iepen en platanen, bevaren door eigengereide zwanen. Het is er aangenaam wandelen. En dan te denken dat er eens een raadsbesluit is geweest dat ook van deze singels een roetsjbaan om de stad wilde maken. Tegen deze heiligverklaring van de auto is de bevolking zó geïnspireerd in actie gekomen dat het onzalige besluit ijlings is ingetrokken.

Op de Maliesingel is iets gaande. Er klinkt geroep. Van verschillende kanten lopen mensen toe. Arend versnelt zijn pas. Een jongetje komt hollend op hem af.

'Wim-Jan verdrinkt,' roept hij. 'Wim-Jan ligt in het water!'

Arend begint te sprinten. Onderwijl doet hij zijn armbandhorloge af en stopt het in de zak van zijn colbert. Al hollend gaat ook het colbert uit. Hij komt bij het twintigtal mensen dat zich op de kant heeft verzameld. Ze kijken eendrachtig naar twee handjes die een meter of vijftien uit de wal boven het water uitsteken. Op de kant zit iemand gehurkt met een tak die minstens tien meter te kort is naar de handjes te wijzen.

'Verdomme,' vloekt Arend, 'vinden jullie 't een leuke voorstelling?' Hij smijt zijn jasje bij de voet van een boom, rent het talud af en springt in het water. Nog voor de kou door zijn kleren is gedrongen voelt hij onder zijn voeten de blubber. Zwemmen, denkt hij, niet gaan staan. Ik zak misschien weg. In een paar slagen heeft hij het kind bereikt. Daar zit gelukkig nog leven genoeg in, want het jochie gaat meteen zo overtuigend aan Arends hoofd hangen dat ze beiden onder gaan. Maar Arend is sterk. Hij maakt zich vrij, houdt het kind hoog, en bereikt half wadend, half zwemmend de wal. Daar zijn genoeg bereidwillige handen om het kind van hem over te nemen en hem op de kant te helpen. Nu wel, ja.

Een walgelijke rioollucht dringt in Arends neusgaten. Het duurt even voor hij beseft dat hij het zelf is. Hij stinkt. Hij moet gauw uit die kleren, want het is koud ook. Gelukkig wonen zijn vrienden vlakbij en verwachten ze hem. Hij grijpt zijn jasje en loopt over het grasbeklede talud omhoog. De mensen wijken eerbiedig, maar zonder iets te zeggen, uiteen om hem door te laten. Het kind wordt verzorgd, ziet Arend.

'Arend Streefkerk, van de Tweede Kamer,' hoort hij fluisteren.

Hij blijft staan voor een jongen van een jaar of twintig.
'Ik zag je zoëven ook al, toen ik aankwam,' zegt hij nijdig. 'Kun je zwemmen?'
'Jawel,' zegt de jongen onhandig.
'Waarom steek je dan geen poot uit als er voor je ogen een kind verdrinkt, enorme klootzak?'
'Dat weet ik niet. Ik dacht er niet aan.' Hij kijkt hulpeloos, hij had anders gewild.
'Mijn God,' zegt Arend en het is geen vloek, 'twintig mensen laten vlak voor hun ogen een kind verdrinken zonder een vinger te verroeren. Ik ben verbijsterd. Waar gaat het naar toe met de samenleving?'
In de looppas, de modder soppend in zijn schoenen, gaat hij naar het huis van zijn vrienden. De zinnen die hij heeft uitgestoten tollen rond in zijn hoofd. Al hollend schiet hij in de lach. Ik had moeten eindigen met 'stem PSL', denkt hij, dan was de show compleet geweest.

's Avonds is de fractie voltallig. Ze hebben samen overvloedig en op hun gemak gegeten. Arend heeft schone kleren aan. Terwijl hij een verrukkelijk warme douche nam is er iemand een overhemd voor hem gaan kopen en een broek die niet al te slecht kleurt bij het jasje. Zijn gastheer is een hoofd kleiner dan hij, die kon hem niks lenen. De stemming is vredig, de cognac fonkelt in de gewreven glazen van café Bossewinkel. Een beetje trots toch, heeft Arend zijn belevenissen verteld. Met zijn goedvinden heeft Herman een bericht gemaakt voor het ANP, want politiek blijft politiek en daar hoort publiciteit bij. Onaangenaam om als held in de krant te staan is het niet. Er is ook een journalist van het Utrechts Nieuwsblad langs geweest, die had zelf Arend weten op te sporen. De public-relations man van de fractie zal er beslist nog wel een televisie-interview uithalen dezer dagen, en daarmee is de publiciteit maximaal verzorgd.
'Volgens mij moeten we aan het werk,' zegt Arend. 'Hoe laat is het?'
Johan kijkt op zijn horloge. 'Negen uur. Heeft jouw waterproof horloge het singelwater niet overleefd?'
'Het heeft nooit singelwater geproefd, zoals ik.' Arends mond vertrekt bij de herinnering. 'Het is uit de zak van m'n colbert gejat terwijl ik in het water lag.'
Daar zijn ze even stil van.
'Is dat een gevolg van de lichte straffen?' zegt Herman.

'Of van de vrijheidsstraffen?' vraagt Wijnand.
'Laten we geen conclusies trekken uit het gappen van een horloge,'
zegt Arend. 'Dat is gebeurd zolang er horloges zijn. En ik wed dat
daarvóór zonnewijzers werden gegapt, of wat had je toen, Wijnand?'
'Zandlopers.'
'Als we jou niet hadden... Vroeger stalen ze horloges, daar ben ik
zeker van, maar ze lieten geen jongetjes verdrinken, dacht ik.'
'Is er verband met de verdwijnende melkboer?' vraagt Lotte zich af.
'Het lijkt me wel,' zegt Arend. 'Het is een symptoon van hetzelfde.
De mensen voelen geen verantwoordelijkheid meer voor elkaar.'
'Ben ik mijns broeders hoeder?' Als hij nadenkt mompelt Hubèrt
vaak bijbelteksten.
Arend besluit om de discussie te ordenen. Hij houdt zijn partijgenoten voor dat aanstaande dinsdag de behandeling van de begrotingshoofdstukken begint. Daarbij kunnen ze niet gemist worden. Vanavond moet daarom worden besloten of ze 't project zullen opschor-
ten en over een paar maanden hervatten, dan wel zullen afsluiten.
Of zijn er voorstanders van gewoon doorgaan en de begrotingsbehandeling laten barsten?
Johan stelt voor eerst te bespreken waar ze nu zijn met het onderzoek
en aan het eind van de avond te beslissen. Daarover is algemene
instemming. Ze gaan er voor aan de tafel zitten, zonder dat de ontspannen sfeer echt verzakelijkt. Bossewinkel junior komt voor een
verse ronde koffie en cognac. Hij deelt mee dat het onbesuisd hard
regent. Het café is vrijwel leeg. Hubèrt schuift het gordijn opzij om
even te kijken. In loodrechte, harde stralen valt het water uit de
lucht. Een prachtig, een adembenemend verschijnsel, dat in de goed-
kope bouw een menigte lekkages zal opleveren.
'We beginnen,' zegt Arend. 'Ik stel voor dat we eerst allemaal kort
zeggen wat ons bij het wijkbezoek het sterkst is opgevallen. Ik hou
me bij mijn waarneming dat de mensen geen verantwoordelijkheid
voor elkaar voelen. En niet alleen omdat ze kinderen laten verzui-
pen. Hubèrt?'
'Eenzaamheid,' zegt Hubèrt.
'José?'
'Eenzaamheid.'
'Lotte?'
'Ik denk dat Hubèrt voor ons allemaal heeft gesproken,' zegt Lotte.
De anderen knikken. Johan krijgt het woord.

'Mensen lijken te vereenzamen terwijl ze samen in één kamer zijn, aan één tafel zitten, in één bed liggen,' zegt hij. 'Toch kunnen de mensen niet zo sterk veranderd zijn sinds zeg vijftig jaar geleden. Dus zijn wellicht de omstandigheden veranderd. Er is meer ruimte gekomen voor eenzaamheid. Vroeger had men metgezellen die nu zijn weggevallen: materiële zorgen, slaafse lichamelijke arbeid, het geloof of minstens de kerkelijke plichten. Juist nu mensen meer tijd voor elkaar zouden kunnen hebben – we worden ouder – juist nu vluchten we weg van elkaar, in werk, in televisiekijken, in steeds vruchtelozer pogingen onszelf en anderen te ontspannen.'

'Of is er een gemeenschappelijk doel weggevallen?' vraagt José. 'Wij, als fractie, hebben veel meer contact met elkaar omdat we samen met iets bezig zijn. Zijn de mensen niet meer samen aan iets bezig?'

'Het morele kader is weggevallen,' zegt Arend. 'Normen en waarden die sinds mensenheugenis golden zijn verdwenen zonder dat er nieuwe voor in de plaats zijn gekomen. Zonder kader wordt de doelstelling van alle handelen diffuus.'

'Betreur je het wegvallen van die normen en waarden?' vraagt Johan.

'Op zichzelf niet. Maar een vacuüm is ook niet goed.'

'Uw vruchten zijn wel rijp, maar gij zijt niet rijp voor uwe vruchten. Aldus sprak – volgens Nietzsche – meer dan vijfentwintighonderd jaar geleden Zarathoestra,' zegt Hubèrt.

'Wil je het woord, Hubèrt?'

'Hardop denken, vrienden, meer mag van ons niet worden verlangd,' zegt Hubèrt. 'Onze vruchten zijn wel rijp ... Nietwaar, ge kunt niet staande houden dat de gestroomlijnde automobiel, de geluidsbarrière-doorbrekende straaljager, de maanraket, de infraroodfotografie, de computer en de open-hartoperatie geen rijpe vruchten zijn van het menselijk brein, van het technisch kunnen. Ook de atoombom is een rijpe vrucht, het chemisch ontbladeringsmiddel, de laserstraal en de diepzeebom. Ik waag een volgende stap en verklaar tot rijpe vruchten het monetaire stelsel, het landbouwegalisatiefonds, de Verenigde Naties en de MBFR. Of hebt ge deze nog liever, vrienden, evenzeer rijpe vruchten zijn het culturele verdrag, het perscommuniqué, het diplomatiek jargon en het beleefdheidsbezoek.'

'Terzake, Hubèrt,' zegt Arend met een glimlach.

'Ja. Dit is alles ter zake, maar ik kom nog meer ter zake. Wij kunnen met deze rijpe vruchten niet omgaan. Wij zijn niet rijp voor onze vruchten. Want wat zien we. Eertijds – niet meer dan enkele tientallen jaren geleden – was de samenleving doortrokken van vriendendiensten en burenplichten. Bij ziekte van de boer, bevalling van de boerin, bij begrafenissen en huwelijken had men elkaar nodig en ongeschreven wetten schreven voor dat die hulp werd gegeven. Nu heeft men elkaar niet meer nodig. De zwangere vrouw wordt van de paring tot de bevalling begeleid door deskundigen, die haar beluisteren, bekloppen, haar bloed en haar ziel aftappen en bijvullen, gymnastiek met haar doen, haar voorbereiden op en wapenen tegen post-natale depressies, en haar tenslotte van het kind 'verlossen', in een glimmend laboratorium onder schijnwerpers. Dit alles, vriendinnen, zal wel goed zijn. Maar . . ., ik heb één bedenking. De rol van de buurvrouw, tegen wie vroeger werd geklaagd over misselijkheid en die het eten van komkommers aanraadde (of weet ik veel), die kruikjes kwam warmen als het zover was, die rol is weggevallen en de leegte die daardoor ontstond is niet opgevuld met ander menselijk contact.

Anders gezegd: onze oude vader hoeft niet meer bij ons in huis – godzijdank; de buurman hoeft niet voor ons in een koetsje de dokter te gaan halen voor ons zieke kind – godzijdank; we zijn niet van acht potige buurtgenoten afhankelijk om onze geliefden naar hun laatste rustplaats te dragen – godzijdank; we hoeven niet meer een half uur in het buurtwinkeltje te wachten tot ons een pond bonen is afgewogen – godzijdank. Wetenschap en techniek hebben bereikt dat dit alles beter, vlugger, betrouwbaarder kan worden opgelost. Maar, er zijn daarbij menselijke contacten verloren gegaan die niet zijn vervangen door andere. Daarom, denk ik, worden de mensen eenzaam. Daarom misschien, waarde fractievoorzitter, is jouw waarneming juist dat de mensen geen verantwoordelijkheid meer voor elkaar voelen. Daarom citeer ik Zarathoestra: we kunnen niet omgaan met onze verworvenheden; we zijn niet rijp voor onze vruchten.'

'Johan, jij kunt bij het belletje. Laat Bossewinkel nog eens komen,' zegt Wijnand.

Johan doet wat hem wordt gevraagd. Arend neemt bitter lemon, de anderen bestellen krachtiger dranken. De plensbui is overgegaan in een minder hevige maar gestadige regenval. Wijnand vraagt en krijgt het woord.

'Ik ben het met de kern van Hubèrts betoog eens,' zegt hij. 'Er zijn weinig kluizenaars. De mens is een gemeenschapswezen. De politiek schijn daaruit de conclusie te trekken dat de gemeenschapsvoorzieningen moeten worden verbeterd. Dat doen we dan ook driftig. En terecht natuurlijk. Maar we doen het zonder op de mens als individu te letten. De mens als creatief wezen. De mens die liefde zoekt, niet de liefde van een systeem, of van een computer, of van georganiseerde wijkbijeenkomsten, of van een dominee via de televisie, maar van andere mensen. Je ziet om je heen de hunkering naar liefde. Je ziet de jongeren vluchten in religieuze sekten, in de hoop dat ze via Jezus elkaar zullen vinden. Mensen hebben elkaar nodig. Stuur iemand voor twintigduizend gulden op reis om de wereld; wat zal hij er van onthouden? Het gesprek in een café, misschien met tot besluit een kus of een streling, met een mens.'

'Tja,' zegt Lotte, 'ik krijg toch de indruk dat jullie het verleden idealiseren. Waren de mensen vroeger gelukkiger met een knorrige opa over de vloer? Zou het aangenaam zijn geweest te moeten bevallen van een kind met een stuitligging, bij kaarslicht en een kolenkachel, met een o zo vriendelijke buurvrouw – als ze dat al was – aan je bed, wier deskundigheid bestond uit de herhaalde troost dat het hele Pruisische leger zo op de wereld is gekomen?'

'Met een stuitligging?' vraagt Bart.

'Barst,' zegt Lotte.

Hubèrt heeft Barts opmerking niet eens gehoord.

'Zo bedoel ik het niet,' zegt hij.

'Hoe dan?'

'Onze vruchten zijn rijp. We moeten al die verworvenheden gebruiken. Misschien zijn de onderlinge menselijke relaties niet echt verslechterd sinds vroeger. Maar ze zijn ook niet verbeterd. En dat is fout. Want er is ruimte gekomen, zoals Johan al zei. We worden ouder, we zijn gezonder, we zijn rijker. Die ruimte gebruiken we *niet* voor verdieping van ons menszijn, voor bouwen aan de creatieve mens. We gebruiken hem voor het scheppen en vervullen van materiële behoeften.'

'Auto's bijvoorbeeld,' zegt José, die wel Hubèrts afschuw van dat vervoermiddel, maar niet de oorzaak daarvan kent.

'Voorzitter,' zegt Herman, 'het gesprek is heel boeiend en zo, maar voorlopig zie ik niet hoe we er iets over kunnen publiceren. Zouden we...'

'Godallemachtig, wat doet dat er toe,' zegt Bart, meer om daarmee de índruk te wekken dat hij het gesprek belangrijk vindt dan omdat hij werkelijk zo geïnteresseerd is. Arend taxeert dat onmiddellijk op z'n waarde. Daarom schiet hij Herman te hulp. 'Herman heeft zijn eigen verantwoordelijkheid, die we hem eendrachtig hebben gegeven. Wat wou je verder zeggen, Herman?'

'Zouden we niet teruggaan naar jouw vraag of en wanneer we het project voortzetten?'

'Ja. Dat moeten we. Straks. Er is hierover meer te zeggen. Vanmiddag, bij die singel, had ik een eigenaardige sensatie. De gebeurtenissen gingen snel, toen ik aankwam had ik maar een paar seconden om de mensen aan te kijken. Eigenlijk maakt dat niet uit. Tijd wordt gemeten in gebeurtenissen, niet in seconden. Ik had de sensatie dat de mensen stonden te wachten. Op een gemeentelijke dienst of zo, een overheidsdienst die er speciaal voor is om kinderen uit het water te halen. Alsof *zij* dat niet hoefden. Nee sterker, alsof ze het niet móchten. Ik vond het eng. Nat en wel heb ik een jongeman gevraagd waarom hij geen vinger had uitgestoken. *Hij wist het niet.* Ik geloof dat hij zich rot schaamde toen hij mijn natte kop zag. Ik ben tweemaal zo oud als hij. Daarom zei ik dat de mensen geen verantwoordelijkheid meer voor elkaar voelen. De gemeenschap heeft de verantwoordelijkheid overgenomen. Dat geeft een leegte. Dat geeft de eenzaamheid waar jullie het over hadden.'

Een paar uur praten ze er over door. Ieder van hen vat kort samen wat hij of zij heeft gedaan. Ze hebben een indruk, voor definitieve conclusies is het nog te vroeg. Hun waarnemingen moeten worden vertaald in beleidsaanbevelingen, in punten voor het politieke programma van hun partij. Maar ze zijn door het project gegrepen, dat is heel duidelijk.

Als middernacht al lang is gepasseerd, zegt Johan:

'Ik stel voor dat we het project voortzetten. Over drie maanden, als de begrotingsbehandeling op z'n eind loopt. Intussen kunnen we opschrijven wat we tot nu hebben gedaan, en er over nadenken welke consequenties ons onderzoek moet hebben voor het beleid.'

Arend kijkt de kring rond. De anderen knikken.

'Dan is aldus besloten,' zegt hij.

Deel 2

Wegen

14

Even vruchteloos als een vergiet probeert water vast te houden proberen wij de tijd te vertragen. Hij glipt ons door de vingers, te sneller naarmate we harder knijpen. De dagen rijen zich aaneen, de weken, de maanden. Nu is het alweer de tiende, de maand lijkt net begonnen. De zomer is voorbij, het is volop herfst voor we er erg in hebben. Net waren we nog kind, nu wenkt al de middelbare leeftijd. We zouden moeten gaan zitten en het tot ons door laten dringen, maar er is geen tijd. We ontdekken een grijze haar aan de slaap, vijf grijze haren, onze jeugd is voorbij. Iedere week gaat sneller dan de vorige, iedere volgende week is dan ook een kleiner percentage van wat we al hebben gehad dan de vorige. De leden van de PSL-fractie denken al haast niet meer aan hun project. De begrotingshoofdstukken vragen hun aandacht – binnenlandse zaken, buitenlandse zaken, algemene, economische en sociale zaken, financiën, defensie, onderwijs. Oktober vliegt om, november is kil, wie merkt het in de verwarmde warenhuizen, auto's en overheidsgebouwen? Woorden, woorden, woorden. Woorden van parlementsleden en ministers, in verslagen en memories van antwoord, in kranten en actualiteitenrubrieken. We zijn verontrust, blij verrast, niet gemachtigd of wel, terughoudend, progressief, verontwaardigd en zeer verheugd. We spreken in eerste instantie en in laatste instantie, we beogen, we verbloemen, we stellen ten doel, we memoreren, we nemen in aanmerking, we stipuleren en we hechten speciale waarde. We hebben samenwerkingsverbanden in de agglomeraties en met de werkster, we beschouwen de zaken in ruimere optiek in de Kamer en door de groothoeklens, we benaderen zowel de Europese eenwording als onze woning stapsgewijs, onze gedachtenwisselingen en onze kat blijken vruchtbaar. José vraagt zich af of ze met haar Wouter zal trouwen. Hij had deze herfst een tentamen zullen doen, maar ze ziet het er weer niet van komen. Bart ontmoet een prachtig meisje dat net van de school voor journalistiek komt. Hij denkt dat hij nu echt verliefd is, maar twee weken later is hij weg van een Surinaamse, ook al beeldschoon. De verwelking van Johans huwelijk gaat door. Tineke en hij hebben elkaar steeds minder te zeggen, het is een zichzelf versterkend proces. Hij komt vaak bij Lilian; hun genegenheid blijft platonisch, in ieder geval van zijn kant. Tegen Tineke spreekt hij over deze bezoeken niet.

Wijnand heeft zijn nachtelijke overpeinzingen bij de fles hervat. Arend is ijverig als altijd, zijn dynamiek werkt ontregelend op Hubèrt, die in de herfst toch al de neiging heeft niet de weg naar het Binnenhof maar naar de Hof van Eden in te slaan, de Veluwse bossen waar bladeren van beuken en eiken in gloeiende pracht hun laatste dagen slijten.

Victor Lamoen drinkt 's avonds bij de maaltijd wijn die nooit minder dan vijfendertig gulden per fles kost en bij de koffie oude, kostbare cognac. Maag en portemonnee kunnen ertegen, want zijn maagzweer is verdwenen en het geld stroomt sneller binnen dan hij het kan uitgeven. De humeurige lijnen langs zijn mond zijn weg. Opgewekt leest hij de kranten. Is de AAW, de algemene arbeidsongeschiktheidswet, aangenomen? Prima, weer een regeling waardoor te zijner tijd geld naar hem zal toevloeien, dat kan niet missen. Iedere wet heeft zijn zwakke plekken en Victor is er een expert in geworden ze te ontdekken en te benutten.

Hij kan zich nauwelijks meer voorstellen dat hij vroeger tegen een linkse regering was. Onmetelijk stom van hem. Hoe meer er centraal wordt geregeld, hoe meer bureaucratie, des te makkelijker voor hem om zijn boterham belegd te houden. Ze praten nu over een VAD, vermogensaanwasdeling schijnt dat te betekenen. Victor heeft er zich nog niet in verdiept, maar hoe het er ook uit komt te zien, hij zal er nooit een cent aan kwijtraken, hij zal er hoogstens aan verdienen, dat staat voor hem vast.

Verrukkelijke regering, verrukkelijk parlement. Ze praten, ze discussiëren, ze getuigen, ze profeteren, ze zijn vóór de zwakken en tégen de rijken en wat komt er uit de bus? Een arbeidsterrein dat voor hem steeds lucratiever en gevarieerder wordt.

Victor kijkt met één oog naar zijn lege cognacglas en besluit dat hij nog wel een glaasje heeft verdiend. Met drie telefoontjes, net voor het eten, is hij ruim 25.000 gulden rijker geworden.

Eerste gesprek: met de bevriende curator van een museum. Had die

106

belangstelling voor een beeldje uit die en die periode, afkomstig uit Caïro? Prachtig, de prijs was 35.000 gulden.

Tweede gesprek: met Ko van Wissen, piloot bij de KLM. Wilde die een beeldje voor hem meebrengen uit Caïro? Hij zou er ginds 4000 gulden voor moeten betalen, hier kan hij het bij Victor kwijt voor 6000 gulden. Oké, dat was geregeld.

Derde gesprek: met Carmen Forrester in Florida, die net als Victor een bankrekening heeft in Zürich. Wilde Carmen even een rekening uitschrijven ten name van de curator van dat en dat museum, voor een beeldje, prijs 35.000 gulden, te storten op Carmens rekening in Zürich? En wilde hij dat bedrag dan overboeken op Victors rekening, minus 3500 gulden voor de moeite? Uitstekend, tot wederdienst bereid.

's Even kijken, 6000 gulden naar de piloot, 3500 naar Florida, telefoonkosten een paar tientjes, inderdaad, hij hield er ruim 25.000 gulden aan over, waar de belastinginspecteur koud van bleef. Prima cognac toch. Moest 'ie nog 's een anker van laten komen.

De zaken van Victor Lamoen spelen zich voor het oog af in een armetierig antiekzaakje, gelegen aan dezelfde gracht in Leiden waaraan eens een huis is afgebrand. Het bedrijfje maakt een zo kleine winst dat de eigenaar lijkt te moeten rondkomen van een bedrag dat nog niet de helft is van het minimumloon.

Aan het oog onttrokken zijn de werkzaamheden van twee schrijnwerkers, die met grote vakbekwaamheid van oud hout Veluwse kabinetten, Twentse ladenkasten en Drentse broodkasten maken. Weer een andere relatie van Victor scharrelt het hout op: roeden van hooibergen, balken uit kerkjes die gesloopt worden, planken uit vervallen boerenschuren. De balken worden tot planken gezaagd, het steekwerk wordt met de hand gedaan, spaanders worden door de gaten van een oud duivelsijzer gejaagd, om houten pinnen te krijgen waarmee volgens het oude ambacht de meubelen in elkaar worden gezet. Daarna wordt het hout geloogd, ingewreven met antiekwas en zwarte schoensmeer, geborsteld en opnieuw ingewreven, tot het de glans en diepte heeft van de waarachtige ouderdom. De finishing touch geeft Victor er eigenhandig aan, als hij door een mep met een fietsketting een paar opzettelijke beschadigingen aanbrengt en soms zelfs met een schot hagel suggereert dat in slechtere dagen de houtwurm zich niet onbetuigd heeft gelaten.

Deze kasten brengen vele duizenden guldens op.

In het stadstuintje, tussen bladeren en ander tuinafval, achteloos neergesmeten, liggen tientallen houten heiligenbeeldjes, gekocht in Spanje, nieuw, voor 5 gulden per stuk. Nadat weer en wind er over zijn gegaan, ze groen uitgeslagen, bemost en verweerd zijn, zullen ze behandeld worden met salpeterzuur, ze zullen daarna gedroogd, met was ingewreven en geborsteld worden, en als antieke beeldjes op veilingen honderden, misschien duizenden guldens opbrengen. Een investering voor de toekomst, klein goed eigenlijk, een mogelijkheid die Victor voor de aardigheid meeneemt; de enkele keer dat hij in het tuintje komt is die hoop bladeren met beeldjes hem een glimlach waard. Nederlandse kopers lijken een voorliefde te hebben voor kunst die vals is. Mundus vult decipi. Wat is het leven toch mooi.

Lotte loopt wel eens binnen in het winkeltje van Lamoen, bijvoorbeeld als ze bij vrienden gaat eten en in plaats van een bloem of een fles een antiek snuisterijtje wil meebrengen. Meestal wordt ze geholpen door een vrouw op jaren, die kennelijk ook het huishouden doet (ze komt wel eens naar voren met een stofdoek in de hand), maar soms is Lamoen er zelf.
De man boeit haar. De oprechtheid straalt van hem af, maar ze is het gebeurde met de kanarie niet vergeten. Ze zal dan ook nooit een kostbaar stuk van hem kopen. Hij móet corrupt zijn, dat kan niet anders. Zijn schijnbaar slordige kleren zijn van dure stof gemaakt en ze ziet hem wel eens zitten als ze met een van de bewindslieden eet in restaurants waar je beneden de vijftig gulden per couvert de eerste honger niet gestild krijgt.
Zelf is ze goudeerlijk. Als ze een gulden te veel wisselgeld krijgt en dat te laat ontdekt is ze in staat er een kwartier voor terug te lopen. Maar diep binnen in haar schuilt een begin van afgunst als ze mensen ontmoet die de wereld durven te belazeren. Het is lastig om een geweten te hebben. Ze heeft vaag het gevoel dat ze er veel plezier door is misgelopen.
Als ze op een vrijdag bij de Streefkerken zal gaan eten en voor Samantha een porseleinen potje mee wil brengen, treft ze Victor Lamoen in een vrolijke, haast overmoedige bui.
'Hoe was het van de week in de politiek, mevrouw?' vraagt hij. 'Hebt u de mensen knollen voor citroenen verkocht, of hebt u citroenen voor de zwijnen geworpen?'
'Moet het één van beide zijn? Kunnen we geen citroenen als citroe-

nen hebben uitgereikt?'
Victor lacht. 'Theoretisch is alles mogelijk.'
'En u,' zegt Lotte, 'wat hebt u van de week gedaan? Bij geval weer een kanarie laten vliegen voor er een huis in brand vloog?'
'Wel wel. Ook al ornithologe?'
'Ik kan een kanarie van een mus onderscheiden,' zegt Lotte.
'Ik haal er een fles sherry bij.'
Ze gaan zitten op een paar krakkemikkige Vollenhover stoelen. De kans dat er een andere klant komt is klein. Als er zes in de week binnenstappen is het veel.
'Deksels goeie sherry,' vindt Lotte. 'Zeker voor f 3,75 per fles gekocht bij de kruidenier?'
'Kamerlid, wiskundige, ornithologe en wijnkenner,' zegt Lamoen waarderend. 'Direct uit Macharnudo. Op uw gezondheid.'
'Heeft de brandverzekering zo goed uitbetaald?'
'Geen misverstanden,' zegt Victor. 'De middag voordat mijn huis afbrandde, maakte ik de kooi van mijn kanarie schoon. Daarbij is het diertje ontsnapt. Ik was erg aan hem gehecht. Misschien was ik daarom zo in de war dat ik 's avonds de straalkachel heb aangelaten toen ik bij vrienden op bezoek ging.'
'Ik snap het,' zegt Lotte. 'Niet alleen antiquair en kunstkenner, ook een dierenvriend.'
Victor Lamoen knikt vroom.
'En dit winkeltje houdt u in leven?'
'Ik red het,' zegt Victor.
'Eens lekker gaan eten in een restaurant met een goeie keuken is er natuurlijk nooit bij,' zegt Lotte meewarig.
Hij kijkt haar aan. 'Hoeveel verdient u?'
'Ongeveer vijfenzeventig.'
Victor staat op en verdwijnt achter een voddig gordijn. Even later komt hij terug met een Boeddha-beeldje, een bronzen kop, ongeveer het formaat van een normaal hoofd.
'Vindt u dit mooi?'
'Ja,' zegt Lotte. 'Ik vind het mooi. Is het oud?'
'Dat moeten de kunstkenners maar uitmaken. Vorige week heb ik er net zo een geveild, daarom houd ik deze nog even vast. Of ik veil 'm in Hamburg. Die van vorige week heeft 3700 gulden opgebracht.'
'Zo?'
'Ja. Als ik deze veil, zet ik er bij: "Naar de stijl van Chien Chen,

zestiende eeuw." Ik weet overigens dat dit soort beeldjes in Bangkok op het ogenblik 55 gulden kosten. Ik zeg niet dat dit er een is hoor, dat zeg ik niet. Maar ze weten daar in Siam nu de patina na te bootsen zó dat je echt en vals praktisch niet meer kunt onderscheiden.'
'De wat?'
'De patina. De verweringslaag, dat ouwe kleurtje.'
'Hoe komt u aan dat beeldje? Waar hebt u het gekocht?'
'Zoiets vraag je niet aan een handelaar,' zegt Victor, 'maar ik wil het voor deze keer wel zeggen: gekocht van een particulier, voor 3300 gulden. Daar win ik straks 200 gulden op.'
Lotte staart hem aan over haar glas. Fantastisch, hij kijkt alsof hij het zelf gelooft. 'Jammer dat u geen piloot kent die af en toe op Bangkok vliegt,' zegt ze.
Hij lacht. 'Laten we eens samen gaan eten,' zegt hij. 'Bij Sauer of zo.'

15

De dag komt dat Lilian zegt: 'Overmorgen komt Paul thuis.'
Ze heeft kaarsen aangestoken, waardoor haar wasbleke gezicht het
eeuwen-trotserende maar ook het onpersoonlijke krijgt van een wit-
marmeren beeldje.
'Ja,' zegt Johan, 'ik had al uitgerekend dat het dezer dagen was.'
Ze kijken elkaar lang aan. Johan heeft van haar geleerd hoe verkwik-
kend het kan zijn om samen te zwijgen.
'Is dit dan het eind van ..., van ons?'
'Het eind ...,' zegt ze en haar glimlach is onmetelijk treurig.
'Ik wil je blijven ontmoeten,' zegt Johan. 'Ik heb je nodig.'
Ze haalt zijn jas en hangt die om zijn schouders. Zachtjes duwt ze
hem naar de gang. Bij de voordeur kust ze hem, voor het eerst, op
zijn mond.
'Ik hou van je,' zegt ze.
'Wat moeten we nu?' zegt Johan onhandig.
'Niets.'
'Ik kom terug.'
Ze schudt het hoofd. 'Nee, Johan.'
'Waarom niet? Je houdt immers niet van Paul.'
'Dat is het niet.' Het zijn duizend maal uitgesproken woorden, met
altijd weer een nieuwe betekenis.
'Wat is het dan wel?'
'Ik zal je iets vertellen wat niemand van mijn vrienden of familieleden
weet. Op één voorwaarde. Dat je nooit meer bij me komt.'
'Vertel het dan maar niet. Aan die voorwaarde kan ik niet voldoen.'
'Ik zal de voorwaarde verzachten,' zegt ze. 'Je moet beloven dat je
drie maanden niet zult komen. Ik wil dat zo.'
'Goed, dat beloof ik.'
'Zweer het.'
'Ik zweer.'
Ze heeft de deur geopend, hij staat al op de stoep.
'Mijn familie en vrienden weten het niet,' zegt ze, 'maar mijn dokter
wel. Ik heb een bloedziekte. Ik heb nog hoogstens twee maanden
te leven.'

Tien seconden nog kijkt ze naar de halve glimlach die op zijn gezicht is bevroren. Dan doet ze de deur dicht. Hij hoort haar hakken tikken op de plavuizen in de gang. Het is stil. Een kwartier zit hij in zijn auto zonder weg te rijden. In die tijd overtuigt hij zichzelf dat ze echt niet wil dat hij naar haar terug gaat. Zijn ogen worden rood. Niet naar Driebergen rijdt hij, maar naar Noordwijk. Uren loopt hij over het strand. Hij denkt over wat zij doormaakt. Hij is veel van haar gaan houden, dat beseft hij nu pas. Als hij tot op het bot koud is gaat hij naar Den Haag en neemt een kamer in het hotelletje waar hij wel vaker komt. Hij belt Tineke, zegt dat het te laat is geworden om nog naar Driebergen te rijden. Hij wil ook Lilian bellen, maar ziet er van af omdat het via de centrale van het hotel zou moeten. Hij is bang dat ze bij het horen van de naam van het hotel al zal neerleggen. De volgende dag probeert hij het vanuit het kamergebouw. Ze wil niet met hem praten. 'Met niemand,' zegt ze. 'Ik verwerk dit alleen. Bel me niet meer. Vaarwel, Johan.'

Twaalf dagen later leest hij in de krant dat 'mijn innig geliefde Lilian, oud 44 jaar, plotseling is overleden, P.J. Rijksen, Gouda'. Het treft hem, toch nog, als een vuistslag in de maag. De volgende dag belt hij Rijksen. Hij zegt dat hij een keer langs is geweest, misschien herinnert Rijksen zich hem nog, kapotte auto. Dat doet Rijksen. Johan condoleert, begrijpt tussen de woorden van Rijksen door dat Lilian een overdosis slaapmiddelen heeft genomen, ze wilde het verval van de laatste weken blijkbaar niet ondergaan.

'Zo'n jonge vrouw nog,' zegt Johan plichtmatig.

'Ja,' zegt Rijksen, 'ze gaat ons voor, maar te vroeg, meneer Douwens, te vroeg.'

'Ik wens u sterkte,' zegt Johan. Hij legt de hoorn neer. Tineke's zakelijke, vaak verongelijkt klinkende stem kan hij niet verdragen. Hij slaapt twee nachten bij zijn ouders, met het smoesje dat hij avondvergaderingen heeft. De kalme, relativerende stem van zijn vader, de vanzelfsprekende, niets weeromverlangende zorg van zijn moeder, ze vormen een achtergrond die het licht van zijn emoties niet te fel in zijn gezicht terugstralen.

In gedachten herhaalt hij de gesprekken met Lilian. Iedere zin die ze uitsprak krijgt een andere betekenis. De dood kan nooit uit haar gedachten zijn geweest. Hij probeert zich in te denken dat hij zelf nog maar enkele maanden te leven zou hebben. Het lukt niet echt, maar hij leert er wel uit begrijpen dat zij zich kennelijk van al haar vrienden en verwanten heeft afgewend. Oppervlakkige relaties zijn in zo'n kritieke levensfase een gotspe. Hij heeft er nu spijt van dat hij niet met haar naar bed is geweest. Het schijnt dat in tijden van doodsgevaar de seksuele spanning geweldig toeneemt, in een laatste drift van het lichaam om zich voort te planten. Misschien heeft zij dat ook doorgemaakt. Misschien heeft ze het verdrongen, heeft ze in plaats daarvan voor de laatste maal een geestelijke relatie met een ander mens willen opbouwen.

Had ze het maar eerder verteld, denkt Johan en tegelijkertijd is hij haar dankbaar dat ze hem die last heeft bespaard. Zou hij gevlucht zijn? Het vele werk van kamerleden zou een bruikbaar excuus zijn geweest. Of zou hij er zelf een stap verder mee zijn gekomen bij het aanvaarden van de dood? Al jaren wordt hij soms 's nachts wakker, zwetend, steunend, omdat in zijn droom de zekerheid dat ook zíjn uur komt zich genadeloos opdringt. De duisternis van de slaapkamer kan lijken op de duisternis van het graf. Nu nog is aanknippen van het bedlampje een afdoend wapen om de angst te verjagen. Dikwijls denkt Johan dat met het ouder worden zijn geestelijke kracht zal afnemen en de angst hem ook bij daglicht zal kunnen bestormen. Daarom wil hij vertrouwd raken met de wetenschap dat zijn leven *eindig* is, nog vijftig, zestig jaar misschien, ze vliegen om. Een treurig en onnatuurlijk levensdoel: vertrouwd raken met de dood.

Hij gaat naar de crematie, in het crematorium Daelwijck, Utrecht. Het is onwaarschijnlijk vol. Er moeten honderden mensen zijn. Had ze zo'n grote vriendenkring? Wonderlijk dat hij daarvan zo weinig heeft gemerkt, dat hij er níets van heeft gemerkt. De wachtkamer is te klein, buiten staat een lange rij mensen. Johan sluit zich er bij aan, hij hoopt dat niemand hem zal herkennen.

De mensen praten. Aanvankelijk dempen ze hun stem, uit eerbied voor de nabijheid van de dode. Als het wachten tien minuten heeft geduurd brengen ze dat niet meer op. Iemand lacht zelfs, bijt die lach dan toch halverwege weg. Twee vrouwen praten over hun vakantie, hoorbaar, verstaanbaar, het gaat over de voor- en nadelen van de Costa Brava, waar ook ene Rita en haar man nog zijn verschenen. Johan kan zijn gedachten niet op Lilian richten, de woede stijgt op in zijn keel. Hij beseft dat een driftaanval tot een catastrofe zou leiden, hij doet snel een paar stappen naar achteren in de rij, om niet meer te hoeven horen. De zwartgehoede mannen naast wie hij nu terecht komt spreken gedempter, maar ze spreken. Het gaat niet over Lilian, het gaat over leveringen en offertes, ze staan waarachtig een zakelijke afspraak te maken. God, denkt Johan, kunt gij dan niet één uur met mij waken? Er komt beweging in de rij, zoetjes aan schuifelt men naar binnen. Een wonder dat ze niet dringen om vooraan te staan bij de gratis vermakelijkheid, is de bittere gedachte waarvoor Johans drift plaats maakt. Zachte orgelmuziek vangt hen op. De ruimte is tochtvrij en aangenaam van temperatuur. Middenvoor staat de kist, overdadig bedekt met bloemen. De mensen hebben hun onderlinge gesprekken nu toch gestaakt. Ze staren naar de kist, waarin het onbegrijpelijke ligt, het onafwendbare, het komende. Wie van ons is de volgende? Die gedachte gaat door vele hoofden. Caligula verlangde van zijn onderdanen goddelijke eerbewijzen, om te ondersteunen zijn wanhopig zelfbedrog dat hem zou voorbijgaan wat nu aan Lilian Rijksen is geschied. Versier de dood met bloemen en melodieuze muziek, hij is te cru om naakt in de ogen te worden gezien. Als het orgel zwijgt, stapt een in stemmig mantelpak geklede vrouw naar voren. Ze houdt een korte, sobere toespraak, die Johan goed doet. 'Lilian,' zegt ze, 'geloofde in de eeuwige kringloop van stof en geest. Wat met haar is gebeurd aanvaardde ze als vanzelfsprekend en goed.' Het orgel zet weer in. Langzaam, heel langzaam, door een aan menselijk vernuft ontsproten onzichtbare kracht in beweging gezet, glijdt de kist naar achteren. De mensen staren er naar. Enkelen begint het al te vervelen. Ineens weet Johan dat hij tegen cremeren is, in ieder geval op deze manier. Gek, tot nu toe had het zijn voorkeur boven begraven. Nu verlangt hij naar een kerkhof, waar hij de wind in zijn gezicht kan voelen, waar stijve mannen in het zwart tobben met touwen om de kist te laten zakken, waar naast het graf een berg aarde ligt, met schoppen er in gestoken, tastbare aarde die met een dof geluid op de kist terecht zal komen. Moet de techniek onze geliefden begraven of verbranden, of zullen we dát nog met eigen handen doen? Hij stelt zich voor dat hij Lilians graf zou mogen dichtgooien, alleen op het kerkhof, dierbare blaren groeiend in zijn handpalmen. Het is gebeurd. Een gordijn heeft de kist aan het oog onttrokken. Straks, als er genoeg voorraad is, zal hij worden verast, door vreemden. De naaste familie wordt naar een zaaltje geleid, de belangstellenden volgen om te condoleren. Er is koffie. De gesprekken komen weer op gang; over Lilian gaat het bij de meesten niet. We hebben onze eigen besognes, de dood van één onzer mag daar niet teveel inbreuk op maken, een uur is al te lang. Johan gaat naar buiten. Hij rilt in de herfstkou. Donkere wolken drommen samen, maar het regent niet. De bomen staan roerloos, grotendeels ontbladerd al. Het is vrede. In de verte raast het verkeer van Overvecht, als rumoerig bewijs dat het leven verder gaat. Goddank gaat het verder. Achilles haalt de schildpad in, want de tijd is een onafhankelijk variabele. Dit was Lilian, goedenavond. Johans auto start meteen, wat een kunstige combinatie van mechanica, elektrotechniek, chemie en materiaalkunde. In snelle vaart brengt hij Johan naar Den Haag, waar een berg werk wacht. Links twee drie vier. Links twee drie vier.

16

De begroting van Volkshuisvesting en Ruimtelijke Ordening is behandeld. Het was Wijnands laatste grote klus in het parlement voor het kerstreces. Tenzij er onverwachte dingen op zijn terrein gebeuren, bijvoorbeeld een interpellatie over het huurbeleid, heeft hij het voorlopig wat rustiger. Begrotingsbehandelingen zijn een saaie en dus vermoeiende aangelegenheid. Wijnand is moe. Een dag of tien doet hij het rustig aan. Hij drinkt veel, maar hij slaapt nog meer. Dan begint het oude activiteitsvirus weer te prikken in zijn bloed. Hij besluit op z'n eentje weer 's naar Utrecht te gaan.

Het verdwijnen van de kleine middenstanders uit de stadswijken mag een probleem zijn voor de klanten, niet minder is het dat voor de middenstanders zelf. Bij het project van Johan heeft hij de taak gekregen zich daar speciaal in te verdiepen. Die taak is nog niet afgerond.

In de Rozenstraat, op de hoek van het steegje waarvan niemand de naam kent, staat een delicatessenwinkeltje.

Het staat er wat je noemt, misplaatst.

Wié in deze wijk koopt nu dadels en studentenhaver en exquise Franse kazen? Blom, de eigenaar, een vedergewicht met diepliggende ogen, heeft uit dit zaakje nog nooit een inkomen gehaald dat gelijk was aan, laat staan hoger was dan het minimumloon. 't Is altijd sappelen geweest. Hoe vaak niet hebben hij en zijn al even kleine vrouw mandarijntjes en chocoladerepen uitgestald achter het winkelraam, terwijl hun knorrende magen riepen om een doodgewone boterham? Ach, sinds de oorlog hebben ze nooit echt honger gehad, maar ondanks de delicatessen ging al wat het leven een beetje opsiert hun neus voorbij.

Eerst was dat zo erg niet. Blom was de zoveelste zoon van een straatarme groenteman, hij was groot geworden (of klein gebleven) op een minimum-aan-calorieën-dieet. Maar toen hij en zijn vrouw in de zestiger jaren zagen hoe de welvaart over het land rolde, hoe zelfs in hun povere wijk de trottoirbanden werden gedecoreerd met auto's, hoe op de daken de televisiemasten verrezen, toen begon de worm van de afgunst te knagen aan hun ziel; en het gezicht van Blom werd een beetje ontsierd door een verongelijkt trekje, dat zijn plaats opeiste tussen alle vriendelijker plooien.

Wijnand heeft in september een aantal kleine middenstanders bezocht en met hen gepraat over hun financiële positie. In het algemeen gedroegen ze zich aanvankelijk gereserveerd, maar als ze begrepen dat hij kwam met de bedoeling zich echt in hun zorgen te verdiepen, stonden ze hem graag te woord.
Ook bij Blom is hij geweest. Met zijn aangeboren mensenkennis heeft hij de man snel getaxeerd, de zorgenlijnen, de goedhartigheid, ook het vleugje verbittering. Maar hij heeft nóg iets bespeurd, namelijk angst. Blom schrok toen hij het woord 'kamerlid' hoorde. Weet hij veel, zo'n woord heeft te maken met overheid, met justitie, met belastingen. En dus heeft Blom waarschijnlijk het een of ander te verbergen.
Wijnand besluit dat hij er achter wil komen wat dat is. Niet om Blom te pesten of nog banger te maken, maar omdat het in het project van Johan zijn taak is om alles te weten te komen over de kleine middenstander.
Op wat voor manier kan zo'n kleine paardeBlom de kluit belazeren?, denkt Wijnand. Iets met de belastingen waarschijnlijk. Dubbele boekhouding? Och kom, van die paar potjes gember? Ontduiking van de BTW? Zou hij wel precies hebben begrepen wat BTW is? Een middenstandsdiploma zal hij wel nooit hebben behaald, waarschijnlijk heeft het bezit van het winkeltje hem ontslagen van de plicht zo'n examen af te leggen.
Net als in september gaat Wijnand een paar plakken chocola met hazelnoten kopen. Blom herkent hem meteen en een zenuwtrilling verschijnt om zijn mond.
'Hoe gaat het met de zaken?' vraagt Wijnand. 'Trekt het een beetje aan, zo tegen Sinterklaas?'
'Nee meneer. 't Gaat wel.'
'Ik begrijp niet hoe u 't hoofd boven water houdt met zo'n klein winkeltje.'
''t Zijn moeilijke tijden, meneer.'
'Vindt u dat de regering genoeg doet voor de kleine middenstand?'
'Nee meneer. 't Gaat wel,' zegt Blom.
'Ik heb een paar maanden geleden al gezegd dat ik probeer te weten te komen hoe het de middenstand gaat. Ik zou u een vreemde vraag

willen stellen, maar met de beste bedoelingen. Zou u het goed vinden als ik uw boekhouding eens bekeek?'
'Dat vind ik wel goed,' zegt Blom prompt.
'U begrijpt toch dat er geen enkele verplichting is, hè? Het moet helemaal vrijwillig zijn.'
'Ja meneer.'
'Zal ik dan na sluitingstijd komen? Vanavond, schikt dat?'
Nu wordt Blom toch weer onzeker.
'Nee meneer, vanavond schikt het niet. Ik heb liever dat u het overdag doet.'
'Zou het nu meteen kunnen?' vraagt Wijnand.
'Dâ's goed.'
Dus hij heeft geen tijd nodig om iets voor te bereiden, denkt Wijnand. Maar 's avonds wil hij me niet over de vloer hebben.
Hij volgt Blom het drie-tredige trapje op naar de achterkamer. Het vrouwtje geeft hem koffie.
De winkelier legt de kasboeken voor hem neer. Armoe troef, dat ziet Wijnand met één oogopslag aan de tabellen. Deze mensen hebben een jaarinkomen dat lager is dan hij wist dat nog voorkwam in Nederland.
'Dâ's geen vetpot, Blom.'
'Nee, 't ken maar net. 't Is goed dat we nooit kinderen hebben gehad.'
Wijnand kijkt naar mevrouw Blom, die schichtig zijn blik ontwijkt. Misschien heeft ze, in de vroegere zorgelijke jaren, geen kinderen gewild, maar 't grootmoederschap mist ze waarschijnlijk. Zakjes gemengde noten, nauwelijks een levensvulling, je hoeft er niet geletterd voor te wezen om dat te beseffen.
'Wat zou de regering moeten doen om de toestand voor de kleine middenstand beter te maken?' vraagt hij.
'Ach meneer, wij kennen toch geen winst maken. De mensen gaan naar de supermarkt. Ik geloof dat de regering het wel best vindt als wij verdwijnen. Dat vinden ze ..., hoe moet ik het zeggen ..., duidelijk of zo.'
'Overzichtelijk?'
'Ja. Overzichtelijk. Woonwijken. Winkelwijken. En industrieterreinen.'
De boekhouding van Blom is in orde, voor zover Wijnand kan nagaan.

Hij praat nog een half uurtje met de twee kleine mensen over hun nering en hun toekomstplannen. In dat halve uur roept de winkelbel Blom éénmaal naar voren, voor een paar ons zoute drop. Winst een paar dubbeltjes. Wijnand heeft zin om de mensen honderd gulden te geven, maar hij is bang hen te beledigen. Met een onbevredigd gevoel gaat hij weg. Hij gaat naar het vroegere stamcafé van de fractie, drinkt met de waard een half kruikje jonge en eet wat. Na zessen wandelt hij door de wijk en houdt onopvallend maar doeltreffend het delicatessenwinkeltje in de gaten. Driemaal ziet hij uit de steeg een haastige figuur opdoemen, op de zijdeur van Bloms huis kloppen, naar binnen gaan, en enkele ogenblikken later wegglippen met iets bij zich in een tas. Het moeten flessen zijn, besluit Wijnand. Om acht uur klopt hij zelf op de zijdeur. Blom doet open en voor hij het beseft is Wijnand langs hem gelopen en staat hij in het kamertje.

'Twee flessen graag,' zegt hij.

Blom slaat zijn handen voor zijn gezicht en begint waarachtig te huilen. Zijn vrouw troost hem met een onhandige aai in zijn nek, die meer uitvalt als een afschampende oorvijg, maar het is zo aandoenlijk dat Wijnand haast zin krijgt om mee te gaan huilen.

'Wie levert het?' vraagt hij.

Blom snikt.

'Pak eens een fles,' zegt Wijnand tegen de vrouw die er beheerst uitziet.

Ze verdwijnt en komt even later terug, in haar hand een ongeëtiketteerde fles met een schroefdop. Wijnand neemt een schoon kopje van het buffet en schenkt zichzelf in. Hij was bang geweest iets binnen te krijgen dat voornamelijk op spiritus zou lijken, maar wat hij proeft is jonge jenever van heel behoorlijke kwaliteit. Blom heeft het voorzien op de accijnzen, niet op de gezondheid van zijn klanten, denkt Wijnand.

'Kom op, Blom, beheers je,' zegt hij. 'Neem een slok van je eigen brouwsel. Je denkt toch niet dat ik handboeien op zak heb?'

'Het is mijn brouwsel niet, meneer, echt niet.'

'Dat snap ik. Een clandestiene jeneverstokerij levert het je. Uit Brabant? Limburg? Vertel 's op.'

'Ik wist wel dat u geen . . . Dat zogenaamde onderzoek, daar geloofde ik toch al niks van. U bent van de politie, dat wist ik meteen,' zegt Blom.

Er klinkt waarachtig een vleugje trots door zijn ellende heen.
'Ik moet u teleurstellen. Uw angst was groter dan uw scherpzinnigheid. Ik ben lid van de Tweede Kamer, en met de politie heb ik niks te maken.'
'Er stond Mr op het kaartje dat u de eerste keer hebt gegeven,' zegt Blom. 'Dat heeft met het gerecht te maken.'
'Nu moet het uit zijn,' zegt Wijnand streng. 'Ik sta hier niet te liegen. Ik ben die ik zeg dat ik ben. Begrepen, meneer Blom?'
'Ja meneer.'
'En u kunt me beter alles vertellen.'
'Ja meneer.'
Hij drinkt een slok, ook uit een kopje, van pure volgzaamheid. En hij vertelt. Over het randje van de armoede, waarop zijn vrouw en hij altijd hebben gebalanceerd. Armoede die verborgen moest blijven, want hij verdraagt zich niet met delicatessen. Over de toenemende welvaart van bijna iedereen, behalve van hen. Over de leveranciers, de groothandelaars, die in steeds grotere auto's reden, en de klanten, die haast allemaal beunhaasjes hadden in de avonduren en zwart geld verdienden bij de groothandelaars die daaraan waren gekomen door de belasting te ontduiken op een manier waar Blom òf te fatsoenlijk, òf niet slim genoeg voor was.
Twee jaar geleden was er een man in de winkel gekomen die hem had voorgesteld clandestiene jenever te gaan verkopen. Hij en zijn vrouw hadden het toen slechter dan ooit, want de Rozenstraat was opengebroken voor de nieuwe riolering en dat betekende nog minder klanten dan anders. Hij was nog naar het gemeentehuis geweest om schadevergoeding, maar daar was niks van gekomen. Toen had hij ja gezegd. Zijn vrouw had er niks mee van doen, zij had het afgeraden.
Ze hadden een kleine kring van vaste klanten opgebouwd. Om de twee weken, op zondag, ging hij een paar tassen met flessen halen, in een ouwe schuur in de Betuwe. Die tassen stonden daar dan klaar. Hij nam ze mee en liet geld achter. En verder wist hij er niks van.
Wijnand laat zich de jenever goed smaken. Hij denkt aan de duizenden guldens accijns die hij zelf al in de Nederlandse schatkist heeft laten vloeien. Onredelijk eigenlijk. *Hij* moet voor zijn alcoholische hobby zwaar betalen, terwijl iemand die zijn tanden en zijn omvang verpest door zich te verslingeren aan bonbons maar heel weinig bijdraagt aan 's lands financieringsprobleem.

120

Tja. Hij neemt nog een kopje. Maar wet is wet en hij is nog wel jurist èn medewetgever.

'Hoeveel flessen heb je nog in huis?' vraagt hij.

Blom kijkt zijn vrouw aan.

'Zes,' zegt ze.

'Ik koop ze. Ik betaal de normale prijs, om niet in de knoop te raken met mijn geweten. Het kan me niet schelen dat de accijns niet in de schatkist terecht komt, maar bij jullie. Volgens mij is de schatkist namelijk ten opzichte van jullie te kort geschoten. Ik, als medewetgever, ben dat dus ook.'

Hij haalt 100 gulden uit zijn portefeuille en legt die op tafel.

'Ga zondag naar dat schuurtje, of wat is het,' vervolgt Wijnand, 'en leg daar een brief neer. Schrijf er in dat de hele zaak is ontdekt en dat ze hun destilleerderij als de bliksem moeten opdoeken.'

'Ja meneer.'

De angst voor de gevangenis is aan het wijken. Blom kan zich niet voorstellen dat een man die zich zo te goed doet aan clandestiene jenever hem zal aangeven bij de politie. En dan dat briefje van honderd, wat moet hij daarmee? Het ligt op tafel, een ornament dat niet in de situatie past, als een harembroek bij een verjaardagspartij-tje van christelijk-gereformeerde plattelandsvrouwen. Hij en zijn vrouw kijken ook met verbazing naar het tempo waarin deze meneer de jenever drinkt. De fles is waarachtig al half leeg, terwijl Blom zelf nog aan z'n eerste bodempje bezig is.

Naarmate de angst wijkt, komt er plaats voor de gedachte hoe jammer het is dat het handeltje hun ontvalt. Die extra tientjes zullen gemist worden. Het gezicht van Blom is een open boek; het door drank ontspannen verstand van Wijnand leest er in dat de zorg voor een toekomst anders dan die achter tralies Blom alweer bezig houdt. Alsof hij nú niet achter tralies woont, tralies van sleur, poverte en uitzichtloosheid.

'Luister, Blom,' zegt hij, 'je moet je assortiment uitbreiden. Ga ook wijn verkopen, als je daar een vergunning voor kunt krijgen, of gewonere kaas dan brie en boursin, of weet ik veel. Ga eens bij de mensen hier in de buurt langs en vraag waar ze behoefte aan hebben. Dingen waar ze niet helemaal voor naar de supermarkt willen.'

'Maar . . .,' zegt Blom.

Wijnand heft zijn hand. 'Je gezicht is doorploegd met groeven van zorg, omdat het je ontbreekt aan slijk der aarde om ze op te vullen

en weg te boetseren.' (Was Johan er bij geweest, hij zou hebben vastgesteld dat het filosofische stadium was aangebroken.) 'Om het anders te zeggen, voor uitbreiding van het assortiment zijn investeringen nodig en je beschikt niet over pecunia.'
Blom kijkt blanco.
'Je hebt de centen niet, waarde middenstander.'
'Ja meneer.'
'Je zult ze krijgen. Tweeduizend gulden. Geef me het rekeningnummer op je bank. Ik kan beschikken over een klein fonds van de overheid dat er voor dient om mensen zoals jij te helpen.'
'Ja meneer.'
Wijnand staat op. Bloms vrouw komt aandragen met twee plastic tassen, in elk drie flessen. Ze schrijft ook het rekeningnummer op de rand van een krant en geeft het hem met een gegeneerd gebaar. Hij schudt langdurig haar hand, want hij vermoedt dat ze niet alleen wat flinker, maar ook wat zakelijker is dan haar man.
'Verander het assortiment, kan ik daar op rekenen?'
'Ja meneer,' zegt ze en ze voegt er aan toe: 'dank u wel, meneer.'
Wijnand neemt een taxi naar het station en dan de trein naar Rotterdam. Zijn auto haalt hij de volgende dag wel.
Maria is al naar bed. Hij neemt zijn cheque-boek en maakt van zijn persoonlijke rekening tweeduizend gulden over aan Blom, Rozenstraat, Utrecht. Vrijheid, gelijkheid en broederschap. Blom is een zelfstandige, een vrije ondernemer. Daardoor is hij ongelijker dan de anderen, die aan hun gelijkheid nieuwe vrijheden ontlenen of ze ontlokken.
En broederschap? Wijnand haalt een van de flessen van Blom te voorschijn en schroeft hem open. Deze keer gebruikt hij een glaasje.

17

Een kind is een kind is een kind, kan men vrij naar een onzer dichters zeggen. De uren dat Johan thuis is besteedt hij steeds meer aandacht aan zijn twee afstammelingen, zaad van zijn zaad, nieren van zijn nieren, hart van zijn hart.

Hij probeert er achter te komen of hij om zijn kinderen bij Tineke moet blijven. Dat *zij* ooit nog tedere gevoelens in hem zou kunnen losmaken acht hij uitgesloten. Daarvoor beseft hij te analytisch dat zelfs wat hij platonisch voelde voor Lilian ver uitging boven wat er ooit tussen hem en Tineke is geweest. Wat hij vroeger van Tineke bescherming van hun privacy vond, interpreteert hij nu als ongastvrijheid. Wat hij vroeger verzonken in gedachten noemde, beschouwt hij nu als botte humeurigheid. Wat hij vroeger hield voor nuchter, vindt hij nu koud. De verwijdering maakt de laatste tijd sprongen met zevenmijlslaarzen. Ze slapen nog in dezelfde kamer, maar daar is dan ook alles mee gezegd. Johan weet heel goed dat vooral hij die laarzen aan heeft, maar Tineke verzet zich niet. Ze vraagt niet waarom hij haar plotseling zoveel slechter verdraagt dan vroeger. Ze werkt er aan mee dat ze allebei op de weg die ze samen moeten gaan steeds meer in een verschillende berm gaan lopen, zodat als straks een wegkruising komt ze haast spontaan in verschillende richtingen kunnen afslaan.

In de week van eerste kerstdag tot nieuwjaarsdag neemt Johan de kinderen veel mee uit. Niet alleen naar zijn vader neemt hij ze mee (die deze week voor het laatst zijn beroep uitoefent) maar zelfs naar de dierentuin, als was hij al de gescheiden vader die op het bezoekuur zijn kinderen op een onnatuurlijke manier probeert te amuseren. Judith hangt erg aan hem. Ze houdt er van om op zijn schoot te kruipen en daar in slaap te vallen. Jeroen zal dat nooit doen. Een enkele keer op schoot, dat kan nog, maar dan moet er geravot worden, of gekheid gemaakt. Stil zitten voor bijvoorbeeld een verhaaltje, dat is niks voor hem.

Voor Judith wel. Niets is heerlijker dan wanneer iemand een verhaal vertelt, liefst speciaal aan háár. Ze is dan een en al aandacht, haar ogen glanzend, spanning op haar open gezichtje. Johan vertelt soms fluisterend, terwijl de anderen bezig zijn in de kamer. Af en toe kan hij het niet laten het verhaal heel zielig te maken, omdat er dan tranen komen in haar ogen, waarmee ze hem zonder woorden smeekt om het toch vooral goed te laten aflopen. Hij láát het dan goed aflopen, want tegen zoiets puurs is hij niet opgewassen. Als hij gaat scheiden van Tineke zal de vertrouwelijkheid tussen de kinderen en hem verdwijnen. Tenminste, dat denkt hij. Wat moeten de kinderen beginnen met een man waar ze eens in de maand een dagje naar toe gaan? Anderzijds, Tineke en hij leven steeds meer als vreemden naast elkaar in het zelfde huis. Een verbijsterend proces. Wat er vroeger was aan wederzijdse belangstelling en genegenheid en bij elkaar horen verweert en bladdert af, zodat je je al gauw zelfs de kleur ervan niet meer kunt herinneren.

De fractie heeft afgesproken dat ze op 5 januari in Utrecht bijeen zullen komen om hun project over de verdwijnende middenstander weer op te vatten. Maar evenals Wijnand is ook Johan al weer wat eerder begonnen. Hij heeft zichzelf de taak toebedeeld om inzicht te krijgen in de relatie tussen de middenstander en degenen van wie middenstanders hun goederen betrekken, dus de melkfabriek, de conservenfabriek, de groothandel en dergelijke. Ook met de grote grutters houdt hij zich bezig, de grootwinkelbedrijven in kruidenierswaren. Al met al een kapitalistisch werkje, waar geen van de anderen veel zin in had.
In die rustige week tussen Kerst en nieuwjaarsdag bezoekt hij de kaasfabriek waarvan zijn vader jarenlang kaas heeft betrokken. Het was niet moeilijk om een afspraak te maken. In het algemeen is men bereidwillig genoeg om parlementsleden van informatie te voorzien als zij er om vragen.
De directeur ontvangt hem. Johan zegt dat hij het kort zal maken, hij heeft de kinderen bij zich, en de directeur zal met zijn tijd ook wel raad weten.
'Altijd druk, meneer Douwens, altijd druk.'
Ze lopen door de fabriek. Zoals iedere directeur met hart voor zijn zaak, raakt ook deze lichtelijk in extase als hij uitlegt hoe men in de fabriek eiwithoudende kaasstof uit de melk haalt – caseïnaat heet dat, maar dat zal meneer Douwens wel weten – en gereed maakt om te exporteren, hoe men de kaas kleurt met een aftreksel van annatto-

zaad, afkomstig uit de heester Bixa orellana, en als hij Johan inwijdt in de geheimen van stremsels en zuursels, met een liefde voor het detail die bij Johan de vraag oproept of hij in het gehele op handen zijnde nieuwe jaar ooit een stukje kaas door zijn keel zal kunnen krijgen. Daar zal hij binnenkort trouwens nog aanzienlijk sterkere motieven voor krijgen.

De kinderen bestrijden hun verveling door een hardloopwedstrijd te houden die heerlijk hol door de fabriek galmt. Johan neemt een middel ter hand dat meer bij zijn status past, namelijk het stellen van vragen.

Hij vraagt naar produktieniveaus, distributiemethoden, regelmaat in de aanvoer van melk, winstmarges. Interessant wordt het als hij informeert naar kwaliteitscontrole.

'We controleren de kwaliteit heel zorgvuldig,' zegt de directeur. 'Natuurlijk letten we, samen met de inspectie voor de volksgezondheid, er ook nauwgezet op dat geen schadelijke bacteriën in de kaas voorkomen. Kaas die gevaar kan opleveren voor de gezondheid wordt ōnverbiddelijk afgekeurd. Daar hebben we dezer dagen een bitter voorbeeld van gehad, al ging het niet om bacteriën. Gaat u even mee.'

Hij voert Johan naar een groot bad met paraffine met kleurstof.

'Hier wordt de kaas in gedompeld, om de korst te verstevigen. Vorige week is er een partij komijnekaas verwerkt. En of het nu komt door de naderende feestdagen, waardoor de aandacht is verslapt, ik weet het niet, maar in dat bad is een klein zakje met een gifhoudende stof terecht gekomen. Kleine korreltjes, die op het oog nauwelijks van komijn zijn te onderscheiden.'

'Allemachtig,' zegt Johan. 'Hoe kon dat gebeuren?'

'Dat zijn we nog aan het uitzoeken.'

'Stel je voor dat zo'n partij bij de klanten terecht komt. Je zou de halve bevolking uitmoorden.'

'Zo erg is het ook weer niet,' zegt de directeur. 'Die weinige korreltjes zijn verdeeld over vele kazen. Maar bovendien: zoiets wordt altijd ontdekt bij de controle.'

'Dus die partij kaas is afgekeurd?'

'Natuurlijk, wat dacht u. Een grote schadepost.'

'Wat gebeurt er nu mee?'

'Wordt vernietigd. Ik heb al een afspraak gemaakt met een destructiebedrijf.'

'Enerzijds doodzonde,' zegt Johan. 'Je kunt zeker zo'n partij ook niet verwerken als varkensvoer of zo?'
'Nee,' zegt de directeur, 'die kaas moet de wereld uit. Iedere kans dat mensen er van eten moet vermeden worden.' En met die opmerking geeft hij Johan het rustige gevoel dat hij veilig in restaurants en waar dan ook aan de maaltijd kan gaan.

Oudejaarsdag heeft zijn eigen kleur. De laatste dag dat het jaar zijn langzamerhand zo vertrouwde jaartal draagt, een werkdag die uit zal monden in een avond met een uniek karakter. Johan moet 's avonds mee naar Tineke's ouders, die afspraak is al een jaar oud. Daarom gaat hij overdag naar Zuilen, met de kinderen, om met zijn vader en moeder het jaar vast uit te luiden. Want het is voor die twee een dag met meer weemoed dan andere jaren.
Johans vader heeft de zaak aan kant. Hij zit in zijn rieten leunstoel en trekt bedaard aan een grote sigaar.
'Straks zal het volk zelf wel weer om winkels vragen, dat zie ik er wel in zitten,' zegt hij. 'Grote zaken maken elkaar ook kapot. Bij de sanering in 1951 dachten we aan uitbouw van het assortiment. Wat verkocht ik toen...; behalve de melk, boter, kaas en eieren alleen twee kratjes bier in de week. Je was toch tevreden. 's Avonds kwam er een grote pan pap op tafel, weet je nog, Johan. Dat zou jij jouw kinderen eens moeten voorzetten.'
'Ik hou van pap,' zegt Jeroen.
'Er kwam langzaamaan van alles bij,' gaat Douwens verder met zijn oudejaarsdagherinneringen. Limonade. Soeppakjes. Pindakaas. Vermicelli.
't Gaf toch niet genoeg omzet op den duur. Echte *kleine* middenstand kan niet meer bestaan. Dat de gezinnen kleiner werden was ook schadelijk. Maar de grote zaken maken elkaar wel kapot op den duur. Wij hadden alleen geen tijd om te overbruggen. Straks vragen de mensen weer om ons.'
Nog geen uur is hij 'rustend' en de mijmeringen en herhalingen van de oude dag zijn begonnen, denkt Johan. Het ontroert hem. Nee sterker, hij heeft een gevoel van heimwee in het voren, van verlangen naar de rust van de oude dag. Een oudejaarsgedachte die wel weer over zal gaan.
Hij wil met zijn vader een gesprek beginnen over de relatie tussen de middenstanders en de fabrieken, want sinds hij het jachtige leven

van kamerlid leidt heeft hij er een gewoonte van gemaakt ieder gesprek ten nutte te maken voor de volgende spreekbeurt, het volgend artikel of het volgend kamerdebat. Het komt er niet van. Ze worden gestoord door de komst van een kennis van zijn vader, ene Loomeyer. De man is kaashandelaar of zoiets.

Loomeyer geeft Johan een hand en aait de kinderen, die domino spelen in een hoek, over het haar. Dan begint hij een gesprek met Douwens, zodat Johan tijd krijgt hem rustig op te nemen. De man zal even vijftig zijn. Hij heeft een innemend gezicht, althans bij oppervlakkige beschouwing. Het is breed, met een grote, door dikke lippen geaccentueerde mond, waaruit geregeld een zware lach klinkt. Zijn wenkbrauwen hangen over ogen, waarvan het wit beter beschreven kan worden als geel. Het voorhoofd is vrij laag, maar dat valt niet zo op, omdat het erg breed is. Een grote kop op een fors lichaam, te fors eigenlijk voor de stoel van Johans moeder, waarin hij zich heeft neergelaten.

Johan vraagt zich af of hij Loomeyer ook op het tweede gezicht innemend vindt. Hij bespeurt iets opdringerigs in de man, iets dwingends haast. Geen man om ruzie mee te hebben en dat zit 'm niet alleen in de krachtige gestalte. Een man die eerst probeert de zaken soepel te regelen, maar die als het moet over lijken gaat, veronderstelt Johan.

Loomeyer is gekomen om zaken met zijn vader te doen, hoort Johan met een half oor. Blijkbaar is hij een handelaar die ongeregeld levert, zo een die af en toe een grote partij van dit of dat op de kop tikt en dan een deal maakt met een grootwinkelbedrijf. Nu schijnt hij iets te hebben waar hij de kleine middenstanders van wil laten profiteren. 'Het zou wel leuk zijn als de kleine winkeltjes nu eens met hun prijzen *onder* Albert Heyn en Simon konden duiken,' zegt hij, 'het is immers zo vaak andersom.'

'Te laat, man,' zegt Douwens. 'Ik heb net vandaag de zaak aan kant gedaan. Ik schei er mee uit.'

'Dat is een slechte tref,' zegt Loomeyer. 'Heb je een opvolger?'

'Nee. Niet te vinden. Melkboeren, dat is een uitstervend ras.'

Hun gesprek dringt verder niet tot Johan door. Judith heeft genoeg gekregen van de dominostenen en staat aan zijn oor te vleien of ze naar huis gaan. Want opa is heel aardig als hij aandacht aan haar besteedt, ze vindt niks aan 'm als hij met meneer Loomeyer een boom opzet over iets waar ze geen benul van heeft.

'Zo dadelijk, schat,' zegt Johan.

Hij gaat nog even met zijn moeder babbelen, die in de keuken oliebollen aan het bakken is. Met twee houten lepels laat ze klodders deeg met krenten in de kokende olie vallen, een doekje in het haar tegen het vet. Jeroen mag de lichtbruine bollen bestrooien met poedersuiker.

Johan had willen vragen hoe vader en zij het sluiten van de winkel ondergaan, maar zo'n vraag harmonieert niet met het gesis van het koude deeg in de olie. Daarom houdt hij het bij luchtige oud en nieuw-kout. Ze eten een paar oliebollen en rijden dan naar Driebergen. Een week later zal Johan betreuren dat hij niet scherper op het gesprek tussen zijn vader en de heer Loomeyer heeft gelet.

Als die nacht de klok twaalf maal heeft geslagen en Johan in het rumoer van gelukkig-nieuwjaarwensen vluchtig zijn vrouw omhelst, zijn zijn gedachten bij Lilian, die hij heeft verloren voor hij haar had gekregen. Hij denkt meer aan haar voorbije jaar dan aan het nieuwe jaar dat hem en Tineke wacht.

Lotte ziet op deze oudejaarsavond het nieuwe jaar met een voor haar ongebruikelijke onzekerheid tegemoet. Dat slaat dan met name op de eerste uren van het nieuwe jaar. In de maand december is ze twee maal uit geweest met Victor Lamoen. Eerst hebben ze samen gegeten, en hoe! De man is een ware Lucullus. Daarna zijn ze, op haar voorstel en haar kosten, naar een toneelstuk geweest. Hij is niet in slaap gevallen, maar daar is dan ook alles mee gezegd.

Een paar dagen geleden heeft hij opgebeld en zonder omwegen gevraagd hoe ze de oudejaarsavond dacht door te brengen. Hij had geen familiale verplichtingen, zei hij, zij misschien ook niet? Voor ze het wist had ze een afspraak gemaakt en nu zit ze met hem tussen brandende kaarsen en takjes hulst aan een gereserveerde tafel in een eersteklas restaurant (voor zover die in Nederland bestaan, heeft hij verontschuldigend gezegd).

De chef is zelf de wijn komen inschenken, met behoedzame bewegingen om het edele vocht niet in verwarring te brengen. Het moet wel een kostbare fles zijn, want het scheelde een haar of de chef had bij het ritueel een gebed uitgesproken, denkt Lotte. Ze ziet hoe Victor genietend het kaarslicht in zijn glas laat spelen voor hij het heft en haar allerlei goede dingen toewenst.

Wat doet ze hier met deze man, die spot met alles wat haar dierbaar is – recht, eerlijkheid, orde, soberheid? Hij is iets ouder dan zij, tegen de vijftig zal hij zijn, en hij ziet er best goed uit. Ze gruwt weliswaar van de ringen aan zijn vingers en van dasspelden heeft ze ook nooit gehouden, maar zijn lach is echt en hij heeft tenminste geen brillantine in zijn haar.

'Hoe vindt de geachte afgevaardigde deze wijn?' vraagt hij.

Ze heeft verdomme een nieuwe jurk voor de gelegenheid gekocht, ze lijkt wel gek. Een mooie jurk overigens, die haar wat kleiner en slanker maakt.

''t Is waarschijnlijk de lekkerste wijn die ik ooit heb gedronken,' antwoordt ze.

'Dat zou wel eens kunnen. Ik hoop het, ik zou het een eer vinden.'

'Dan besluiten we aldus,' zegt Lotte. 'De heerlijkste wijn die ik ooit heb gedronken.'

'In het heerlijkste gezelschap waarin ik ooit wijn heb gedronken,' zegt Victor galant.

Ze vindt dit het soort opmerking dat de nabije toekomst zorgelijk en onzeker maakt.

'Je ruïneert jezelf door zulke dure wijn te bestellen,' zegt ze prozaïsch.

Hij wrijft tevreden zijn handen.

'Het kan er af. Ik ben vorige week werkloos geworden.'

'O juist.' Lotte heeft in de weinige keren dat ze hem heeft ontmoet al afgeleerd om verbaasd te vragen hoe dat nu weer kan.

'Ja zeker,' zegt hij. 'Wat zit je haar leuk. Ben je naar de kapper geweest?'

Ze knikt.

'Een paar maanden geleden heb ik een bv opgericht. Ik heb mezelf benoemd tot directeur, met een hoog salaris. Interesseert het je?'

De spotlach, die haar zo ergert en aantrekt, is terug om zijn mond.

'Ik ben bang dat je schurkenstreken me interesseren,' zegt ze.

'Vorige week heb ik mezelf ontslagen. Op staande voet. Wegens ongeschiktheid. Zielig, hè? Ik ben natuurlijk direct naar het arbeidsbureau gegaan om me in te schrijven als werkzoekende. Klein kansje dat ze iets geschikts voor me vinden. Intussen krijg ik een duizendje of drie per maand werkloosheidsuitkering. Dâ's aardig voor hapjes als dit. Smaakt het je?'

'Je bent een schurk,' zegt Lotte, 'maar het smaakt me.'

'Niks schurk. Ik opereer geheel binnen de wet. De wet die jij hebt

gemaakt. Dat moet je toch tevreden stemmen.'
'Jij bezorgt ons werk,' zegt ze. 'Om mensen zoals jij zitten wij tot diep in de nacht mazen in de wet te dichten. Tevergeefs, schijnt het.'
'Je blijft er mooi bij,' zegt hij. De spotlach is bijna verdwenen. Hij kijkt haar aan over de rand van zijn glas. De nabije toekomst is nu heel onzeker geworden. Straks, als hij haar thuis brengt, zal hij mee naar binnen willen. En wat dan?

Wijnand vindt de oudejaarsavond de meest geschikte avond om er eens vroeg in te kruipen. Hij wenst noch de preken van de christelijke, noch die van de socialistische omroep te horen, hij wenst zich niet te laten amuseren door de kleurloze omroep, hij wenst het stupide geknal van vuurwerk en gebeier van klokken niet te horen, hij zou hooguit door willen zakken met een paar borrelvriendjes in De Olifant, maar die zitten vandaag veilig opgeborgen bij de appelflappen en de familie. Daarom slaapt Wijnand, op z'n zij, om Maria niet te storen met gesnurk.
Bart Schoonderwoerd viert de oudejaarsavond op een groot feest in Den Haag bij jonge mensen. Ze hebben hem gevraagd omdat hij al een paar jaar op dit soort feesten is geweest en omdat hij een vrolijke figuur is. Maar toch ... Ze lieten een opening bij de uitnodiging. Als hij had gezegd dat hij verhinderd was, ze zouden niet aangedrongen hebben. Het heeft hem verwonderd, maar nu het feest om hem heen golft weet hij waarom het is: hij wordt te oud. Een beginnend buikje puilt boven zijn broekriem, zijn handen zijn te ervaren en zijn praatjes ook. Hij spreekt niet meer de taal van de teeners, hij raakt de meisjes aan op verkeerde momenten, of met verkeerde streling. Zouteloze troep, denkt hij, maar in zijn hart weet hij beter. Hij krijgt ruzie met zijn gastheer, iets dat hem nooit is overkomen, en nog voor twaalven gaat hij weg. Thuis gaat hij, bijwijzend met een boos vingertje in zijn opschrijfboekje, alleen-wonende vriendinnen zitten bellen. Hij treft er voorlopig niet één thuis, ze zijn blijkbaar allemaal ergens onderdak. Later dreint hem al bij het derde cijfer dat hij draait de bezettoon in de oren. Hij kijkt op zijn horloge. Middernacht is gepasseerd, het telefoonnet is overbezet met de goede wensen die de mensen één nacht in het jaar verbaal voor elkaar over hebben.

Arend en Samantha houden er een degelijke oudejaarsavond op na, zo eentje waar je wat van mee kunt nemen. Ze hebben de overbuurman en zijn vrouw gevraagd, die allebei professor zijn in iets geleerds, een bewering die vroeger een pleonasme was maar tegenwoordig verdedigbaar is. De kinderen zijn thuis en ook zijn er een paar familieleden komen opdagen.

Samantha leest iets moois voor en Vivaldi wordt verdienstelijk ten gehore gebracht op een viola da gamba en een Franse piano, die een beetje klinkt als een clavecimbel.

Verder wordt er gediscussieerd, over wetenschap en samenleving (met de professoren) en over euthanasie (met de kinderen). Een mooie avond, met volop te eten (müsli en verstandige salades en mandarijntjes uit een reformwinkel) en te drinken, waarvan gebruik wordt gemaakt met ruime maat maar toch met mate.

Hubèrt beleeft ook een culturele avond, maar naar eigen keus alleen. Hij heeft minstens tien uitnodigingen afgeslagen, voor hem is de laatste avond van het jaar er voor eenzame meditatie.

Om zich wat op te laten warmen gaat hij eerst naar een protestante kerkdienst. De reformatorische belijders, vooral de calvinisten, zijn er goed in om je in een zwaarmoedige, ingekeerde stemming te brengen. Hij wordt niet teleurgesteld. De dominee heeft een tekst gekozen uit Genesis, en wel uit de geschiedenis van Kaïn die zijn broer Abel doodslaat. Als deze eerste moord een feit is, zegt God tegen Kaïn: 'Wat hebt gij gedaan?' Dat nu is een toepasselijke tekst voor oudejaarsavond. De dominee maakt er royaal gebruik van. Om de vijf minuten dreunt hij de gemeente in het algemeen en Hubèrt in het bijzonder toe: *Wat hebt gij gedaan?* Wat heb je gedaan, in het voorbije jaar, en in het jaar daarvoor, wat heb je gedaan met je leven?

Hubèrts gedachten vermenigvuldigen zich. Hij gaat terug naar zijn huisje in het bos, hij omringt zich met de boeken waarvan hij houdt, hij herleest zijn geliefde Prediker en ook het Hooglied. Op de klok let hij niet meer. De toekomst interesseert hem toch al zelden, nu valt ook het tegenwoordige weg.

Hij brengt de nacht door in het verleden.

In Chamonix, in een rijk verlicht restaurant vol kerstbomen en guirlandes, knallen de champagneflessen. In drie verschillend aangeklede zalen houden bands de gasten in beweging. Temidden van deze honderden danst José, die met student Wouter voor een skivakantie naar het Mont Blanc-gebied is getrokken. Ze draagt een gladde

131

zwarte rok, die nog juist haar enkels vrijlaat. Hij sluit strak om haar meer dan prachtige vormen, de stof voegt zich soepel naar iedere beweging van haar benen. Verder draagt ze een wit angora truitje, dat met haar ademhaling op en neer golft als de zee, een beweging die de blik van velen vasthoudt. Ze is sober opgemaakt. Haar huid is nog gaaf en rimpelloos, het donkere haar glanst van jeugd.

José beleeft de één, hoogstens twee jaar in het leven van een mooie vrouw dat ze zowel pril is als rijp, dat ze wordt begeerd door de mannen die houden van jeugdige ongereptheid en door mannen wier begeerte uitgaat naar de liefkozingen van een ervaren minnares.

Haar eeuwige student moet ook ergens in het gebouw zijn, ze is hem uit het gezicht verloren. Ze walst in de schittering van kandelaars, maar vooral van honderd begerige mannenogen, lichtvoetig wipt ze over de dolken die haar uit honderd jaloerse vrouwenogen worden toegeworpen. De koningin van het feest is zij op deze oudejaarsavond, zowel in de ogen van de dichters als van de versierders onbetwist de mooiste, de vrouw die iedereen in zijn armen zou willen sluiten, om te beschermen, om te vertroetelen, om te bezitten, om te nemen, ieder naar zijn aard.

Herman moet ook ergens zijn, deze oudejaarsavond. Het interesseert niemand waar dat is en wat hij doet.

18

In de tuinen van de welgestelden worden in januari de vogels gevoerd met korstjes kaas, pinda's en broodkruimels, want voor het eerst sinds jaren ligt er een pak sneeuw. Van democratie onder deze gevederde schepselen is geen sprake. De Vlaamse gaaien en de houtduiven reserveren met lichamelijke overmacht voor zichzelf de beste stukken. Daarna komen de merels en spreeuwen aan de beurt, terwijl de vinken en roodborstjes het moeten doen met de kruimpjes waarvoor de snavels van hun grotere concurrenten te dik waren. De leden van het parlement hebben nog een paar weken de tijd voor zij in Den Haag hun democratische plichten weer moeten vervullen, maar volgens afspraak komt de PSL-fractie op 5 januari bijeen in café Bossewinkel om het melkboerenproject voort te zetten en in de komende weken hopelijk af te ronden.

Die eerste ochtend is er een vrolijk weerzien. Pas als de grappen en in de vakantie opgedane ervaringen zijn uitgewisseld, komen ze op het project.

'We hebben het stuk van Herman met de samenvatting van de vorige periode,' zegt Arend. 'Voorlopige conclusie: de mensen vereenzamen in een steeds volmaaktere technocratie en bureaucratie. Alleen degenen die aanleg hebben om een tandwieltje te zijn in een perfecte machine, zijn gelukkig.'

De anderen knikken.

'Ik stel voor,' gaat Arend verder, 'dat we van nu af werken vanuit deze hypothese. Met andere woorden, bij ons verdere onderzoek gaan we na of het verdwijnen van de kleine middenstander inderdaad een facet is van een vereenzamingsproces dat de mensen eigenlijk niet willen, maar dat zich autonoom lijkt te voltrekken.'

'En wat we er aan kunnen doen,' zegt José.

'Ja, precies. Ik heb er tijdens het kerstreces een beetje over nagedacht. De moderne industriestaat isoleert blijkbaar de burgers die samen zo'n staat vormen. De technocratie verstoort contacten. De bureaucratie vermoordt initiatieven. Het verdwijnen van de kleine middenstander is meer symptoom dan oorzaak van de vereenzaming. Met andere woorden, het zou niet echt een oplossing zijn als

133

we de middenstander hielpen om het hoofd boven water te houden, met subsidies of zo. Er moet meer gebeuren. Er moet iets wezenlijks gebeuren. Ik denk dat het beleid moet veranderen op vele fronten, misschien op alle fronten: onderwijs, industriepolitiek, recreatie, natuurbeheer, emancipatie, nou ja, ga maar door. We moeten ons tot taak stellen, lijkt mij, om in de komende tijd dat andersgerichte beleid te formuleren.'
De fractieleden zijn het met hun voorzitter eens. Ze spreken af om een week later om zes uur 's avonds opnieuw bij elkaar te komen, samen iets te eten en daarna serieus te vergaderen. Intussen kan ieder fractielid afzonderlijk zijn eigen onderdeel afmaken en daar iets over op papier zetten, maar dan nu getoetst aan hun gemeenschappelijke conclusie.
Opgewekt gaan ze uiteen. Het was goed elkaar weer te zien, zoals in de eerste paar jaar, toen gezamenlijk idealisme een vruchtbare voedingsbodem bleek voor vriendschap.

Johan heeft een redelijk compleet beeld gekregen van de relatie tussen de middenstanders en de fabrieken waarvan ze regelmatig hun goederen betrekken. Hij besluit dat hij iets meer te weten wil komen over onregelmatige leveranciers, zoals Loomeyer, de man die hij bij zijn vader heeft ontmoet.
Hij belt er zijn vader over op.
'Ik had het niet zo op ze,' zegt Douwens. Sinds 1 januari spreekt hij over het melkboerenbedrijf consequent in de verleden tijd. 'Ze hadden wel eens een interessante aanbieding, maar je stelt je vaste leveranciers teleur, waar. En je wist ook nooit zeker of ze je goed spul leverden.'
'Heb je wel eens rommel van ze gekregen?'
'Dat zou ik niet direct durven zeggen.' Douwens is altijd erg voorzichtig tegen Johan. Hij is bang dat die achter mekaar vragen gaat stellen aan de minister, en dat blijft hij griezelig vinden.
'Die Loomeyer... heet hij zo?'
'Jawel. Loomeyer.'
'Wat had die aan te bieden?'
'Een partij kaas. Komijnekaas. De prijs was goed, dat moet ik zeggen. Iets meer dan de helft van wat je gewoonlijk betaalt.'
Johan heeft het gevoel dat er iemand op zijn eksteroog staat terwijl hij geen eksterogen heeft. Komijnekaas, die moet hij pas nog zijn

tegengekomen. En thuis eten ze het nooit.
'Zou je het genomen hebben als je er niet net uitgestapt was?'
vraagt hij.
'Voor deze keer misschien wel. Hij ging het aan een heleboel kleine
winkels verkopen, zei hij. Dan kon de kleine middenstander ook
eens stunten. De groten doen dat zo vaak.'
'Daar zit wat in,' zegt Johan. 'Waar woont die Loomeyer? Ik wil hem
wel een paar dingen vragen.'
Zijn vader noemt hem het adres. Johan belooft dat hij binnenkort
weer eens langs komt en legt de hoorn op de haak. Hij concentreert
zich op de komijnekaas en al gauw herinnert hij zich het verhaal van
de directeur van de kaasfabriek over de afgekeurde partij. Natuurlijk
hebben de twee gevallen niks met elkaar te maken. Er is meer
komijnekaas in de wereld. Trouwens, die partij waar dat giftige spul
in terecht was gekomen was immers al afgekeurd.
Hij kan er Loomeyer moeilijk naar vragen. Te beledigend. Vragen
hoe je in het algemeen aan partijen levensmiddelen komt tegen lage
prijzen? Misschien wil hij daar iets over los laten in het kader van
Johans onderzoek. Of iets vragen in de geest van: 'die partijen moeten natuurlijk ook de keuringsdienst passeren; hoe werkt dat eigenlijk?' Dat is een neutrale vraag, dat moet kunnen.
Langzaam, om het goede huisnummer te zoeken, rijdt hij door de
straat waar Loomeyer woont. Op zesendertig moet hij zijn. Honderd-
achttien..., vierentachtig..., tweeënvijftig. Even verder staat een
stationcar geparkeerd, daar moet het ongeveer zijn. Hij stopt achter
die auto. Er staan letters op. *Destructiebedrijf L. Jansen B.V.* Johan
stapt niet uit. Er rijdt een bakkerskar door de straat; hij wist niet dat
die nog bestonden. Hij hoort het geschreeuw van kinderen die met
een bal spelen. Gek dat je zoiets waarneemt terwijl je hersens onder
hoogspanning werken. L. Jansen B.V., destructiebedrijf. Hij start
zijn auto en rijdt naar een telefooncel. Even later heeft hij de directeur van de kaasfabriek aan de lijn.
Het blijkt te kloppen. Aan L. Jansen B.V. is de opdracht gegeven
de komijnekaas te vernietigen. Johan weet nu voor vijfennegentig
procent zeker dat hier een vies zaakje aan de gang is. Hij spreekt
dit niet uit tegenover de directeur. Hij gaat naar huis, zondert zich
af in zijn werkkamer en denkt na.
L. Jansen en Loomeyer moeten het op een akkoordje hebben ge-
gooid. Is niet ook bij hem zelf de gedachte opgekomen hoe zonde

het was om zo'n grote partij kostelijk voedsel domweg te vernietigen? Hij moet de politie waarschuwen, natuurlijk. Maar eerst wil hij precies weten waar het om gaat. Hij belt een bevriende medicus op en informeert naar de schade die een korrel van het betreffende vergif aanricht. Hij schrikt van het antwoord. Hij vraagt zijn vader naar de waarschijnlijke verspreiding van de kaas, en naar de koopgewoonten van de mensen. Daarna moet hij besluiten hoe hij dit wereldkundig maakt. Hij is tenslotte politicus, hij moet voorzichtig zijn. Hij moet eerst zeker zijn van zijn zaak. Stel je voor dat hij zich vergist. Hij ziet de bijtende krantekoppen al: 'Kamerlid speelt rechercheur; slechte beurt van PSL'. Of: 'Handelaar benadeeld, PSL biedt verontschuldigingen aan'. Hij zou niet alleen persoonlijk door de hoofdartikelenschrijvers en de weekbladen de grond ingeboord worden, ze zouden hun hele project belachelijk maken. Dat mag niet gebeuren.

Johan besluit Loomeyer zelf op te zoeken om zekerheid te krijgen. Het is vandaag de twaalfde, vanavond komt de fractie bijeen in café Bossewinkel. Als zijn vermoeden wordt bevestigd kan hij eerst nog het fiat van de fractie vragen en het dan toch vandaag nog doorgeven aan de bevoegde autoriteiten.

Loomeyer is thuis en ontvangt hem in een kantoortje van een paar vierkante meter. Er staat een bureautje met niks er op. Twee stoelen, één achter en één voor het bureau. Een reproduktie van een Van Gogh aan de muur. Dat is alles.

'Wilt u koffie?'

'Nee, dank u.'

'Waarmee kan ik u van dienst zijn?'

'We hebben elkaar onlangs ontmoet, bij mijn vader,' zegt Johan.

'Ja zeker. U was daar met uw beide kinderen. Op oudejaarsdag.'

'Inderdaad. Ik hoorde terloops dat u een partij komijnekaas aan te bieden hebt.'

Loomeyer begint langzame kauwbewegingen te maken en hij kijkt Johan somber aan. Hij zegt niets.

'Het gaat om vijfhonderd ton kaas,' zegt Johan.

'Zo? Hoe weet u dat?'

'Het gaat om een partij kaas waar gifstoffen in terecht zijn gekomen. Het is afgekeurde kaas, die u hebt gekregen via het destructiebedrijf L. Jansen B.V.'

'U durft heel wat te zeggen.'

'Ontkent u het dan?'

'We hebben die kaas laten herkeuren,' zegt Loomeyer. 'Er is niets onregelmatigs in aangetroffen.'

'Mag ik het keuringsrapport even inzien?'

'Waar bemoei jij je eigenlijk mee, jongeman.' zegt Loomeyer. De brede mond beweegt nu heftig, alsof hij zelf al die kaas zit op te eten. 'Ik moet dit aangeven, dat begrijpt u toch wel,' zegt Johan. Hij voelt zich onzeker, hij mist de brutaliteit van Loomeyer. Dit is zijn werk niet, hij wilde al dat hij er niet bij betrokken was. Loomeyer kijkt hem een poosje zwaar aan, zwijgend. Het lijkt alsof *hij* de beschuldigingen uit in plaats van Johan. Al kauwend begint hij langzaam te knikken. 'Je doet niet meer dan je plicht, ik begrijp het,' zegt hij. 'Ik zal dat keuringsrapport halen. Als je morgenochtend om zeg elf uur nog even langs komt, kun je het zien.'

'Wanneer komt die kaas in de winkels?'

'Over twee weken. Op z'n vroegst volgende week.'

'Goed, dan kom ik morgenochtend om elf uur.'

'U bent een man met verantwoordelijkheidsgevoel,' zegt Loomeyer, nu weer hartelijk. 'Zo hoort het ook voor een lid van het parlement.' Hij schudt Johan uitvoerig de hand. 'Tot morgen, meneer Douwens.'

Johan heeft die middag in Den Bosch een afspraak met de voorzitter van een bond van middenstanders. Hij is er niet erg bij met zijn aandacht. Die Loomeyer bevalt hem hoe langer hoe minder. Herkeuring van die kaas, het komt hem hoe langer hoe onwaarschijnlijker voor. Als het gesprek is afgelopen zoekt hij een telefoon en belt de kaasfabriek op. De directeur blijkt onbereikbaar te zijn. Is er dan iemand anders die hem kan inlichten?

'Nee meneer, iedereen is al naar huis.'

Verdomme. Dat zaakje stinkt, hij weet het hoe langer hoe zekerder. Wat moet hij doen? Het is kwart voor zes. Als hij nu naar Utrecht rijdt kan hij raad vragen aan zijn fractiegenoten. Hij is zelfs al te laat. Ze zouden om zes uur bij Bossewinkel zijn.

Inderdaad vult zich op dat moment al het bovenzaaltje in het bekende café. De fractieleden gaan opgewekt aan de borrel, terwijl Wijnand het verhaal van Blom vertelt. Herman vraagt details, maar Wijnand weigert de naam van de delicatessenwinkelier te noemen, hij wil absoluut niet dat er iets van in de publiciteit komt. Ook over die tweeduizend gulden zwijgt hij. Maar het geval is belangwekkend.

'Waar is Johan?' vraagt Lotte. 'Het is al half zeven.'
'Ik meen dat hij een afspraak had in Den Bosch,' zegt Arend. 'Hij zal zo wel komen. Hoe eten we?'
'Bossewinkel brengt soep en biefstukjes met brood boven,' meldt Herman.

Eerst brengt hij nog drank, want bij politiek hoort alcohol, zoals alcohol tegenwoordig bij zoveel beroepen hoort.

'Je ziet er goed uit, Lotte,' zegt Hubèrt. 'Het kerstreces heeft je goed gedaan. Je bent jonger geworden, zou ik zeggen.'

Ze krijgt een kleurtje. 'Dank je, Hubèrt.'

Het kleurtje ontgaat Hubèrt niet. Hij kijkt haar nog aandachtiger aan. Een opmerking ligt op zijn lippen, maar hij spreekt hem bij nader inzien niet uit.

De telefoon gaat. Het is Tineke, die Johan wil spreken. Herman zegt dat hij ieder ogenblik kan komen. Of hij terug wil bellen. Herman zal het doorgeven.

Om kwart voor zeven arriveert Johan, juist als de soep wordt binnengebracht.

'Ik heb iets met jullie te bespreken,' zegt hij.

Terwijl ze licht slurpend hun soep eten, vertelt hij over de besmette komijnekaas. Het slurpen irriteert hem, misschien is het ook de manier waarop hij de zaak tot nu toe heeft behandeld, die hij zelf onbevredigend vindt. Daardoor klinkt zijn stem harder, agressiever dan gewoonlijk. De anderen nemen het verbaasd waar, ze zijn in een uitstekende stemming. Herman vergeet te zeggen dat Johan zijn vrouw moet opbellen. Het slurpen gaat door.

Als Johan is uitverteld legt Arend zijn lepel neer en zegt sarcastisch: 'Die meneer Loomeyer heeft jou handig een oor aangenaaid.'

'O ja?'

'Ja. Wie garandeert jou dat die kaas niet al lang verspreid is. Of geloof je de brave borst op z'n woord?'

'Hij zei het heel overtuigend.'

'Als je liegt moet je het goed doen.'

'Als die kaas inderdaad al in de winkels verkocht is,' zegt Johan, en de agressie is uit zijn stem verdwenen, 'en hij *is* giftig, dan zou dat een ramp zijn.'

'Daar kun je gauw achter komen.'

'Hoe dan?'

'Jouw vader heeft toch zelf een kaaswinkel?'

'Hij is er vorige week mee opgehouden.'
'O ja. Maar je kent toch wel een collega van je vader? Bel die gewoon even op.'
Johan vist een kwartje uit zijn broekzak en gaat naar de telefoon, die naast de deur hangt. Hij zoekt een nummer op en draait het. Zijn vrienden luisteren mee als hij het gesprek voert. Hij ziet bleek als hij weer bij hen komt zitten.
'Jullie hebben het zeker wel begrepen? Vanmorgen is de kaas bij de winkels afgeleverd, vanmiddag is hij voor het eerst verkocht.'
'Misschien sprak Loomeyer de waarheid,' zegt José. 'Misschien is die partij kaas toch nog goedgekeurd.'
'Ik ben bang van niet,' zegt Johan schor. 'Als dat zo was, dan had hij me niet voorgelogen. Dan had hij niet gezegd dat de kaas op z'n vroegst volgende week in de winkels zou liggen. En als het echt om vergiftige kaas gaat...' – zijn stem stokt even – '...dan kan dat mensenlevens kosten.'
'Dat loopt zo'n vaart niet,' meent Arend. 'Niet meteen zoveel leeuwen en beren zien. Ten eerste gaat het toch alleen om de *korst,* of heb ik dat niet goed begrepen? Ten tweede is het misschien allemaal sterk overdreven. We gaan een telefonische speurtocht houden naar de directeur van die kaasfabriek. Hij moet ons vertellen of het echt vergiftige kaas is of niet. Is die kaas inderdaad vergiftig dan laten we morgenochtend, desnoods vanavond al, via de radio, èn via luidsprekerwagens hier in Utrecht omroepen dat de mensen geen komijnekaas moeten eten. 's Avonds eten veel mensen warm. Het gevaarlijke moment is morgenochtend, bij het ontbijt.'
'Ja,' knikt Johan, 'dat is het beste.'
Arend is een snelle denker, merkt hij weer eens. Een echte leider, als het er op aan komt.
De leider heeft het telefoonboek al op z'n knieën.
'In welke plaats staat die kaasfabriek?'
Voor Johan kan antwoorden rinkelt de telefoon. Herman neemt aan.
'Voor jou, Johan. En o ja, of je zo je vrouw even wilt bellen.'
'Met Douwens,' zegt Johan.
'Je zult mijn stem wel herkennen,' hoort Johan door de hoorn Loomeyer zeggen. 'Luister even heel nauwkeurig naar me, vriend. Je hebt tijd gehad om na te denken en dus zul je nu niet meer geloven dat die kaas echt herkeurd is. Of je bent nog stommer dan ik voor mogelijk houd. Ik heb verscheidene rooie ruggen in die kaas gesto-

139

ken. Vanmiddag ben ik naar je huis in Driebergen gegaan.'
'Hoe wist u dat ik in Driebergen woon?' zegt Johan schaapachtig.
'Dus toch nog stommer dan ik dacht,' zegt Loomeyer. 'Eén telefoontje naar jullie fractiesecretariaat en ik wist het. Ze waren zelfs zo vriendelijk te vertellen dat je vanavond bij Bossewinkel zou zitten. Ik zei dus dat ik vanmiddag naar je huis ben gegaan. Tegen het eind van de middag, om precies te zijn. Om je de waarheid te zeggen, ik wilde je een percentage van m'n winst aanbieden.'
'Schoft dat je bent.'
'Ik was al bang dat je zoiets zou zeggen. Typisch de reactie van een uilskuiken. Toen ik naar Driebergen reed heb ik bedacht dat de Tweede Kamer vol uilskuikens zit en dat je er misschien niet voor zou voelen. Alleen omdat dan bij enkele mensen een paar haren zullen uitvallen. Dat heb ik dus goed geraden.'
'Ja, smeerlap, dat heb je zeker goed geraden.'
'Juist. Ik heb toch maar aangebeld. Dat kleine meisje van je deed open. Ze zei dat jij niet thuis was, en haar moeder was even met haar broertje een boodschap doen. Ik heb toen gezegd dat het niet hinderde, ik kwam haar alleen even halen om haar naar jou toe te brengen.'
Johan steunt zijn voorhoofd tegen de muur. De anderen volgen ademloos de enkele zinnen die hij uitspreekt. Ze zien aan hem dat het gesprek een dramatische wending neemt.
'Ben je er nog?' vraagt Loomeyer.
'Ja. Wat wilt u?'
'Het meisje ging meteen met me mee. Ze herkende me nog van oudejaarsdag, bij haar grootouders.'
'Waar is ze nu?'
... 'Ze zit in de kelder van een huis dat je nooit zult vinden. Het is er een beetje vochtig, maar ze heeft een deken. Ze vindt het ook niet zo leuk, ze vroeg naar je. Of zullen we zeggen: ze riep om je?'
'Schoft. Schoft die je bent.'
'Luister, Douwens.' Loomeyers stem is nu hard en zakelijk. 'Morgenochtend moet ik een paar zaakjes met de bank afwikkelen. Niet alleen met de bank trouwens. De grond wordt me te heet onder de voeten, en dan heb ik het over transacties die heel wat groter zijn dan die paar stomme kazen waar jij je zo druk over maakt. Als ik klaar ben vertrek ik definitief, maar eerst zal ik je op dit nummer bellen en je zeggen waar je kind zit. Komt er voor morgenochtend twaalf uur *iets* over die kaas in de publiciteit, of merk ik dat de politie

me zoekt, dan verdwijn ik ook, maar zeer overhaast. Ik zal dan geen tijd hebben je te bellen. Maar ik zweer je, Douwens, dat ik wel tijd zal hebben voor iets anders, namelijk in die kelder de gaskraan open zetten. En maak je geen illusies dat je het kind op tijd zult vinden. Ik hoop dat ik duidelijk ben, want ik leg over enkele ogenblikken de hoorn op de haak en je zult me dan niet meer kunnen bereiken. Bèn ik duidelijk?'

'Nee, wacht,' roept Johan gehaast. 'Leg nog niet neer.'

'Geen woord tegen wie dan ook vóór morgenmiddag twaalf uur. Lekt er toch iets uit, of merk ik dat de politie achter me aan zit, dan verdwijn ik zonder achterlating van enig adres, noch dat van mij, noch dat van je dochtertje. Gegroet.'

Een ogenblik staart Johan naar de hoorn, waaruit een hinderlijk *tuut tuut tuut* klinkt. Dan legt hij neer en wendt zich tot de anderen.

'Hij is bij me thuis geweest. Hij heeft Judith meegenomen.'

'Wie, Loomeyer?'

'Ja. Morgenochtend kan hij zijn cheque verzilveren en er mee de grens over gaan. Als ik voor die tijd iets tegen de politie zeg vermoordt hij haar.'

Ze kijken hem blanco aan. Niemand zegt iets, tot tenslotte Herman de stilte verbreekt.

'Tineke heeft gebeld,' zegt hij.

Johan loopt terug naar de telefoon en draait het nummer van zijn huis.

'Judith is zoek,' zegt hij, onmiddellijk nadat Tineke de hoorn heeft opgenomen.

'O.' Het klinkt opgelucht. 'Heb jij haar meegenomen? Dan had je een briefje neer moeten leggen. Ik was dodelijk ongerust.'

Hij legt kort uit wat er is gebeurd. Hij eindigt met de vraag of zij de politie al heeft gewaarschuwd.

'Nee. Ik heb wel hier en daar bij buren en kennissen gevraagd natuurlijk.'

'Zeg dan nu maar dat Judith bij mij is. Ik kom zo gauw mogelijk naar huis. Tot zo.'

Hij gaat terug naar de tafel, waar de anderen nog steeds zwijgend bijeen zitten.

'Kan ik er op rekenen dat jullie tegen iedereen je mond houden?' vraagt hij.

'Johan,' zegt Lotte, 'hoe giftig is die kaas?'

Hij was de kaas al haast vergeten. Zijn gedachten zijn bij zijn dochter. Hij stelt zich een kille, donkere kelder voor, met vochtige plavuizen en een berg uitgelopen aardappels in een hoek.
'Hè?'
'Je vergeet iets, Johan. Hoe giftig is die kaas?'
'Het hangt er van af of je een tarwekorreltje met het verdelgingsmiddel treft. Ze zitten in de korst en ze zijn nauwelijks te onderscheiden van de komijnen.' Hij zegt het vlak en plichtmatig, alsof hij een saai, honderd maal herhaald college afdraait. 'Het gif wordt opgeslagen in het lichaamsvet. Een volwassene zal één korreltje wel overleven, een kind kan er op den duur dood aan gaan.'
'Morgenochtend, bij het ontbijt, zullen kinderen van die kaas eten. Sommigen zullen op een korstje knabbelen. Enkelen zullen een vergiftige korrel binnen krijgen.'
Johan staart Lotte aan.
'Wat bedoel je?'
'Ik bedoel,' zegt ze, 'hoe afschuwelijk ik het ook vind, dat we vóór morgenochtend vroeg de mensen moeten waarschuwen.'

142

19

Langzaam dringt het dilemma tot hen door. Ze zwijgen. Vanuit het café klinkt het scherpe geluid van de klok, die acht uur slaat. Johan heeft Lotte de rug toegedraaid. Hij staat voor het raam en kijkt met lege ogen naar het verkeer. Arend schraapt zijn keel, aarzelt voor hij iets gaat zeggen. Het moet er toch van komen.

'Lotte heeft een opmerking gemaakt die we nader moeten overwegen.'

Johan keert zich om.

Terwijl hij in de donkerte kijkt waarin de lampen van auto's gaten priemen, is de drift in hem opgestegen. Zijn keel klopt, diep onder de schedel is zijn hoofd warm, de hoge temperatuur waarbij reacties zo snel verlopen dat men ze explosies noemt.

De woede om zijn klungelige aanpak van de zaak jaagt zijn haat aan, wilde haat tegen dat zware, solide mens met haar eeuwige redelijke opmerkingen.

Zonder te weten wat hij doet graaien zijn handen naar een wapen. Ze vinden een stoel. Hubèrt heeft direct de symptomen herkend, hij zal de melkfles die een deuk in de deur sloeg niet gauw vergeten.

Nog voor Johan de stoel boven zijn hoofd heeft kunnen zwaaien is Hubèrt bij hem. Met één hand houdt hij de stoel tegen, zijn andere hand legt hij op Johans linker arm. Hij zegt dezelfde woorden als indertijd in Driebergen:

'Vriend, gun u een weinig tijd.'

Johans rechterarm heeft de stoel al losgelaten, om deze inmenging van zich af te slaan, maar als hij Hubèrts bewogen gezicht ziet, het doelwit van zijn vuistslag, laat hij zijn arm zakken.

De anderen hebben nauwelijks door wat er gebeurt.

'Kom even mee,' zegt Hubèrt. 'Ik moet je iets zeggen.'

Hij voert Johan aan de arm mee, het zaaltje uit, naar WC Heren, waar een wastafel en een spiegel is.

'Mijn vriend, kijk even naar jezelf. Is uw toorn billijk ontstoken?'

Johan drinkt een slok water en maakt zijn gezicht nat met zijn beide tot een kom gevoegde handen.

'Wij hebben allen onze eigen verantwoordelijkheid. Je moet dat inzien en aanvaarden, Johan. Pas dan kunnen we proberen er uit te komen.'
'Je hebt gelijk. Dank je, Hubèrt.'
Ze gaan terug naar het zaaltje. Het gesprek dat daar op gang was gekomen, valt stil.
Arend neemt het woord.
'De situatie is deze. In een deel van Utrecht is vanmiddag komijnekaas verkocht met een korst waarin korrels voorkomen die een giftige stof bevatten. Als wij dit bekend maken is Johans dochtertje eh . . . loopt zij groot gevaar. Wij moeten er onmiddellijk achter zien te komen of het eten van die kaas inderdaad dodelijk is.'
'Nee,' zegt Lotte, 'je stelt het probleem niet goed. Ik weet dat ik Johan op zijn ziel trap, maar ik móet dit zeggen. Er is een gevaar voor de volksgezondheid. Wij zijn volksvertegenwoordigers. Ons eigenbelang mag ons nooit verhinderen de bevolking te waarschuwen. Ongeacht of die kaas een uurtje misselijkheid of de dood ten gevolge heeft.'
'Je bent hartstikke gek,' zegt José hartgrondig. Wou jij zeggen dat het leven van Judith geen uurtje misselijkheid waard is?'
Lotte antwoordt niet en Hubèrt kijkt uit zijn oogleden naar Johan. Die kijkt vlak. Hij zegt:
'Die kwestie is academisch. Ik heb vanmorgen inlichtingen ingewonnen en berekeningen gemaakt. Ik heb een arts gevraagd naar de werking van dat gif. Het is bekend hoeveel korrels er in die kazen terecht zijn gekomen.' Zijn drift is weg. Hij meldt het koel en zakelijk.
'Volgens mijn informatie zouden – aangenomen dat de helft van de mensen ook korsten afschraapt en opeet – een stuk of dertig kinderen er aan dood kunnen gaan. Ik bedoel inderdaad dertig *kinderen*. Omdat zij kleiner zijn is de uitwerking van het gif groter. Laten we aannemen dat morgenochtend tien procent van die kaas wordt gegeten. Dan zou het gaan om drie kinderen.'
'Godallemachtig,' zegt Wijnand.
'Ik moet naar huis,' zegt Johan. 'Ik moet met Tineke praten.'
Maar hij staat niet op. Weer valt er een stilte, die niemand wil onderbreken. En weer is het Arend die zich verplicht voelt een poging te doen om verder te komen.
'We moeten tot een besluit komen,' zegt hij. 'Dat hoeft niet overhaast. Voor morgenochtend, zeg zes uur, is er geen direct gevaar.

144

We kennen allemaal de feiten. Ieder van ons kan het tot zijn persoonlijke verantwoordelijkheid rekenen om de autoriteiten op de hoogte te brengen. Daar hangt een telefoon. Wie dat wil kan er heen lopen en het ANP bellen. De kans is groot dat Judith dan verloren is. Doet niemand van ons dat vóór morgenochtend, dan is de kans groot dat in de loop van deze maand drie anonieme kinderen sterven. Misschien zal het niet eens mogelijk zijn de doodsoorzaak terug te voeren naar een stuk kaas dat al lang verdwenen is. Waarschijnlijk zullen we nooit weten wie die kinderen zijn en of ze inderdaad gestorven zijn.

Ieder van ons staat voor deze beslissing, maar ik stel voor dat we er een gezamenlijke beslissing van maken, een beslissing van de fractie die we nemen met meerderheid van stemmen.'

Hij kijkt de kring rond. Zijn blik blijft rusten op Lotte.

Ze knikt langzaam.

'Daar kan ik wel mee akkoord gaan,' zegt ze. 'Ik heb zojuist gezegd dat we volksvertegenwoordigers zijn. Dat legt een bijzondere verplichting op ons. We zijn gewend om ons oordeel gezamenlijk te vormen. Laten we dat dan ook in dit geval maar doen.'

'Ik ben er ook voor,' zegt Bart.

'Het voorkomt overijld optreden,' meent Wijnand.

Alle anderen knikken, alleen Johan geeft geen enkel teken van goed- of afkeuring.

'Wat vind jij, Johan?'

Hij haalt zijn schouders op.

'Natuurlijk ben ik vóór. Als je voorstel niet wordt aangenomen kan Lotte meteen naar de telefoon lopen en het doodvonnis over Judith uitspreken.'

Hij haalt hard zijn neus op en wendt zich af. Lotte lijkt iets te willen zeggen, bedenkt zich dan.

'Dat is dan afgesproken,' zegt Arend. 'We maken er een fractiebesluit van. Wij verbinden ons dat we niet op eigen initiatief zullen handelen.'

'Ik moet naar huis,' zegt Johan. 'Ik kom voor twaalven terug. Beloof dat jullie voor die tijd niet beslissen. Ik wil mee stemmen.'

'Vanzelf. We wachten op je.'

Bart zegt: 'Vraag beneden even of Bossewinkel langs komt.'

'En rijd voorzichtig,' roept José hem na.

Verscheidenen van hen zijn opgestaan en drentelen met de handen in de zakken rond. Het zaaltje lijkt veel kleiner dan vroeger. Bossewinkel jr komt bestellingen opnemen. Lotte, José, Hubèrt en Arend nemen koffie, ze willen nu geen alcohol meer. De beslissing die ze moeten nemen ligt als een berg voor hen, hun loodzware benen protesteren tegen de klim. 'Kom jongens,' zegt Arend met zachte stem. 'Laten we gaan zitten.' Ze doen wat hij vraagt, aarzelend, omstandig, met veel geschuif van stoelen, en tas opzoeken, en daarin rommelen zonder de bedoeling iets te vinden. Trouwens, wat is er te vinden? Voor dit probleem is geen documentatie voorhanden.

'Er moet een uitweg zijn,' zegt Bart.

De anderen gaan daar gretig op in. Kan Judith niet gevonden worden als er een intensieve speuractie op touw wordt gezet? Waarschijnlijk is ze in de provincie Utrecht, want Loomeyer heeft haar om ongeveer halfzes meegenomen en om zeven uur, op z'n laatst kwart over zeven belde hij al.

'Je kunt een eind rijden in anderhalf uur,' zegt Herman.

Kunnen de kinderen die de gevaarlijke kaas hebben gegeten niet behandeld worden en genezen? Jammer dat geen van hen medicus is. Kan men morgen in de loop van de dag braakmiddelen geven aan degenen die kaas hebben gegeten?

'Dat lijkt me een erg onzekere onderneming,' zegt Hubèrt. 'Denk je werkelijk dat je een halve stad er toe kunt bewegen braakmiddelen te gaan innemen?'

Is het mogelijk dat Loomeyer bluft? Hij zal ongetwijfeld een schurk zijn, maar zou hij werkelijk een klein kind in een kelder ombrengen uit wraakzucht? Als de zaak eenmaal bekend is heeft het vermoorden van Judith immers geen zin meer.

'Daar kun je toch niet op vertrouwen,' zegt José.

'Vrienden,' zegt Arend, 'we zijn iets aan het doen dat voor de hand liggend, maar niet erg vruchtbaar is. We proberen aan de beslissing te ontkomen. En het lijkt mij dat er niet aan te ontkomen is. Wat we ook besluiten, morgen zullen we alles doen om de nadelen daarvan weg te werken. Maar besluiten moeten we. Want voordat we een beslissing hebben genomen kunnen we de politie niet inschakelen, we kunnen niet op ruime schaal de mensen benaderen, we zitten vast. We ontkomen niet aan deze beslissing. De moeilijkste beslissing sinds onze fractie bestaat.'

'To put it mildly,' zegt Wijnand.

'Er zijn vaste, langdurig uitgeteste regels voor het houden van vergaderingen die tot een besluit moeten leiden,' gaat Arend verder. 'Ik stel voor dat we ons daar nu, juist nu, aan houden. Het klinkt zakelijk, maar met ongestructureerd door elkaar praten komen we er niet. Daarom ga ik deze vergadering leiden op die zakelijke manier. Ik stel voor dat we beginnen met een ronde algemene beschouwingen. Ieder krijgt een beurt om over het probleem te praten, zonder dat hij of zij nog tot een definitieve stellingname hoeft te komen. Ik begin links van mij. Lotte.'

Lotte zuigt haar wangen in en bijt op de binnenkant er van. Ze gaat rechtop in haar stoel zitten, haar onderarmen gesteund op de tafel. 'Je begint bij mij omdat je weet hoe ik over soortgelijke problemen denk?'

'Je hebt een uitgesproken mening over hoe we moeten handelen bij kapingen,' zegt Arend. 'Ook over ons probleem heb je je net al gedeeltelijk uitgesproken. Misschien kunnen we je motieven horen.'

'Ik zal het proberen. Voordat ik in de Kamer kwam werkte ik in het mathematisch instituut. Ik had een verklaring getekend dat de resultaten van mijn werk aan het instituut toebehoorden en ik vond het niet meer dan redelijk dat ik de belangen van het instituut zou behartigen. Daarna werd ik gekozen in de Tweede Kamer. Ik heb me toen gerealiseerd dat ik in de Kamer geen baas meer zou hebben. Want Arend, jij bent tenslotte niet onze chef, maar onze eerste woordvoerder, de eerste onder gelijken.'

Arend knikt.

'Het Nederlandse volk werd mijn baas. Toen ik trouw zwoer aan de grondwet heb ik dat zó opgevat dat ik me verbond om de rechten en belangen van alle Nederlanders te behartigen, naar eigen inzicht, naar beste vermogen. Dat wil zeggen, ik heb me verbonden om het *algemeen belang* altijd voor te laten gaan boven het particulier belang, boven mijn eigen belang. Ik heb me verbonden om als het er op aan komt te kiezen voor het ambt, bóven vriendschap. Kiezen voor het kind van Johan is eigenbelang. Ik ken haar, Johan is mijn vriend, ik vind het vreselijk hem dit aan te doen. Maar juist omdat hij mijn vriend is mag ik niet voor hem kiezen, móet ik kiezen voor de naamlozen die ik vertegenwoordig. De eed die ik heb gezworen legt mij dat op.'

Ze zakt weer achterover in haar stoel en slaat haar benen over elkaar.

147

'Dank je,' zegt Arend. 'Dat is duidelijk stof voor discussie. Ik ga de rij verder af. Hubèrt.'

'In zijn grauwe algemeenheid,' begint Hubèrt, 'geldt wellicht de regel...'

Hij breekt af en wrijft met zijn volle hand over zijn kaken. Een ogenblik staren hij en Arend elkaar aan.

'Moet ik hier in welgekozen volzinnen spreken over het lot van een klein blond meisje, dat bij me op schoot heeft gezeten? Moet ik hier beredeneren of ik haar ellendig zal laten omkomen of niet?'

'Weet jij een andere manier om er uit te komen?' vraagt Arend.

'Nee, voorzitter.'

'Wel..., de beurt is aan jou.'

'Ik vraag een uur schorsing, voorzitter. Ik wil de gelegenheid hebben om wat rond te lopen en mijn gedachten te ordenen.'

Arend kijkt op zijn horloge, een nieuw. Het is negen uur.

'Oké, het is nog vroeg. We schorsen tot tien uur.'

'Is dat niet zonde van de tijd?' zegt Herman.

'Het lijkt me niet. Verschillenden van ons hebben er behoefte aan om eens even alleen na te denken of informeel met een ander te praten.' Arend kijkt de kring rond. De anderen zijn het kennelijk met hem eens. 'Goed, we schorsen dus tot tien uur.' Als bekrachtiging, in de heilige overtuiging dat het beter is als de bijeenkomst een officieel tintje heeft, tilt hij zijn lege koffiekopje op en laat het met een hoorbare tik neerkomen op het schoteltje.

Ze verlaten allemaal het zaaltje, met een haast alsof ze elders beter adem kunnen halen.

Wijnand en Arend gaan beneden in het café aan een hoek van de bar zitten.

'Neem voor de gelegenheid een borrel,' zegt Wijnand.

'Nee, dank je. Neem jij voor de gelegenheid géén borrel.'

'Ik zit nog onder het aantal waarmee ik op z'n best nadenk.'

'Wijnand, jij bent niet alleen de oudste, maar ook de wijste. Wat moeten we doen?'

'Je doet het goed. Ga op deze manier door. Hou vast aan de procedure. Denk aan wat kan gebeuren over een week, of over een jaar. Eens zal deze zaak naar buiten komen. Het is goed als men je dan althans formeel niks kan verwijten. Voor het overige zal men ons van alles verwijten. Dat kan niet anders bij zo'n probleem.'

Arend is dankbaar voor Wijnands steun. 'Over de vorm denken we

gelijk,' zegt hij. 'Wat is je oordeel over de *inhoud* van de beslissing?'
'Ik denk nog. Er zijn veel kanten aan de zaak.'
'Wil je alleen zijn?'
'Nee,' zegt Wijnand, 'het best denk ik in gezelschap van anderen, zelfs al praten we intussen over koetjes en kalfjes.'
Ze zien dat José, Herman en Bart samen in een hoek van het café zijn gaan zitten. Het zijn Lotte en Hubèrt die alleen willen zijn. Na elkaar gaan ze naar buiten, Hubèrt nonchalant een sjaal om zijn hals gewonden, Lotte gehuld in haar tweed overjas, kraag omhoog.
'Hubèrt, je vat kou,' roept José hem na.
'Ik ben zo terug. Even een frisse neus halen.'
Hij weet dat er geen oplossing is. Formeel heeft Lotte natuurlijk gelijk, maar hij hoeft niet eens na te denken om te weten dat ze het van hem nooit zal krijgen. Hij zal het niet opbrengen om te stemmen tégen Johans kind, een kind dat warm is in zijn herinnering, waarvan hij het dromerige gezichtje voor zich ziet als hij zijn ogen sluit. Hij heeft niet om schorsing gevraagd om tot een standpunt te komen, maar om voor dat standpunt argumenten te vinden. Dat is niet gemakkelijk, lang niet zo gemakkelijk als het vinden van argumenten voor het tegenovergestelde. Drie is meer dan één, een onweerlegbaar feit, dat je al leert op de kleuterschool. En deze elementaire rekenkunde is nog niet eens in de strijd geworpen.
Lotte loopt doelbewust de straat uit, slaat twee maal rechts af en bevindt zich dan bij een telefooncel. Hij is bezet. Ze stelt zich zo op dat de telefoneerder haar kan zien en ze wacht. Het duurt een kwartier. Ze beweegt zich al die tijd niet en op haar gezicht is geen ongeduld te lezen. Als ze eindelijk aan de beurt is laat ze bedaard een paar kwartjes in de gleuf glijden en draait een nummer.

20

Om vijf over tien zitten ze weer met z'n zevenen om de tafel.
'Het woord is aan Hubèrt,' zegt Arend.
'Voorzitter, een ogenblikje,' interrumpeert Bart. 'Ik heb een punt van orde.'
'Ga je gang.'
'José, Herman en ik vinden dat er een heleboel informatie ontbreekt. Jij hebt daarstraks gezegd dat we de beslissing willen ontlopen. Ik vraag me nu af of dat zo slecht is. Als het even kan, móeten we deze beslissing ontlopen. Voordat we hier breedvoerige beschouwingen gaan houden willen we eerst weten of er echt geen andere mogelijkheid is.'
'Het liefst ga ik meteen op zoek naar die Loomeyer,' zegt José.
'Die vind je nooit,' zegt Arend.
'Goeie genade, we kunnen het toch probéren. Alles is beter dan hier zitten theoretiseren.'
Arend begrijpt dat hij iets over het hoofd heeft gezien. In de fractie zitten niet alleen abstracte denkers die, hoe afschuwelijk ze het probleem op zichzelf ook vinden, toch diep in hun hart vreugde scheppen in de theoretische behandeling van het dilemma. Er zijn ook anderen, voor wie redeneren een bruikbaar hulpmiddel is, nooit een doel op zichzelf.
En ze hebben gelijk met hun benadering. Hamert hij er zelf niet altijd op dat eerst alle noodzakelijke informatie bij elkaar gegrabbeld moet worden, voor de echte besluitvorming kan beginnen?
'Jouw voorstel is niet bruikbaar, José,' zegt hij. 'Stel, je stapt de deur uit om Loomeyer te gaan zoeken. Hoe doe je dat dan? Begin je aan te bellen bij het huis hiernaast om beleefd te informeren of ene Loomeyer zich daar ophoudt?'
'Het was geen voorstel,' zegt José kribbig. 'Het was bij wijze van spreken.'
'Laat mij nu eens even iets zeggen,' onderbreekt Bart. 'Wij willen weten of er een tegengif is. Het moet mogelijk zijn om daar met een paar telefoontjes achter te komen. Als we morgenmiddag de kinderen en ook de volwassenen die van de kaas hebben gegeten opsporen,

kunnen ze dan zo behandeld worden dat ze genezen? Dat is verdomme hartstikke belangrijke informatie.
Of dat braakmiddel waar we het al over hadden. Kan dat niet?' 'Iets anders is of er vanávond niet van de kaas is gegeten,' zegt Herman. 'Heel wat mensen eten 's avonds brood. Zijn we niet verplicht de mensen nu meteen te alarmeren?' 'Daar is het te laat voor,' meent Arend. 'Het is tien voor half elf.' 'Goed, maar ik zou meer van de eetgewoonten willen weten. Eten de mensen echt kaaskorstjes? En zitten de giftige korrels echt alleen in de korst?' 'Wie eet er nu korst,' zegt José. 'Ik,' antwoordt Wijnand. 'Ik schraap korsten af en eet ze op. Zelfs liever dan de rest van de kaas.' 'Er zijn meer vragen.' Bart heeft kans gezien er weer tussen te komen. 'Is het echt onmogelijk om Loomeyer, of het kind, vannacht nog te vinden? Stel we schakelen de politie in en die gaat er met duizenden mensen tegenaan. Zo groot is Nederland ook niet. Centraal Nederland, daar gaat het eigenlijk om. Misschien heeft die Loomeyer het kind gewoon in zijn zomerhuisje verstopt.' Hij wordt enhousiast door zijn eigen plannen. Met twee handen strijkt hij de bruine krullen uit zijn gezicht. 'We moeten nagaan of hij een zomerhuisje heeft, of een pakhuis of zo. Die man beschikt vast niet, zomaar ineens, over een huis waar hij een kind in kan verstoppen, een huis waar niemand van zijn kennissen ooit van heeft gehoord.' 'Johan zei zomaar uit de losse hand dat het om drie kinderen ging,' zegt Herman. 'Klopt dat wel? Zijn het er geen zes? Of twintig?' 'Of nul?' zegt José. Ze zit strijdlustig voor op haar stoel, haar kleine vuisten gebald op tafel.
'Wij stellen voor,' zegt Bart, 'dat we eerst een paar uur besteden aan het beantwoorden van al deze vragen. Daarna kunnen we altijd nog zien.'
Arend knikt, kijkt de kring rond. Hij ziet een zekere opgewektheid. Door allerlei vragen te stellen en mogelijkheden op te roepen is er de illusie dat de bittere drinkbeker van het beslissen hun zal voorbijgaan.
'Goed, dan zullen we de taken verdelen. Ik bel Johan op en vraag hem om preciezere gegevens over de medische aspecten. Als hij die heeft moet hij er zo gauw mogelijk mee hier komen. Dan kan hij ook nog eens uitleggen hoe hij aan het getal *drie* komt. Zijn hoofd zal

er niet naar staan, maar daar is niets aan te doen.

Bart, als jij zelf eens, samen met Herman misschien, naar het adres van Loomeyer ging en voorzichtig bij de buren links en rechts informeerde of ze iets weten over andere huizen van de man. We moeten daarvoor eerst toestemming aan Johan vragen, dat hoort bij onze afspraak, vind ik. Trouwens, Johan moet ook zeggen waar Loomeyer woont. Veel tijd hebben we niet, de mensen gaan zo naar bed. Heeft iemand een idee hoe we er op dit uur achter kunnen komen hoeveel procent van de mensen kaaskorstjes eten?'

'En hoeveel procent van de kinderen komijnekaas lust. Ik heb er nooit van gehouden,' zegt José.

'Heeft iemand een idee?'

'We kunnen allemaal een paar kennissen opbellen en het vragen,' stelt Wijnand voor. 'Dan hebben we toch iets van een steekproef.'

'Goed, laten we dat doen. Verder is er nog het punt of we de politie zullen inschakelen. Daar zou ik dit over willen zeggen. Als die Loomeyer het kind goed heeft verstopt, dan kun je gerust uitsluiten dat de politie haar in één nacht vindt. Maar er is nog iets anders. Als de politie op zoek gaat is er een redelijke kans dat Loomeyer dat merkt. Dat kan catastrofaal zijn voor Judith. En dus is inschakelen van de politie onderdeel van de besluitvorming, meer dan van de informatieverzameling. Zijn jullie het daarmee eens?'

Ze knikken.

'Dan schors ik tot half één.'

Bijna ieder mens heeft de neiging moeilijke beslissingen voor zich uit te schuiven. Zeker is dat zo bij beslissingen waarbij met zoveel verschillende belangen rekening moet worden gehouden.

Uitstel is in zo'n geval niet dwaas. Komt tijd, komt raad, zegt de volksmond en deze mond spreekt zelden onzin. Beslissen is ook een rijpingsproces. Je hebt tijd nodig om je te verzoenen met de nadelen die aan je besluit kleven.

Wie in de politiek een beslissing uitstelt, moet dat motiveren. Weinig bruikbaar is de motivatie: ik ben nog niet rijp voor de beslissing, ik ben er emotioneel niet voor klaar. Zeer bruikbaar is het argument: ik beschik nog niet over voldoende informatie, ik wacht op nieuwe gegevens.

Vaak is dat ook zo, maar de nieuwe gegevens hebben meestal de onhebbelijke eigenschap weinig aan het dilemma te veranderen.

De leden van de PSL-fractie hebben niet veel tijd om hun beslissing uit te stellen, maar het beetje tijd dat er is wordt daarvoor, volgens de onuitroeibare wetten van de besluitvorming, gebruikt. Méér informatie, alsjeblieft méér informatie, zodat misschien misschien een gegeven opduikt waardoor het probleem zichzelf oplost. En gelijk hebben ze. Want bij iedere moeilijke beslissing zijn er vrijwel evenveel argumenten vóór als tegen, ook dat is een wezenlijk kenmerk van besluitvorming.

Immers, als de argumenten in de ene of de andere richting de overhand hebben, wordt er snel en soepel beslist, dan doet de beslissing zich niet als een *probleem* voor.

Uitstel, méér informatie, want een beslissing nemen doet pijn, het is een haast lichamelijke kwelling, het is innerlijk verscheurd worden door het dilemma. Méér informatie, misschien brengt informatie het verlossende woord. Uitstel, misschien gebeurt er een wonder waardoor geen besluit hoeft te worden genomen.

Misschien ontsnapt Judith, of wordt ze gevonden door een nachtwaker.

Misschien blijkt de kaas toch niet vergiftig te zijn.

Misschien verschijnt de engel Gabriël bij Loomeyer en vermurwt hij zijn slechte ziel.

De schorsing van bijna twee uur levert uiteindelijk niet veel op. Een braakmiddel? Kom aan, wie garandeert dat het gif daarvóór niet door het lichaam is opgenomen? Wie garandeert dat je iedereen die van de kaas heeft gegeten kunt opsporen?

'Wie garandeert dat je iedereen tijdig kunt waarschuwen, als we daartoe zouden besluiten?' zegt Herman.

'We zouden ons best kunnen doen,' antwoordt Arend. 'De verantwoordelijkheid voor achteraf niet bereiken ligt anders dan voor vóóraf niet bereiken.'

En gesteld dat een braakmiddel wel effectief zou zijn, dan lost dat Lotte's probleem niet op. Zij vindt immers dat ze uit hoofde van haar ambt de volksgezondheid moet beschermen *ongeacht de prijs* in privé belang.

Johan is terug. Hij heeft die morgen al grondig nagevraagd of het gif kwaad kan voor mensen. Er is geen twijfel aan: het is gevaarlijk, vooral voor kinderen. Hoeveel kinderen? Dat blijft gokken. Misschien krijgt toevallig niemand een vergiftige korrel binnen, misschien tien mensen. Drie kinderen is een redelijke schatting, als hij zijn aannamen en berekeningen aan hen voorlegt kunnen ze die niet

153

echt aanvechten, hoogstens een beetje bijstellen, naar boven of naar onderen. Maar wat maakt dat eigenlijk uit? Achttien mensen zijn opgebeld om, zo laat in de avond de wonderlijke vraag voorgelegd te krijgen of ze wel eens kaaskorstjes eten. Zeven doen dat geregeld, vijf nooit, zes soms. Ook komijnekaas, ja. En de kinderen eten ook wel korstjes, soms zelfs zonder de plastic folie er af te trekken. Tja, slecht natuurlijk, maar wie heeft zijn kinderen vandaag de dag aan een touwtje? Bart en Herman zijn niks wijzer geworden bij de buren van Loomeyer. Die hadden nooit contact met hem, wisten alleen te vertellen dat hij veel weg was, soms weken achter elkaar. Als hij er was kreeg hij overdag vrij veel bezoek, 's avonds nooit. Wíe er op bezoek kwamen? Geen idee, sorry. Had Loomeyer iets op zijn geweten? Nee? Gelukkig maar, ze hadden graag fatsoenlijke buren.

De schaarse gegevens worden besproken, ze worden gewogen, nieuwe vragen komen op. Nog meer details, verfijningen, andere schattingen. Arend heeft moeite de discussie concreet te houden, op de zaak toegespitst. De fractieleden dreigen zich te verliezen in bespiegelingen, persoonlijke interpretatie van de feiten, tijdverspillende voorbeelden over hoe *zij* kaas eten, of korstjes afkrabben of wat dan ook. Zoals mensen met een slecht gebit redenen blijven vinden om het bezoek aan de tandarts uit te stellen, zo blijven zij, onbewust, vechten voor uitstel van de beslissing.

Het is twee uur. Arend heeft tegen Bossewinkel gezegd dat het heel laat zal worden. Dat is in orde. Ze hebben in de afgelopen maanden voor een aanzienlijk bedrag verteerd, ze kunnen een potje breken. Ieder uur belt Johan zijn vrouw op. Hij gaat er voor naar beneden, de anderen hoeven niet te horen wat hij zegt. Ze hoeven niet te horen dat hij, als enige, bewúst speelt op tijdrekken, in de hoop dat ze niet klaar zullen zijn met de besluitvorming als de kritieke ochtenduren aanbreken.

'Vrienden,' zegt Arend, 'we moeten tot een beslissing komen.' Ze staken hun onderlinge gesprekken, het door elkaar heen praten. De werkelijkheid ligt weer in zijn onbarmhartige naaktheid voor hen op tafel.

'Even rust,' zegt Hubèrt.

'Goed,' zucht Arend, 'we schorsen voor de derde maal, maar nu niet langer dan tien minuten. Daarna ga ik de vergadering strak in de hand houden.'

De tien minuten zijn gauw om. Ze schikken zich weer om de tafel, zwijgend nu. Lotte begint meteen poppetjes te tekenen op een papieren servetje, een alibi om niemand aan te hoeven kijken. Bart steekt zijn veertigste sigaret van de dag aan.

'We gaan verder met de spreekronde die we om negen uur hebben onderbroken,' zegt Arend. 'Het woord is aan Hubèrt.'

'Ja,' zegt Hubèrt, 'dit gaat wel even tijd kosten. Ik wil beginnen jullie in herinnering te roepen een korte geschiedenis uit de bijbel. Het is een van de weinige passages in dit heilige geschrift die mij tegenstaan. Ik bedoel de opdracht van God aan Abraham om zijn zoon Izaäk te offeren.

Jullie kennen het verhaal. God wenst dat Abraham zijn enige zoon offert, een zoon die hij pas heeft verwekt toen het zijn vrouw Sarah al lang niet meer ging naar de wijze der vrouwen.'

'Ik kan je niet volgen,' zegt José.

'Ze was al voorbij de overgangsjaren. Wil je het nog gedetailleerder horen? Goed, Abraham neemt zijn zoon mee een berg op. Hij heft al het mes om de jongen te doden, en dan pas roept God, net op tijd, dat het niet hoeft. Hij wilde Abraham op de proef stellen. Naar het schijnt was Abraham voor de proef geslaagd, maar volgens mij is hij gezakt. Volgens mij had hij moeten zeggen: Lieve God...; nee, dat klinkt tegenwoordig als een vloek. Geachte God, deze opdracht voer ik niet uit, want hij is in strijd met een eerdere opdracht, namelijk om mijn zoon met alle kracht en macht waarover ik beschik te beschermen. Dat had hij moeten zeggen. Volgens mij.

Ik zal dit nader illustreren met een ander verhaal, dat ik eens heb gehoord, ik weet waarachtig niet meer van wie, maar het bevalt me veel beter.

De heilige Franciscus van Assisi gaat dood en arriveert bij de hemelpoort. Petrus doet open en hij zegt: "Goedendag, Franciscus, hartelijk welkom. God zit al op je te wachten. Om naar hem toe te gaan moet je nog even het vagevuur oversteken. Er loopt een smalle dam doorheen, daar kun je overheen lopen. Niemand lukt dat zonder in het vagevuur te duvelen, maar jij zult geen problemen hebben."

Franciscus gaat op pad. Zonder een ogenblik te wankelen loopt hij in een rechte streep over de dam. Links en rechts in het vagevuur hoort hij het kreunen en weeklagen van mensen, en ze roepen: "Franciscus, help ons toch." En Franciscus, de brutale rakker, begint die mensen achter zich op de dam te trekken.

Tenslotte komt hij aan bij de hemel, een hele sliert zondaren achter zich aan. Daar is God, groot en heilig en zeer vertoornd. "Franciscus," dondert Hij, "jij hebt ingegrepen in Mijn heilig raadsbesluit. Hoe durf je. Gooi ze terug."

"Dat kan ik niet," zegt Franciscus.

"Dan ga je er zelf in, en je dient de tijd uit van al deze mensen bij elkaar," beslist God.

"Dat moet dan maar," zegt Franciscus.

Zo zwemt hij honderd maal honderdduizend jaar rond in het vagevuur. Als zijn tijd eindelijk om is, ploetert hij naar de hemel en klimt op de wal. Opnieuw ontmoet hij God.

"Hier zul je van geleerd hebben," zegt God. "Ingrijpen in Mijn raadsbesluiten, stel je voor. Mag ik aannemen dat, als je nu weer over de dam had gemoeten, je met je vingers van de zondaren zou zijn afgebleven?"

Franciscus kijkt naar de vloer.

"Ik ben bang van niet," zegt hij. "Het spijt me, God, maar ik ben bang dat ik het niet zou kunnen laten ze weer uit het vagevuur te trekken. Vooral nu ik weet hoe beroerd het daar is."

God kijkt hem hartelijk aan. "Dan is het goed, Franciscus, kom dan maar binnen." '

Hubèrt pauzeert even, wachtend of iemand iets zal zeggen. Maar iedereen houdt z'n mond.

'Soms is het Gods wil dat je Zijn heilige bevelen negeert,' gaat hij verder. 'Soms komt ook het moment dat je je eigen heilige eden niet al te letterlijk moet nemen. Vóórdat Johan trouw zwoer aan de grondwet had hij, zonder woorden, al trouw gezworen aan zijn dochter, namelijk toen hij haar verwekte. Het grondrecht dat een kind van zes jaar heeft op de bescherming van zijn vader en moeder gaat alle andere rechten te boven, met inbegrip van de rechten van de gemeenschap. Trouwens, Lotte, je hebt wel trouw gezworen aan de grondwet, maar daar staat niet in dat je een kind dat je kent achter moet stellen bij drie kinderen die je níet kent. Jouw eed houdt in dat je naar beste geweten de belangen van de mensen zult behartigen. Voor mij staat niet vast dat je de belangen van "de mensen" het best dient als je een kind dat je kènt en dat in het meest directe, het meest aanwijsbare gevaar is, een kind dat bang is. dat om haar vader roept...; sorry Johan.'

Maar Johan kijkt hem gespannen aan en schudt het hoofd.

'...een kind dat om haar vader roept, als je zo'n kind laat stikken. Ach, vriend, nu zeg ik weer zoiets...; als je zo'n kind in de steek laat.'

'Voorzitter, mag ik hier op ingaan?' vraagt Lotte.

'Straks,' zegt Arend. 'Als we nu weer met tweegesprekken beginnen komen we er niet uit. Ben je klaar, Hubèrt?'

'Bijna. Voor Johan ligt de zaak duidelijk. Volgens mij *moet* hij kiezen voor zijn kind, een gebod van de natuur, van de oorsprong, dat sterker is dan alle andere, gebiedt hem dat. Voor ons is het moeilijker. Maar ik denk dat wij voor Johans kind mogen kiezen, omdat wij haar kennen. Omdat wij haar kennen en van haar houden, maakt Judith aanspraak op extra bescherming. Dit punt wil ik nog nader toelichten.'

'Ik stel voor dat je dat doet in een tweede ronde,' zegt Arend. 'Je bent al een tijd aan het woord. Zouden we niet eerst ook de anderen horen?'

'Ik ben als was in uw handen,' zegt Hubèrt.

Johan staat op, loopt de kring rond, legt zijn handen even op Hubèrts schouders, gaat dan naar beneden om Tineke te bellen.

Rechts van Hubèrt zit Lotte, links zit Bart. Hij krijgt nu het woord. Hij spreekt snel, want hij wil zijn mening geven voordat Johan terug is.

'Ik ben meer voor het standpunt van Lotte dan voor dat van Hubèrt. Wij moeten opkomen voor de gemeenschap. Dat is onze plicht. Daar hebben we ons toe verplicht. Johan mag kiezen voor zijn kind. Natuurlijk. Voor ons ligt dat anders. Het gaat om *drie* andere kinderen. Tenminste, dat nemen we aan. Daar moeten we van uit gaan. Drie is meer dan één. Het klinkt hard, maar het is zo. Het is beter om met z'n drieën naar de begrafenis van één te gaan, dan alleen naar drie begrafenissen.'

'Het is geen wiskunde,' zegt Hubèrt.

'Nee, maar drie is meer dan één, hoe dan ook. Als ik moest kiezen tussen Judith en één ander kind dat ik niet ken, dan zou ik voor Judith kiezen. Dan wel.'

'Je weet toch niet zeker dat het er drie zijn,' zegt José.

'Joseetje,' zegt Arend vermanend, 'dat stadium is gepasseerd. We nemen aan dat het gaat om drie anderen. Bart, ga verder.'

'Ik heb er niet veel meer aan toe te voegen. Hoe moeten we het ooit

157

naar buiten verdedigen als we kiezen voor één boven drie? Dat *is* toch niet te verdedigen?'
'Je kunt toch niet alle menselijke relaties over één kam scheren,' roept Hubèrt geïrriteerd, misschien omdat zijn verdediging blijkbaar geen enkele indruk op Bart heeft gemaakt. 'Het gaat er ook om hóe je tegenover die ene staat, en hóe tegenover de drie.'
'Hubèrt,' waarschuwt Arend.
'Nee,' zegt Bart, 'daar gaat het uiteindelijk niet om. Niet voor volksvertegenwoordigers. Bij de drie kan een genie zitten. Of een Franciscus van Assisi. Of een Adolf Hitler. Weten wij veel. Nu Johan even weg is kan ik ook dit nog zeggen: iedere relatie tussen mensen is betrekkelijk. Zelfs tussen ouders en hun kinderen. Ik heb zelf geen kinderen, ik ben wel kind geweest. Mijn ouders leven, maar ik zie ze nooit. Voor hen zou het geen verschil hebben gemaakt als ik op m'n vijfde kapot was gegaan aan de difteritis die ik toen had. Het zou zelfs beter geweest zijn van hen uit gezien.'
'Het is bekend dat jouw relaties van korte duur zijn,' zegt José honend.
'De jouwe zeker niet. Hoe lang heeft je huwelijk geduurd? Twee jaar?'
'Dat heeft er niks mee te maken.'
'Toch wel. Ik wed dat er een tijd was dat je voor die man door het vuur zou zijn gegaan. Een ijzersterke relatie, je dacht toen vast dat hij onverbrekelijk was. En nu? Nee, de relaties tussen mensen zijn betrekkelijk. Ik kan daar geen beslissing op baseren.'
'Je vindt dus dat we de bevolking moeten waarschuwen, zeer vroeg morgenochtend, ondanks het risico voor Judith,' vraagt Arend.
'Ja, voorzitter. Dat vind ik.'

Johan heeft deze laatste vraag en het antwoord gehoord, staande in de deuropening. Hij kan niet bleker worden dan hij al is. Hij gaat weer zitten, naast Bart. Onwillekeurig wendt hij zich iets van hem af. Weerzin tegen iemand die je altijd best mocht kan snel opkomen, en hij vertaalt zich ook snel in lichamelijke weerzin.
'Hoe is het thuis?' vraagt Arend.
'Tineke heeft niets gehoord. Natuurlijk niet. Ze voelt zich erg alleen, maar ze vindt het toch beter als ik hier blijf.'
'Wil zij soms ook hier komen?'
'Nee, beter niet. Er moet iemand thuis zijn, je kunt nooit weten. Ze

heeft ook geen eigen auto. Het zou ingewikkeld zijn.'
Verschillende leden van de fractie zijn opgestaan en lopen door het zaaltje. Wijnand maakt onophoudelijk wasbewegingen met zijn handen, hij is kouwelijk van aard. Hij is nooit een groot prater, maar vanavond is hij uitzonderlijk zwijgzaam, stelt Arend voor zichzelf vast. Hij drinkt weinig voor zijn doen. Hubèrt staat achter José's stoel en fluistert met haar. Hij staat Barts argumenten te ontzenuwen, meer om zichzelf dan om José te overtuigen. Zij hoort het maar al te graag.

Lotte kijkt zwijgend voor zich uit. Ze is ongeschokt in haar overtuiging, maar ze hoopt op steun met meer diepgang en met meer welsprekendheid gepresenteerd dan die van Bart. Wijnand misschien, of Arend.

Herman is nerveus, nog nerveuzer dan de anderen. Hij is bijna aan de beurt om zijn mening te geven. Op de rand van een krant maakt hij korte aantekeningen, die hem straks moeten steunen bij zijn betoog.

'Kom aan, vrienden,' zegt Arend. 'We moeten verder. Ik kom bij Johan. Wil je het woord, Johan, of zal ik je overslaan?'

'Ik kan hier niet over discussiëren. Het idee dat je over zoiets discussieert, dat je argumenten zit uit te wisselen, maakt me misselijk.' Zijn stem klinkt anders dan anders, heel schor, af en toe komt een woord niet door. 'Ik begrijp wel dat jullie discussiëren. Jullie kunnen niet veel anders doen. Ik ben misselijk van angst, ik zou zo kunnen braken. Ik ben een alledaagse man, de zoon van een eenvoudige melkboer. Ik ben niet opgewassen tegen onalledaagse dingen. Ik heb pas ook al iets meegemaakt waar ik . . ., ach, dat doet er ook niet toe. Ik zou de telefoon van de muur willen rukken en jullie allemaal willen opsluiten in dit zaaltje, tot Judith veilig is. Ik weet dat ik onredelijk ben. Ik weet dat jullie redelijk zijn. Ik weet nu hoe het voelt als je weet dat je de volgende morgen wordt opgehangen. Dat moet voelen zoals ik me nu voel.

Ik kan niet redelijk, objectief, met woord en wederwoord over het probleem praten. Alsof het over de kunstnota gaat, of de kernenergie. Als ik in jullie plaats was zou ik ook een betoog houden. Ik weet niet met wie ik het eens zou zijn. God, ik weet het niet. Nu bestaan er voor mij geen objectieve, geen rationele argumenten. Er is maar één ding, waar alles aan ondergeschikt is. Ik ben geen groot man, die grote daden stelt. Ik ben geen Franciscus, misschien ben ik een

Herodes. Ik wil mijn kind terug. Hubèrt heeft namens mij gesproken. Ik wil maar één ding, al zou morgen de hele wereld in vlammen ten onder gaan. Ik wil mijn kind terug.'

Met een bruusk gebaar staat hij op en loopt het zaaltje uit. Met bleke gezichten blijven de anderen zitten. Een korte, halfweggeslikte snik van José vertolkt de gevoelens van velen.

'Een kwartier schorsing,' zegt Arend. 'En eh..., Wijnand, breng als je wilt voor mij deze keer ook een borrel mee.'

21

José neemt vertrouwelijk Johans arm en verzekert hem dat alles goed zal aflopen. Zij zelf kiest zijn kant, Hubèrt doet dat, nou, nog één van de anderen en het is al vier-vier. Johan kan nauwelijks optellen en aftrekken, als hij probeert de koppen te tellen verwarren zich zijn gedachten. Zou Wijnand kiezen voor Judith? Wijnand is jurist, en principieel is hij ook. En Herman? Wat weet hij eigenlijk van Herman, van Hermans opvattingen? Weinig. Niets eigenlijk. 'Ik ga even de straat op,' zegt hij tegen José. 'Ik kan het niet allemaal aanhoren. Zeg maar dat ik over een half uurtje terug ben.' Binnen het kwartier zitten de anderen weer op hun plaats. Herman krijgt het woord. Hij is geen boeiend spreker. Meestal dwalen de gedachten van de anderen af als hij iets zegt. Het gaat ook nu weer zo. Ze kijken naar hem zonder te zien. In gedachten formuleren ze argumenten voor hun eigen standpunt. Flarden van zinnen die hij uitspreekt dringen tot hen door. Clichés. Over het 'dilemma' heeft hij het. Over 'de keerzijde van de medaille'. Zijn 'geweten', daar tobt hij mee. Dat geweten komt steeds terug. Zelfs éér en geweten. Ook Arend luistert niet. Zoals altijd hoort hij wel met een half oor wat er gaande is, om in te kunnen grijpen, maar zijn gedachten zijn met iets heel anders bezig. Als Herman kiest voor de drie en José kiest voor Judith, denkt hij, dan is het drie-drie. Dan wordt mijn stem doorslaggevend, wát Wijnand ook doet. Hij vindt het geen prettige gedachte. Dat is een nieuwe gewaarwording. Anders geniet hij ervan als zijn stem de doorslag geeft. Hij houdt van verantwoordelijkheid. Hij kijkt weer even naar Herman, die het heeft over 'anderzijds het collectieve belang'. Blijkbaar heeft hij 'enerzijds' al gehad. Hij ziet dat Herman er anders uitziet dan anders, dat zijn ogen boos en donker staan. Onmiddellijk trekt hij een aandachtig gezicht en begint instemmend te knikken. Hij is er te laat mee. Herman heeft gezien dat hij tegen lege gezichten zat te praten en hij barst los in een emotionaliteit die ze niet van hem kennen. 'Ziek ben ik van jullie allemaal, weet je dat? Ziek! Ik walg van jullie.

161

Met hypocriete smoelen zitten jullie te praten over menselijke contacten, over vereenzaming, jullie zeggen vroom dat het om de mensen gaat en niet om het systeem, en wat doen jullie zelf? Ben *ik* soms geen mens? Hoeft er met mij geen contact te zijn? Kan het jullie iets verdommen als *ik* eenzaam ben, te midden van zeven mensen die niet eens weten dat ik besta?'
'Hoe kom je daar bij?' zegt Arend sussend.
'Hoe kom ik daar bij? Hoeveel kinderen heb ik, hè? Vertel jij eens hoeveel kinderen ik heb. Johan heeft er twee, Judith en Jeroen, dat weten we allemaal. Maar ik? Wist je eigenlijk wel dat ik getrouwd ben, meneer de fractievoorzitter? Minny is wel eens op de fractie geweest, je hebt haar een hand gegeven, daar weet je natuurlijk niets meer van.'
'Natuurlijk weet ik dat nog.'
'En hoeveel kinderen heb ik?'
'Twee,' zegt Arend aarzelend.
'Nee, drie. Weet jij veel. Weten jullie allemaal veel. Herman is te saai. Herman is te onbeduidend. Herman heeft niet zulke prachtige, oorspronkelijke gedachten als jullie.
Vorig jaar heb ik een feestje gegeven. Bij me thuis. Ik heb jullie allemaal uitgenodigd. De één na de ander heeft afgezegd. Ja, ook jij, Arend. Twee uur van tevoren. Alleen Lotte is geweest. Alleen Lotte. Ook Johan was er niet. Ook Hubèrt niet, die best tijd had, en die nu zulke aandoenlijke dingen zegt over relaties met andere mensen.'
'Je woont ook zo allemachtig ver weg,' zegt Hubèrt.
'Ver weg, hè? Assen is ver weg. Maar een week later was je wel op een feestje in Groningen. Je hebt niet eens de moeite genomen dat voor me te verbergen. Hoe dacht je dat ik dat vond? Hoe dacht je dat Minny dat vond? Ik had het haar misschien niet moeten zeggen, maar goed, ik zei het haar toen ze met lange tanden bezig was aan een van de honderd overgebleven saucijzebroodjes. Verdomme. Ik heb een stem in deze fractie die net zo zwaar telt als die van jullie. Ik werk net zo hard. Ik spuug er op dat jullie niet naar me luisteren. Ik weet best dat jullie me langdradig vinden. Oké, ik ben langdradig. Luisteren naar puntige, boeiende, geestige mensen, daar is geen kunst aan. Maar het beetje inspanning dat het kost om naar mij te luisteren, dat hebben jullie er niet voor over.'
'Je hebt op het ogenblik onze onverdeelde aandacht,' zegt Arend.
'Ja.' De stem van Herman verliest de hoge bijklank, wordt ook wat

rustiger. 'Ik zal die aandacht gebruiken om mijn standpunt samen te vatten over ons dilemma. We moeten objectief zijn. Het is toeval dat we Johans kind kennen. Als het mijn dochtertje was geweest, dan zouden jullie er anders tegenover staan. Want jullie kennen haar niet. Om zo'n toevalligheid mag je geen drie onbekende kinderen opofferen. Ik zou het schandelijk vinden als we dat deden. Natuurlijk, Judith is een lief kind. Het is een vreselijke gedachte dat ze in zo'n groot gevaar is. Maar denk eens aan die andere kinderen, die straks langzaam moeten sterven aan een vergiftiging. Drie vaders en drie moeders zijn daarbij betrokken. Denk je dat even in. Hubèrts standpunt is eenzijdig, gemakkelijk, hypocriet.'

'Wij respecteren jouw standpunt, respecteer jij dat van Hubèrt,' zegt Arend.

'Nee, dat doe ik niet. Het spijt me. Nu, in zo'n noodsituatie, komt hij met theorieën die hij anders niet in praktijk brengt. Ik vind dat de gemakkelijkste weg kiezen.'

'Simpele rekenkunde is zeker de moeilijkste weg,' zegt Hubèrt. 'Drie is meer dan een.'

Herman antwoordt niet. Met een zakdoek veegt hij zijn voorhoofd droog. Hij kijkt niemand aan, verdiept zich ogenschijnlijk in de krabbels op de krant, die hun betekenis nu toch wel zullen hebben verloren.

'Herman heeft ons verwijten gemaakt,' zegt Lotte. 'Ik vind dat we daar niet stilzwijgend aan voorbij kunnen gaan.'

'Ik neem ze heel ernstig,' zegt Arend. 'Maar als jij Herman het goed vindt zou ik er later op terug willen komen. We hebben nu iets anders. te behandelen.'

Herman knikt.

'Dan is het woord nu aan Wijnand.'

'Het gaat zo met ouwe knarren,' zegt Wijnand, 'dat ze altijd terug denken aan de oorlog. In dit geval is het geen wonder: we zijn in oorlog met Loomeyer. De gemeenschap is in oorlog met Loomeyer zonder het nog te weten; wij zijn in oorlog met hem en we weten het. In de oorlog zie je twee dingen. In de eerste plaats zijn regels waaraan je gewend bent niet meer van toepassing. Doden is een deugd geworden, beschadiging van andermans eigendom is een verzetsdaad waarvoor je wordt geprezen.

De oorlog doet nog iets anders. Het *ambt* krijgt een andere betekenis, het krijgt eigenlijk dan pas zijn echte betekenis. Het ambt

is een taak die je op je hebt genomen, vrijwillig, en waartoe je bevoegd bent gesteld door het een of ander gezag. Dat kan een hogere overheid zijn, of een kerkelijke autoriteit, of de stembus. Kenmerkend voor het ambt is dat je een taak op je hebt genomen ten behoeve van een *gemeenschap,* of dat nu een burgerlijke of een kerkelijke gemeenschap is. Dat maakt het ambt iets heel bijzonders. Vergeef me dat ik hier even over uitweid, voorzitter, ik vind het wezenlijk voor ons probleem.'
Arend knikt.
'Waarom krijgt het ambt nu in tijden van oorlog zo'n bijzondere betekenis? Omdat in zo'n tijd van wanorde en desintegratie de ambtsdrager iets vertegenwoordigt: de autoriteit, de standvastigheid, de rechtsorde, de ruggegraat van de gemeenschap. Dat doet 'ie ook in tijden van vrede, in principe, maar dan komt het veel minder tot uitdrukking. Dan loopt alles op rolletjes, hij is de gezagsdrager, degene die zonder noemenswaardige risico's kan aangeven hoe het gemeenschapsgeld wordt uitgegeven, wat in naam van de gemeenschap zal worden gedaan of nagelaten.'
'Behalve dan het risico om de verkiezingen te verliezen of ontslagen te worden,' zegt Lotte.
'Ja,' zegt Wijnand met een glimlach, 'maar dat risico is gering in vergelijking met het risico waar ik op doel: het risico dat je met je persoon de innerlijke kracht van de gemeenschap moet staande houden, hoe men ook zal proberen om via jouw persoon die kracht te breken. Dan pas krijgt het zinnetje dat meestal als een cliché wordt gebruikt zin: het vertrouwen in *het gezag* mag niet worden ondermijnd. Want de ambtsdrager vertegenwoordigt het gezag. Houdt hij niet stand, dan verliest de gemeenschap het vertrouwen in zichzelf, daar komt het in uiterste instantie op neer.
Heel wat burgemeesters hebben in de oorlog ineens met schrik beseft wat hun ambt, dat zij zich zo gemakkelijk hadden laten aanleunen, inhield. *Zij* moesten de maatregelen van de bezetter uitvoeren, of dat weigeren. Zij werden gegijzeld, zij moesten de kastanjes uit het vuur halen als de gemeenschap niet wenste te zwichten voor de onzedelijke eisen van de vijand.
Sommigen van die burgemeesters, en andere ambtsdragers, schrompelden ineen tot niets. Anderen groeiden uit tot mannen en vrouwen die het ambt dat zij vervulden de inhoud gaven die het hoort te hebben: het bevoegd gezag, dat van de gemeenschap vertrouwen krijgt

omdat het vertrouwen geeft. Vertrouwen in eigen kracht, vertrouwen dat de gemeenschap haar eigen zedelijke regels niet zal verloochenen.'

Hij zwijgt even. Arend ziet ineens dat hij aan de rand van de oude dag staat, deze vitale Wijnand van Manen. Wangzakken maken zijn gezicht rechthoekiger. Zijn ogen, diep weg in de omlijsting van plooien en wallen, glanzen niet. De fractie wacht tot hij verder zal gaan.

'Zo vat ik ons ambt op,' zegt hij. 'De rechter velt zijn oordeel geblinddoekt. Of de gedaagde een vreemde is of zijn eigen kind, het hoort geen verschil te maken. Hetzelfde hoort te gelden voor de beslissingen van een ambtsdrager. Hij krijgt informatie uit hoofde van zijn functie. Daarom hoort hij die informatie in de eerste plaats te gebruiken om anderen te beschermen, niet zichzelf of degenen die hem lief zijn.'

'Dus jij vindt dat ik Judith moet laten barsten, omdat ik toevallig kamerlid ben.' Johan zegt het met zachte stem, meer treurig dan agressief. Hij staat al een tijdje in de deuropening, zonder dat Wijnand hem heeft gezien.

'Nee,' zegt Wijnand, 'dat verlang ik niet van je. Als een vader of moeder zijn eigen kind niet meer mag verdedigen, dat is een onmenselijkheid die alles wat ik gezegd heb op losse schroeven zet. Maar Judith is niet mijn kind. Ik geef niet alleen om jou, Johan, en om jullie allemaal – ook om jou, Herman –, ik hou ook van ons ambt. Ik geloof in het ambt. Ik geloof dat mensen pas een gemeenschap vormen doordat er ambtsdragers zijn. Maar ambtsdragers worden de karikaturen die de witzenmakers er van schetsen als je alleen van het ambt houdt als je er macht en roem mee kunt vergaren, en niet op de momenten dat je de belangen van de gemeenschap moet stellen boven je eigenbelang.'

Lotte knikt instemmend. Johan denkt: dat zijn er al vier. Lotte, Bart, Herman en Wijnand. Arend zal het met Wijnand eens zijn, dat moet haast wel. Arend denkt ook altijd aan het politieke belang en aan het partijbelang. Kiezen voor één kind boven drie, dat is naar buiten nooit te verdedigen, zei Bart. O God, gaat deze nacht nooit om? Het loopt tegen vieren. Nog twee uur voordat de beslissing moet vallen. Ook Arend denkt daaraan, maar uit een ander gezichtspunt. De tijd begint te dringen. Ze hebben nog hoogstens twee uur. Niemand heeft slaap. De spanning overheerst alles.

'Ben je klaar?' vraagt Arend.

'Er is een ander argument,' zegt Wijnand, 'waar ik kort over zal zijn. Hubèrt sprak over het recht dat iemand heeft op de bescherming van de mensen die hem kennen. Judith, zei hij, mag op onze speciale bescherming rekenen omdat wij van haar houden. Ik ben dat wel met hem eens. Het geldt in de dierenwereld, zou het dan niet met nog meer recht gelden onder mensen? Maar er is nog groter menselijkheid, namelijk die van de liefde voor de medemens die we niet kennen. Liefde voor de naaste, dat vat Hubèrt op als liefde voor wie ons het naast is, het meest nabij. Ik versta daar iets anders onder. De mens is pas echt menselijk als hij kan houden van de naamloze, van de anonymus. Dat is voor mij het ideaal van menselijkheid.'

'Dat is niet menselijk. Het is goddelijk,' zegt Hubèrt.

'Misschien heb je gelijk. Maar zijn wij niet geschapen naar Gods evenbeeld? Houdt dat geen verplichting in?'

De vraag is retorisch en niemand antwoordt dan ook. Arend kijkt opnieuw op zijn horloge.

'Ben je klaar?'

'Ik heb ook een tegenargument dat nog niet is genoemd, maar dat verandert mijn uiteindelijke stellingname niet,' zegt Wijnand.

'Misschien komen we daar straks nog aan toe,' zegt Arend. 'De tijd is onze vijand vannacht. Ik moet jullie haasten, hoewel ik weet dat we allemaal behoefte hebben aan even rondlopen, even nadenken. Herman, druk nog eens op het belletje, wil je. Bossewinkel is vast wel bereid nog iets boven te brengen.'

'Een schaal broodjes,' zegt Bart. 'Ik moet iets eten tegen de zenuwen.'

De anderen denken er ook zo over. Alleen Johan vermoedt dat hij geen hap door zijn samengeknepen keel kan krijgen. Hij zegt het niet.

'We gaan intussen door,' zegt Arend. 'José, jouw beurt.'

In de politiek zijn het de mannen die tijd kosten. Zij hebben de neiging lange betogen te houden, problemen in een breder verband te plaatsen, weg te vluchten van de realiteit. Vrouwen zijn concreter, directer en daardoor korter. Dat geldt zeker voor José. In het algemeen geeft ze eerst haar mening en daarna een korte toelichting. Dat doet ze ook nu.

'We moeten Judith redden. Zij is in het grootste, in het meest directe gevaar. Als je met een stel kinderen over een verkeersweg loopt en er valt er één in het kanaal, dan spring je als leidster dat kind na. Je gaat niet eerst staan nadenken of de andere kinderen intussen gevaar lopen overreden te worden. Jullie zeggen belangrijke dingen over menselijkheid. Ik vond het mooi wat je zei hoor, Wijnand, maar het klinkt erg theoretisch. Menselijkheid kom je ook veel tegen in de litteratuur, in verhalen, in legenden, in parabels. Dat spreekt mij meer aan dan een betoog. Ik moet steeds aan dat kleine meisje denken, dat in een lugubere kelder zit. Hoe kan ik daar nou een betóóg over houden? Ik wil er steeds op af gaan, haar redden. Ik wil de deur van die kelder inslaan met een bijl, en roepen: "Wacht maar Judith, we komen er aan." Dat gaat natuurlijk niet, ik weet het. Ik kan hoogstens proberen haar te redden door hier een betoog te houden. Heb je ooit zoiets waanzinnigs, zoiets ònmenselijks gehoord? Betogen kun je houden over miljoenen mensen die verhongeren in de derde wereld. Dat is miljoen keer vreselijker, maar dáár kunnen we betogen over houden. Weet je waarom? Omdat het gaat om naamlozen, om abstracties. Hoe moet ik in godsnaam een betoog houden over een concreet geval, over een meisje van zes jaar, met wie ik eendjes heb gevoerd en dat in groot gevaar verkeert? Daar wil ik naar tóe. Daar wil ik op af. Het is bovenmenselijk om het abstracte te kiezen boven het concrete. Zo hoog reik ik niet. Ik laat dat aan God over.'

'De toren van Babel is ook mislukt,' zegt Hubèrt.

'Ik ben niet zo heilig,' gaat José verder. 'Ik kan het niet zijn en ik wil het ook niet. Zoëven zei ik dat je in de litteratuur zo vaak menselijkheid tegenkomt. Ik wilde daar een voorbeeld van geven, maar ik heb het weer 's laten liggen. Nou ja, jullie weten hoe verward ik altijd ben.'

'Dat valt genoeg mee,' zegt Arend.

'Een paar jaar geleden las ik een verhaal. Het ging over een rijke man die op weg ging naar de paus in Rome om een schenking te doen voor de bouw van de Sint Pieter. Onderweg kwam hij eerst een kreupele bedelaar tegen. De rijke man gaf hem een groot bedrag om een paard te kopen en een huis. Daarna kwam hij een slecht mens tegen, die zijn slaven kwelde en uitbuitte. Hij kocht de slaven vrij. Zo ging het door, zodat hij tenslotte berooid in Rome aankwam. De litteratuur is vol van zulke verhalen. Wij vinden deze man goed

167

en menselijk omdat hij zich inzet voor het persoonlijke, voor het incidentele. Het spreekt ons niet aan dat hij zijn geld zou geven aan het algemene, aan de Sint Pieter. Nu is de Sint Pieter uiteindelijk een gebouw. Je kunt er ook voor invullen het wereldvoedselprogramma of zoiets. Theoretisch zijn we geschokt als we lezen over zeshonderdduizend Chinezen die zijn omgekomen bij een aardbeving; maar onze tranen vloeien als één klein Chinees meisje via de televisie onze huiskamer in komt, op haar knieën bij de dode lichamen van haar ouders.

Ik ben in de eerste plaats solidair met Johan, omdat hij onze vriend is. Misschien is het niet goed, maar ik kan niet anders. Ik *wil* ook niet anders.'

José zwijgt. De ogen richten zich op Arend.

'Een ogenblikje, mensen, ik moet eerst plassen.'

Het is een excuus om even alleen te zijn. Hij heeft de argumenten van de anderen gehoord. Ze staan gerangschikt in zijn hoofd, hij kan ze zonder moeite samenvatten. Daar zullen de anderen geen behoefte aan hebben. Ze hebben allemáál goed geluisterd, tijdens normale fractievergaderingen ontbreekt het daar nogal eens aan. Nee, ze willen zijn standpunt horen.

Het voorzitterschap geeft hem de keus om te bepalen wie er eerst spreekt en wie het laatst. Dat kan belangrijk zijn. Als hij ergens rotsvast van overtuigd is neemt hij altijd zelf eerst het woord. In dit geval verkoos hij het laatst te spreken, zodat hij langer de tijd had om na te denken. Nu zit hij er mee. Zijn stem gaat de doorslag geven. Is hij het met Lotte eens, dan is het vijf-drie. Kiest hij voor het standpunt van Hubèrt en José, dan is het vier-vier. En dan? Dan wordt het pas echt ingewikkeld. Zijn voorzittersinstinct waarschuwt hem dat hij dat moet voorkomen. Anders komen ze er nooit uit. Het liefst zou hij zich van stemming onthouden. De argumenten vóór en tegen, vindt hij, wegen vrijwel even zwaar. De anderen zouden dat laf van hem vinden. Voor hen was het ook zo gemakkelijk niet om een standpunt in te nemen. Hoewel ... De overtuigingen in de ene of andere richting klonken krachtig genoeg. Of werden die overtuigingen zwaar aangezet om de stemmetjes diep in hun ziel die tegenargumenten fluisterden, te overstemmen?

Als de keus valt op de drie, zal *hij* moeten opbellen, dat voelt hij aankomen. Hij mag de trekker van het geweer dat Judith fusilleert overhalen. De leden van een executiepeloton kunnen altijd de illusie hebben dat *zij* die ene losse flodder hebben gekregen. De fractie kan moeilijk met z'n achten tegelijk opbellen. *Hij* zal het vonnis moeten voltrekken.

Hij wast zijn handen en zijn gezicht met koud water. Dan gaat hij terug naar het zaaltje. Hij komt tegelijk binnen met Bossewinkel, die kennelijk 's wil weten waar hij aan toe is.

'Duurt het nog lang, mensen?' vraagt Bossewinkel.

'We komen vannacht niet in bed. Sorry,' zegt Arend. Het anders zo opgewekte gezicht van de caféhouder ziet er nu bepaald humeurig uit, maar hij zegt niets. Arend neemt zijn plaats in, en hoewel de meeste anderen nog staan begint hij te praten.

'Jullie hebben allemaal belangrijke dingen gezegd. Ik ben het met iedereen eens. De persoon Arend staat achter Johan, de volksvertegenwoordiger Streefkerk kiest voor drie anonieme kinderen. Dat helpt ons niet veel verder. We moeten tot een beslissing komen. We zijn in dit afschuwelijke dilemma terecht gekomen doordat we met een project bezig waren. Het melkboerenproject. Het kaasboerenproject. Ik ga ons dilemma toetsen aan wat we tijdens dat project te weten zijn gekomen. Wat hebben we ontdekt? Eenzaamheid. Mensen die vergeefs opzwemmen tegen een stroom van technocratische en bureaucratische maatregelen waarin ze dreigen te stikken. Mensen die zich niet kunnen verheugen in de verworvenheden van de welvaartsstaat, het comfort, het gemakkelijke leven, omdat ze er het contact met andere mensen door hebben verloren. Mensen die, naar hun aard, het geluk zoeken en het niet vinden. In centraal verwarmde betonblokken of in vierdeurs sedans met elektrisch open en dicht gaande ramen. Dat hebben we gevonden. Een samenleving die de mensen collectief in zoveel regels dwingt dat ze als een hulpeloos collectief een kind in de singel laten verdrinken; en een samenleving die de mensen persoonlijk zo onafhankelijk van elkaar heeft gemaakt dat ze kermen van eenzaamheid terwijl ze campari drinken in een lederen fauteuil. Wij hebben dit vastgesteld als volksvertegenwoordigers, ik bedoel terwijl we als volksvertegenwoordigers op zoek waren naar de problemen waar de mensen mee tobben. We hebben gemerkt dat, terwijl we eenzaamheid en verkilling ontmoetten, wij zelf gelukkiger werden. Sterker dan de neerslachtigheid om wat we tegenkwamen was ons gevoel van tevredenheid, van opgetogenheid, omdat we *samen* met iets bezig waren, omdat onze onderlinge band werd versterkt. Zo hebben we een dubbel bewijs voor onze stelling. En het was nog wel Johan die het heeft bedacht. Nou ja, dat doet er ook niet toe.

Volgens het boekje behoren wij, als volksvertegenwoordigers, de mensen te waarschuwen tegen de vergiftige kaas. Ik kan, volgens het boekje, geen speld krijgen tussen de argumenten van Lotte, Bart, Herman en Wijnand.

Maar toch... Het is de oplossing van de computer. De oplossing van het systeem. De oplossing van de idealist. Het is de oplossing die geen rekening houdt met wat wij in de afgelopen maanden hebben ontdekt. De ontmenselijking. Het wegvallen van de verantwoordelijkheid voor elkaar. Het wegvallen van de bescherming die we elkaar horen te geven, omdat het systeem die heeft overgenomen.'

'Ben ik mijns broeders hoeder?' mompelt Hubèrt.

'Zo is het. Wij voelen niet meer dat we de hoeder van onze broeder zijn. Maar ligt aan de basis van onze politieke partij niet de overtuiging dat na wat *collectief* geregeld moet worden, na wat sociaal was, de gemeenschap betreffend – waarvan het belang niet genoeg kan worden onderstreept –, daarna meer aandacht nodig was voor de mens als *individu,* als uniek wezen? En hebben we niet ontdekt dat het systeem, de technocratie, met al z'n perfectie bezig is dat unieke wezen te verstikken?'

Wijnand schudt z'n hoofd.

'Wordt de samenleving er slechter of beter van als we vaker en overtuigder in de bres springen voor één mens die we kennen, die op onze weg komt? Beter natuurlijk. En als we daarbij niet de weging maken wat we in diezelfde tijd voor de gemeenschap als geheel hadden kunnen doen? Ons project wettigt de conclusie: dan wordt 'ie nog steeds beter.'

'Ik heb er ernstige bezwaren tegen als je je conclusie dat we niet moeten opbellen baseert op de uitgangspunten van onze partij,' zegt Lotte. 'Onder andere op grond van die uitgangspunten kom ik tot een andere conclusie.'

'Het is goed,' zegt Arend, plotseling mat. 'Ik zal dat niet doen. Het is ook te moeilijk. Welk mens is in staat om in dit geval tot een oordeel te komen? Ja, jullie blijkbaar.'

'Kom nou, Arend,' zegt Wijnand. 'We doen het niet omdat we het zo leuk vinden.'

'Ik weet het. Ik zou me graag van een oordeel onthouden, maar dat kan niet. Dat hadden jullie natuurlijk even goed graag gedaan. Luister. Als ik op me in laat werken wat er in de samenleving aan de gang is, dan kan het kamerlid Streefkerk zich verzoenen met wat de persoon Arend graag wil. Als ik de kant kies van Johan, Hubèrt en José, dan wordt het vier-vier, ik weet het. Maar wegen de argumenten niet precies tegen elkaar op? Ik vind dat we het ANP *niet* moeten bellen.'

In de stilte die volgt vraagt Arend zich vertwijfeld af of zijn lang niet waterdichte betoog is ingegeven door de angst dat *hij* het fatale woord moest spreken.

22

Het is kwart voor vijf. In groepjes van twee en drie hangen ze op stoelen, beneden in het café. Bossewinkel heeft intussen wel begrepen dat er iets heel bijzonders gaande is. Hij heeft zijn innerlijke verzet tegen een nacht opblijven opgegeven en staat eieren te bakken voor zijn gasten.

Johan heeft voor de zoveelste keer Tineke opgebeld, die op haar bed naar het plafond ligt te staren. Daarna is hij bij Arend gaan zitten, die zich moedeloos had afgezonderd. Johan heeft met stijgende verwondering naar Arend geluisterd. Stomverbaasd is hij dat Arend zich niet vierkant achter de opvattingen van Lotte en Wijnand heeft geplaatst. De nobele daad van de PSL, die een kind van één hunner offert voor het algemeen belang. Dat soort krantekoppen moet Arend toch voor ogen hebben gestaan.

'Kun je nog?' zegt Arend.

'Ik leef in een onwerkelijke wereld. Steeds denk ik dat ik wakker zal worden en dat de nachtmerrie voorbij zal zijn.'

'Ik begrijp het. Wat vind je dat er nu moet gebeuren?'

'Ik vind dat jouw stem, als voorzitter, de doorslag geeft,' zegt Johan.

Arend schudt het hoofd. 'Sorry, die regel hebben we nooit gehanteerd.'

Johan pakt Arends mouw. 'Weet je dat ik het vreselijk vind dat ik jullie zo in gewetensnood breng? Als ik flink genoeg was om naar de telefoon te lopen en het ANP op te bellen, dan waren jullie er af. Ik heb er steeds over gedacht. En ik zweer je, als het mezelf betrof zou ik het doen. Nou, zweren, ik dènk dat ik het zou doen. Maar mijn kind offeren, dat kan ik niet. Iedere vezel in mijn lichaam schreeuwt dat ik haar moet beschermen. Het is een oer-recht, een oer-drang.'

'Niemand van ons verwijt je iets,' zegt Arend.

'Als het Lotte's kind was, wat zou zij dan doen?'

'Zij heeft geen kind.'

In een hoek leunt José met haar hoofd tegen Hubèrts schouder.

'Ik vond je geweldig,' zegt ze.

Hij schudt triest zijn hoofd. 'Ik hoor drie maal een haan kraaien,' mompelt hij.

Ze kijkt omhoog en ziet een traan langzaam langs zijn neus rollen.

'Wat is er, Hubèrt?'

'Ik verloochen mijn eigen doelstelling,' zegt hij.

'Ik begrijp je niet.'

'Eens had ik een zoontje, zo oud als Judith. Hij is doodgereden door een personenauto. Ik was gek van verdriet om dit ene kind, en ik koesterde een waanzinnige haat tegen die ene automobilist.'

Dit is nieuw voor José, maar in deze nacht lijkt niets meer verwonderlijk. Ze zegt niets, legt alleen een hand op die van hem.

'Toen heb ik besloten mij niet meer te hechten aan één mens, aan één kind. Ik ben in de politiek gegaan om me in te zetten voor àlle mensen, voor àlle kinderen. Vannacht kan ik kiezen voor alle kinderen en wat doe ik? Ik pleit vurig voor dat ene, ik kan niet anders.'

'Ik heb je er des te liever om,' zegt José. 'Ik zou van jou, vóór jou een kind willen krijgen.'

Hij streelt haar schouder.

'Je bent goed en lief. Dat is belangrijker dan analytisch en spitsvondig. Het is vier-vier, één van ons moet van standpunt veranderen. Ik zal het niet zijn. Ik zal vechten voor dit ene kind. Mijn roeping is sterker dan mijn doelstelling.'

Zorgvuldig gehuld in jas en sjaal wandelt Lotte opnieuw naar de telefooncel waar ze eerder die nacht is geweest. Ze draait een nummer, maar er wordt niet opgenomen.

Aan de leestafel in het café bladeren Wijnand, Bart en Herman loom in het weinige dat geboden wordt. Misschien hebben Bart en Herman vaag het gevoel dat ze meer bij Wijnand zijn gaan horen nu zij hetzelfde standpunt hebben als hij in zo'n belangrijke zaak. Misschien denken (en wensen) ze dat ze in zijn achting zijn gestegen.

Maar Wijnand merkt hen niet op. Hij vraagt zich af hoe het mogelijk is dat hij vannacht in een ander kamp zit dan Hubèrt en Johan, met wie hij het meestal zo eens is.

Om vijf uur zijn de eieren gegeten. Lotte is weer binnen. Zonder enige geestdrift gaan de acht terug naar het zaaltje en nemen hun plaatsen in.

173

'We hebben nog één uur,' zegt Arend. 'Ik maak jullie er op attent dat niet beslissen ook beslissen is. Als we niet opbellen, omdat we niet tot een beslissing zijn gekomen, dan zijn we in feite solidair met Judith.'

'Als het om zes uur nog steeds vier-vier is, dan acht ik mij ontslagen van de afspraak dat we een fractiebesluit zullen nemen,' zegt Lotte. 'Ik zal dan doen wat ik persoonlijk noodzakelijk vind.'

'We kunnen je niet tegenhouden.'

'Dacht je dat ik het niet afschuwelijk vind?'

'Dat mag je nu uitleggen, want je hebt het woord,' zegt Arend. 'Ik ga nog eenmaal de kring rond. Er is tijd voor korte opmerkingen, meer niet. Lotte.'

'Heel kort. Er zijn belangrijke dingen gezegd door hen die tot een andere conclusie komen dan ik. Toch ben ik niet van standpunt veranderd. Ik kan niet sjoemelen met mijn ambtseed. Voor mij betekent die eed dat "de mensen", het volk, de naamlozen, op mij kunnen rekenen. Ga ik daar aan tornen, dan valt de bodem uit mijn opvattingen, uit dat waar ik voor sta.

Er is nog iets. Ik ben niet iemand om met mijn emoties te koop te lopen. Maar daarom heb ik ze nog wel. Ik vind wat ik doe vreselijk, maar ik móet het doen. Laten we proberen elkaar na deze nacht niet te haten.'

Ze kijkt Johan aan, maar hij wendt zijn hoofd af. Hij brengt het niet op haar toe te knikken, haar blik doorstaan kan hij ook niet.

'Hubèrt,' zegt Arend.

'Ja, ik heb nog iets te zeggen. Het haakt aan bij wat José heeft gezegd. De miljoenen die verhongeren. De zeshonderdduizend Chinezen die omkwamen bij een aardbeving.

Waar het op neerkomt is dit. Ieder van ons kiest iedere dag voor Judith en laat de anderen stikken. De naamlozen, die ver weg zijn. Zeker, wij geven met gulle hand ontwikkelingsgelden, althans als je vergelijkt met andere rijke landen. Onze fractie is voor verdere verhoging van deze post. Maar, lieve vrienden, dat doet geen pijn. Dat speelt zich af in de marge. Eerst voeden wij onze kinderen voor honderd procent. Wij kijken niet op dokterskosten als ze ziek zijn. Wat zoudt ge doen als van u werd gevraagd uw kind voor negentig procent te voeden, of om een bezoek aan de polikliniek een tijdje uit te stellen als ge een lichte scheefgroei bij uw kind ontdekte? Wat zoudt ge doen als men van u vroeg uw kind minder goed te vertroetelen en te beschermen, ten behoeve van de hol-ogige, dikbuikige wezentjes op meer dan vijfduizend kilometer afstand? Wij zouden daar weinig voor voelen, vrienden. Wij kiezen dagelijks voor Judith, voor het nabije, voor het bekende. Als in onze straat een kind van de derde etage valt, dan schokt ons dat meer dan wanneer het gebeurt in een andere stadswijk, *zelfs al kennen wij het kind niet.* We zullen ook eerder een bijdrage geven voor een fruitmand, gesteld het kind overleeft de val. Het is de mens ingeboren om meer verantwoordelijkheid te voelen voor het nabije dan voor het ver-affe. Dat kun je veroordelen, het blijft een feit. Ik vind het onjuist om nu ineens – tegen je hart in, Lotte, daar ben ik zeker van – om nu op grond van een redenering solidair te zijn met het anonieme.'

'Je gaat er aan voorbij dat we volksvertegenwoordigers zijn,' zegt Lotte. 'Waren we ambtloze burgers, dan zou ik het misschien met je eens kunnen worden. Ik discrimineer ten opzichte van de derde wereld, dat is waar. Ik vertegenwoordig dan ook Nederlanders. En tussen Nederlanders discrimineer ik niet. Het maakt geen verschil of ik ze ken of niet.'

'Bart, verlang jij nog het woord?' vraagt Arend.

'Ach nee, laat maar. Ik ben niet van standpunt veranderd. We moeten verhinderen dat die kaas wordt gegeten.'

Hij keert zich naar links, naar Johan.

'Ik denk niet dat Loomeyer je dochtertje iets zal doen. Het zou een zinloze daad zijn, als het bericht over de kaas eenmaal openbaar gemaakt is.'

'Gelukkig doen mensen nooit zinloze dingen, uit woede of wraak of zo,' zegt Johan bitter.

'Je bent aan de beurt.'

'Nee, dank je.'

Hij staat op en gaat voor de zoveelste maal het zaaltje uit.

'Herman?'

'Geen verandering van standpunt. Als ik mijn ogen dicht doe zie ik dat kind doodsbang in die kelder zitten. Even helder zie ik drie kinderen wegkwijnen in een ziekenhuis aan een vergiftiging. Wat kan ik onder deze onstandigheden beter doen dan aftellen?'

'Wijnand?'

'In de oorlog,' zegt Wijnand, in wiens bloed het alcoholgehalte is gestegen tot een niveau dat het filosofische stadium inluidt, 'waren de Duitsers eens fietsen aan het vorderen. Het gebeurde in de kleine

stad waar ik woonde. Ze hadden tweehonderd fietsen nodig. Waar ze ook kwamen, iedereen zei dat zijn fiets al ten offer was gevallen aan de behoeften van de Wehrmacht.'
'De tijd dringt,' waarschuwt Arend.
'De tijd dringt, drinkt met uw tijd. Die Duitsers hadden ook weinig tijd, te weinig voor een grondige huiszoeking. Daarom arresteerden ze de burgemeester en de gemeentesecretaris. Deze mannen werden op het marktplein, bij de fontein opgesteld, twee soldaten met machinegeweren in de aanslag er naast. Vervolgens lieten de Duitsers bekend maken dat de burgemeester en de gemeentesecretaris zouden worden doodgeschoten als om twaalf uur 's middags geen tweehonderd fietsen naar het marktplein waren gebracht.
Toen kwamen de fietsen tevoorschijn. Ik heb mijn armzalige rijwiel ook gebracht, dat zeg ik opdat jullie zullen weten hoe nobel ik ben. Ik was toen nog niet ondergedoken. Maar mijn buurman verdomde het. "Nee," zei hij, "als je gaat toegeven aan deze terreurmethoden, dan ben je weg. Dan zijn we niet meer dan slaven. En ik zeg: liever dood dan slaaf." Dat zei hij. Ik vond 't toen belachelijk, onverantwoordelijk. De burgemeester en de gemeentesecretaris daar op het plein ook, denk ik. Was het belachelijk? Was het onverantwoordelijk? Achteraf ben ik iets minder zeker. Die twee mannen zijn om twaalf uur vrijgelaten. Maar de burgemeester is later omgekomen in Bergen-Belsen. Een beroerde dood. Tja.'
Hij verzinkt in gepeins.
'Ben je klaar, Wijnand?'
'Nee, nog niet, voorzitter. In de eerste spreekronde zei ik dat ik ook een argument tegen'mijn eigen standpunt had. Dat wil ik voor de goede orde even naar voren brengen.'
'Kort, alsjeblieft.'
'Ja. Tamelijk kort. Ik heb gekozen voor een ideaal. Een verheven doel. Iets moois. Iets goeds. "Ik ben niet zo heilig," zei José. Wij wel. Wij proberen het te zijn. Ik heb het ambt geïdealiseerd. Ik streef dàt na wat het ambt zou moeten zijn. Een volmaaktheid. Een vervulling.
Nu zijn er in de geschiedenis heel wat mannen geweest, en een paar vrouwen, die een ideaal najoegen. Eerst met overtuiging. Daarna fanatiek. Of anderen sloten zich aan bij het ideaal en zij werden fanatiek. Dat loopt altijd uit op brede stromen bloed in de straten. Wat is er allemaal niet in naam van een ideaal verbrand, gehangen, ge-

marteld, geradbraakt. Het meest recente ideaal moest een duizend-
jarig rijk stichten. In plaats daarvan bracht het gaskamers. Daarom
heb ik mezelf altijd voorgehouden dat idealen goed zijn tot het
moment dat ze een absolute waarde krijgen. Daarna worden ze gevaarlijk.
Het leven is een aaneenrijging van desillusies. Het uitnemendste in
het leven,... nietwaar, Hubèrt?'
'Is moeite en verdriet,' vult Hubèrt aan.
'Zo is het. Ik ben mijn idealen één voor één kwijtgeraakt. Het hindert
niet. Het is gemakkelijker zonder. Maar blijkbaar had ik nog dit ene
ideaal, over ons ambt. Ja. Nu zit ik er mee. Ben ik bezig mijn opvattingen te verabsoluteren? Ik weet het niet. Het is het laatste wat ik
wil.
Als lid van het parlement kan ik mijn plicht niet verzaken. En toch,
nu onze stemmen staken en de nacht ten einde spoedt, wens ik niet
te horen bij hen wier gelijk wapens doet kletteren en een geluid doet
opgaan dat de wereld verdooft.
Daarom bied ik eerst aan de fractievoorzitter een brief aan. Alsjeblieft. Een vrijwel gelijkluidende brief gaat naar de voorzitter van
de Tweede Kamer.'
Arend leest de brief hardop voor. De datum staat er, en het uur
waarop de brief is geschreven. Vijf uur in de morgen.
'Geachte fractievoorzitter,' leest Arend. 'Met ingang van het tijdstip
dat bovenaan deze brief is vermeld, bedank ik als lid van de Tweede
Kamer. Hoogachtend, Mr. W. van Manen.'
'Dit is de lafhartige oplossing die ik heb gekozen,' zegt Wijnand. 'Nu
ik mezelf geen volksvertegenwoordiger meer acht, pleit ik voor *niet*
opbellen naar het ANP, opdat Judith gered worde. Ik verklaar hier
tevens, met jullie allen als getuigen, dat ik nooit meer een publiek
ambt zal aanvaarden. Ik ben het niet waardig.'

Ze hebben allen hun eigen gedachten. Niemand vindt de woorden
of de behoefte ze te uiten. Eigenlijk tolt door al die vermoeide hoofden de vraag: wat vind ik daar nou van? Vermoeidheid is als een
drug: het verdoezelt en verscherpt gelijktijdig. Het doet contouren
vervagen en het doet lijnen oplichten. Deze politici, die gewend zijn
om tamelijk analytisch te denken, om in hun betoog argument en
tegenargument naar voren te brengen, zijn in een stadium gekomen
dat ze meer in beelden denken dan in structuren.

Hubèrt is de eerste die de stilte doorbreekt. Indrukwekkend is zijn bijdrage niet, maar het ene woord dat hij uitspreekt suggereert toch dat voor hem de consequentie van Wijnands mededeling duidelijk is.
'Wel...,' zegt hij.
Geruisloos als een paar maal eerder deze nacht komt Johan binnen. Gedempt sprekend stelt Bart hem met een paar zinnen op de hoogte. Johan staart Wijnand aan, terwijl langzaam de betekenis tot hem doordringt.
'José, jouw beurt,' zegt Arend.
'Dank je. Mijn standpunt is niet veranderd. Dat is alles.'
Arend kijkt op zijn horloge. Het is tien over halfzes.
'We hebben nog twintig minuten.'
'Het is niet te geloven,' zegt Bart. 'We zijn klaar voordat het echt nodig is. Zelden gebeurd.'
'Ik heb zelf nog spreektijd,' zegt Arend. Hij zegt het op zo'n eigenaardige manier dat ze hem allemaal opmerkzaam aankijken.
'Zeg niet dat je ook van mening bent veranderd,' zegt José.
Hij begint langzaam te praten.
'Als ik op de stoel van Wijnand had gezeten, en Wijnand op mijn plaats...; als ik vóór hem aan de beurt was geweest, en ik had zien aankomen dat we er niet uitkwamen... Ik wéét niet wat het minst slechte besluit is. En ik ben nu eenmaal voorzitter. Ik ben er verantwoordelijk voor dat er een beslissing komt.
Misschien heb ik in mijn eerste spreekbeurt de indruk gewekt dat we op grond van onze politieke overtuiging moesten kiezen voor het ene, het bekende kind. Lotte heeft dat aangevochten. Terecht wel. Hoe dikwijls komt het niet voor dat we over iets moeten beslissen dat niet in ons programma geregeld is? Hoe dikwijls komen we er dan evenmin uit door het probleem te toetsen aan onze politieke uitgangspunten? Ze helpen soms...; een beetje. Een klein steuntje in de rug, meer niet.
Wij geloven in de unieke mens. We proberen de mensen niet onder één noemer te brengen, we genieten van de verscheidenheid. Wij houden niet van uniformen, die de mensen uniform, één van vorm maken. Wij willen ieder mens maximale vrijheid geven in het raam van de gebondenheid die een rechtvaardige gemeenschap nu eenmaal oplegt. Daarover zijn we het allemaal eens. En kijk, dan komt er een probleem, zoals vandaag – maar hoe vaak al eerder, in wat

mildere vorm –, we toetsen het allemaal naar beste kunnen aan onze gemeenschappelijke uitgangspunten, en wat zien we: het wordt vier-vier.

't Is ook geen wonder. Bij een werkelijk probleem is het altíjd vier-vier. Anders is het geen probleem. Politici houden van vier-vier. Anders werden ze geen politicus.

Als ik eerder aan de beurt was geweest dan Wijnand zou ìk waarschijnlijk om zijn gegaan. Ik zal jullie de argumenten daarvoor besparen.'

'Het spijt me, maar begrijpen doe ik het niet,' zegt Bart. 'Je was de laatste spreker van de eerste ronde. Je wist toen dat je het vier-vier maakte. Toch heb je dat gedaan. Wat is het verschil?'

'Het was een uur vroeger. En het was mijn eerste gelegenheid om een standpunt onder woorden te brengen.'

'Toch typisch,' zegt Bart. 'Weer een bewijs dat mensen niet gelijk zijn.'

Hij wacht even, om anderen de gelegenheid te geven te interrumperen. Niemand maakt er gebruik van.

'Als ik eerder aan de beurt was geweest dan Wijnand was het nu vijf-drie de andere kant op. Het toeval beslist. Het toeval van de procedure. Of de procedure van het toeval.

Ik neem aan dat jullie geen van allen nog iets hebt te zeggen? Dan is het besluit genomen.'

'Laten we de stad ingaan,' stelt José voor. 'Allemaal een verschillende straat. Waar licht aan is bellen we en waarschuwen tegen het eten van komijnekaas.'

Arend schudt het hoofd. 'Dat kan niet. De eerste de beste met een beetje verstand zou vragen waarom er geen geluidswagens door de straten gaan. Kun jij dat in een paar welgekozen zinnen uitleggen? En kun jij verhinderen dat zo iemand onmiddellijk de politie belt?'

'Stom van me,' zegt José. 'Het ontbreekt mij kennelijk aan het minste beetje verstand.'

'Wie dat wil kan vertrekken,' zegt Arend. 'Maar ik neem aan dat niemand daar voor voelt voordat Loomeyer heeft gebeld.'

'Zo is dat,' zegt Hubèrt namens allen.

'Laten we dan naar beneden gaan om te ontbijten. Intussen kunnen we een plan van actie opstellen dat moet worden uitgevoerd onmiddellijk nadat we bericht van Loomeyer hebben. Tenslotte wordt vanmorgen niet meer dan tien procent van de giftige kaas gegeten.'

Ze gaan naar beneden, Johan belt Tineke op. Het is kwart over zes. Bossewinkel geeft hun handdoeken. Een voor een gaan ze naar het fonteintje in het toilet en wassen hals, handen en gezicht. De tafel wordt gedekt. Bossewinkel zet boterhammen neer en schalen met vleeswaren en kaas. Er is ook komijnekaas bij. Arend vraagt wanneer en waar hij die heeft gekocht. 'Begin van de week,' zegt Bossewinkel verbaasd. 'Is er iets mee?' 'Nee hoor. 't Was maar een vraag.' Niemand eet van de komijnekaas. Zij eten trouwens in 't algemeen heel weinig. Hun gedachten zijn in de vele woonkamers in deze stad, waar nu de mensen uit hun bedden komen en aan het ontbijt gaan. Arend zoekt telefoonnummers op en maakt notities. Johan informeert of de gesprekken die ze boven in het zaaltje doorkregen via het toestel beneden liepen. Dat blijkt het geval te zijn. Ofschoon hij weet dat Loomeyer nog in geen uren zal bellen, rusten zijn ogen bijna voortdurend op het toestel dat op de hoek van de tap staat. 'Is er kabinetscrisis, meneer?' vraagt Bossewinkel. 'Nee.'

Bossewinkel heeft donders goed gemerkt dat ze vannacht onder grote spanning hebben gestaan en nog staan. Hij vraagt niet verder. Hij zet de radio aan voor het nieuws van zeven uur. Het bestand in Libanon weer geschonden, een resolutie in de Verenigde Naties getroffen door een veto van de Amerikanen, opnieuw een schietpartij in Zuid-Afrika. Het klinkt onwerkelijk. Is er echt vannacht nog iets anders gebeurd? Als de actualiteitenrubriek begint maakt Hubèrt een vermoeid gebaar naar de caféhouder. Bossewinkel zet de radio af.

Er wordt tussen de fractieleden nauwelijks een woord gewisseld. Het is buiten nu minder donker. Halfacht. De stad is ontwaakt. Het verkeer zwelt aan. In veel huizen schijnt nu licht door de ramen. 'Het wordt een heldere dag,' zegt Bossewinkel. 'Is er nog koffie?' vraagt Bart. Bossewinkel schenkt zijn kop vol. Schel rinkelt de telefoon door de stilte van de morgen. 'Dâ's al vroeg,' zegt Bossewinkel. Hij sloft naar het toestel toe. Acht paar ogen volgen hem. Johan is gaan staan. Hij houdt een hand aan zijn stoelleuning, om te voorkomen dat hij Bossewinkel aan de kant zal duwen en zelf de hoorn zal grijpen.

180

'Met café Bossewinkel.
Terwijl de caféhouder luistert glijden zijn ogen over de acht dames en heren, die hij zo langzamerhand uit elkaar kent.
'Het is voor mevrouw Redelaar. Ene Victor Lamoen.'
'Juist,' zegt Lotte rustig.
Ze loopt naar de tap en neemt de hoorn van Bossewinkel over. Zeven paar ogen volgen haar. Niemand houdt zelfs maar de schijn op niet mee te luisteren.
'Met Lotte.'
'Dag bewonderde,' zegt Victor, voor de anderen onverstaanbaar.
'Heb je nog wat kunnen slapen vannacht?'
'Nee. Heb je nieuws?'
'Jawel.'
'Wat dan. Zeg het dan, man.'
'Je bent verrukkelijk als je geagiteerd bent, zelfs door de telefoon.'
'Victor, alsjeblieft.'
'Ik heb je sinds de nacht van oud en nieuw niet kunnen bereiken, hoewel ik het wel tien keer heb geprobeerd. Heb je me ontlopen?' zegt Victor plagend.
'Nee. Ja. Ik moest nadenken.'
'Gaan we vanavond samen eten?'
'Ja. Waar je wilt. Bij mij thuis. Ik nodig je uit om bij me thuis te komen eten. Zeg me wat je te weten bent gekomen.'
'Geweldig. Om zeven uur ben ik er. Wat dat andere betreft, dat zit zo. Je hebt me gisteravond gezegd dat ik een schurk ben, die vast heel wat twijfelachtige figuren onder zijn kennissen heeft. En je hebt me gevraagd of ik met hun hulp, zonder dat de politie er achter zou komen, kon uitvinden waar ene Loomeyer, een louche kaashandelaar, een meisje genaamd Judith vasthield.'
'Victor, alsjeblieft. Iedere minuut telt. Ik leg je dat later wel uit. Het kind? Heb je het kind gevonden?'
'Ja hoor. Een schat van een kind. Ze is zojuist in slaap gevallen op mijn canapé.'
'Je bent de liefste schurk die ik ken. Ik bel je over een half uur terug.'
Ze legt de hoorn op de haak en keert zich naar haar vrienden.
'Judith is veilig. Een vriend van me heeft haar gevonden en mee naar zijn huis genomen.'
'Wat? Hoe? Wanneer? Hoe kan dat?'
'Ik leg het straks wel uit.'

'Ik moet Tineke bellen.' Johan springt op en rent naar de telefoon. Maar Arend is hem voor, papiertje in de hand. 'Hier met die telefoon,' zegt hij gebiedend. 'Ik eerst. Ga jij maar een telefooncel zoeken.' 'Er is er eentje twee straten hier vandaan,' zegt Lotte.

Arend draait het nummer van de politie, meldt zich als Streefkerk van de Tweede Kamer en zegt in korte, duidelijke zinnen wat er aan de hand is. En wat hij van hen verwacht. Daarna belt hij het ANP. Minder dan tien minuten later worden de programma's van de radiostations onderbroken voor het omroepen van een waarschuwing speciaal bestemd voor inwoners van Utrecht, en op straat horen ze het schetteren van geluidswagens.